贋《がん》物《ぶつ》霊媒師2

彷徨《さまよ》う魂を求めて

阿泉来堂

PHP
文芸文庫

○本表紙デザイン＋ロゴ＝川上成夫

目次

プロローグ

駅前の繁華街と住宅地を繋《つな》ぐように延びた、細い裏通り。

昼間は住宅街から駅までの近道として人の往来も多いこの通りは、夜になるとぱたりと人気《ひとけ》がなくなる。若い女性が一人で通るには、いささか勇気のいることだろう。つい二週間前にも、仕事帰りの女性が暗がりから浮浪者のような身なりをした男に声をかけられ、危うく襲《おそ》われそうになった。ところが、女性が偶然通りかかった警官に助けを求め、振り返った時にはすでに男の姿はなくなっていた。ふと見ると、その男が立っていた暗がりの電柱の足元には、すっかり枯れ果てた花と、ワンカップの日本酒が供えられていた。

そんな、嘘とも本当とも知れぬ曖昧《あいまい》な噂が後を絶たないこの通りに、ひっそりとそびえる『横島《よこしま》ビル』。薄汚れた雑居ビル、という表現がぴったりなその建物の三階に『鴻上《こうがみ》心霊研究所』は居を構えていた。

築四十八年の内装はすでに三度リフォームを繰り返しており、外観からは想像もつかないほど小綺麗であった。フローリングの床は磨き上げられたように輝いているし、ワンフロアぶち抜きで借り上げられた室内には、随所に趣味の良い調度品が配置されている。休憩スペースは広く、飲み放題のコーヒーサーバーや座り心地のよさそうなソファが用意され、社員たちが思い思いにリフレッシュタイムを満喫できる造りだった。自由な社風が全面に強調された事務所の最奥、ガラス張りの扉で仕切られた一室で、社長である鴻上マリは、応接テーブルを挟んで向かい合う喪服姿の中年男に対し、年齢を感じさせぬ妖艶《ようえん》な微笑みを向けていた。

「忙しいのに呼び出しちゃって、ごめんなさいね」

口ではそう言いながらも、内心ではちっとも悪いなんて思っていない。そして、そのことをこれっぽっちも隠そうとしない声色である。秘書が運んできた、どこぞの王室御用達という格式高い紅茶を、出がらしの緑茶のように啜《すす》りながら、櫛備《くしび》十三《じゅうぞう》は重々しい溜息《ためいき》をついた。

「いえ、それは構いませんが、これ以上仕事を増やすって話なら勘弁してほしいですねえ。僕ぁこれでも売れっ子の霊媒師ってやつで、毎日毎日あちこち飛び回って霊視と除霊に明け暮れているんです。余力なんて残っちゃいない、過労死ラインすれすれですよ」

「あら、当然じゃない。櫛備十三といえば、泣く子も黙る今世紀最強の霊媒師ですもの。多忙でなきゃあその評判は嘘になるわ」

ほほほほ、とセレブのお手本のような笑い方をして、マリは鳳凰《ほうおう》が絢爛《けんらん》に描かれた扇子をばっと広げた。四十代も後半だというのにこの女社長の体型は衰《おとろ》えを知らず、ブランド物のスーツが嫌味なほど似合っている。白く透き通るような指先には黄金のネイルが輝き、計算され尽くしたようなしなやかさでもって琥珀色の液体が入ったクリスタルグラスを摑《つか》み上げる。就業時間内にもかかわらず、ブランデーをぐいと呷《あお》ったマリは、艶《なま》めかしい吐息をつく。

「それはさておき、今日は忙しいあなたの助けになるような話を用意してあるのよ」

「ほう、臨時ボーナスでも頂けるんでしたら、疲れも吹っ飛ぶんですがねえ」

「またそんな減らず口をたたいて。ギャラは十分に渡しているはずよ。わが社の稼ぎ頭にふさわしい額をね。それなのにまだ必要だっていうの？　まさかあなた、おかしなことにつぎ込んでやしないでしょうね？」

マリの探るような眼差しが櫛備に向けられる。彼はそれを軽く受け流し、

「まさか。こう見えても昔から酒もやらないし、ギャンブルもしませんよ。煙草《たばこ》だってやめたんです。僕の暮らしぶりが人一倍質素なことは、社長が一番理解してくれているはずでしょう」

などと笑い飛ばす。そんな櫛備をマリは依然として疑わしげに見据えていた。

「ふぅん、そう。てっきり若い女にでも貢いでいるのかと思ったけど、違うならそれでいいわ」

口調は柔らかいが、納得していないことは明らかである。互いに牽制し合うような空気にどぎまぎしながら、軀田《むくろだ》美幸《みゆき》は人知れず重い息を吐いた。

自分の姿がマリには視えていないことはわかっているのに、ここへ来るたびに美幸はいつも、必要以上に緊張を強いられる。この会社に初めて足を踏み入れたのも、霊体となって櫛備のそばにいるようになってからなので、マリをはじめとするこの会社の社員たちとの関わりは一切なかった。

霊体といっても、美幸は死を経験したわけではない。美幸の身体《からだ》はとある地方の病院に入院しており、世間一般的に言う植物状態のまま眠り続けている。ある事件に巻き込まれ、肉体と魂が分離してしまった美幸は、その状態で出会った櫛備十三と行動を共にしている。そして美幸の入院費用その他を一切合切肩代わりしてくれているのが櫛備十三であり、そういう点でみれば、「若い女に貢いでいる」というのも、あながち外れてはいないような気がしないでもないが。

櫛備が何故そのようなことをしてくれているのか、また美幸自身、自分の身に何が起きたのかについて、詳しいことは今もはっきりとわかってはいない。だが目覚めるまでの間、魂が恨みや憎しみに染まることなく、自分を保っていられるようにと、櫛備十三は美幸をそばに置いてくれているのだった。

二人が人と霊体——生霊《いきりょう》とでもいうべきだろうか——という不確かな関係で行動を共にし始めてから、すでに九か月余りが経過していた。

世間では徐々に冬の気配が近づき、赤く色づいた木の葉が寒風に乗って舞い散っていく。そんな季節のなか、櫛備十三は各地から寄せられる調査依頼をこなすのに忙しく、もう何週間も休みなしで働いていた。

『家に霊が出る。ご先祖様の祟《たた》りではないか』

『旅行に行ってから肩が重くなった。悪いものを連れてきてしまったのではないか』

『骨董品を購入してから不幸続きだ。悪しきものに魅入られたのではないか』

櫛備の元に寄せられるのは大半がこういった『勘違い』から来るものばかりで、実際に霊が関わっているものの方が少ない。しかし、櫛備はそうした相談者に適当に作り上げた幽霊譚《たん》を話し聞かせ、法外なギャラをせしめることを得意としている。口先三寸で嘘偽りを並べ立て、時には哀れな幽霊の生い立ちを語ることによって相談者の涙を誘いながら、インチキな『除霊』活動を行っているのだった。

これだけを聞けばただの詐欺師にしか思えないかもしれないが、決してそうではない。櫛備十三はたしかに霊の存在を感じ、対話することもできる。本物の霊が抱える苦しみや未練を取り払い、旅立ちを手助けしているのだ。ただ彼には少しだけ、ものぐさで面倒くさがり屋で、適当な嘘を並べてはおざなりな仕事をしてしまう傾向がある。だからこそ美幸は、櫛備がしっかりと仕事をするようにと目を光らせ、彼の尻を叩き、誠実な仕事をするよう注意を促《うなが》しているのだった。

「ところで社長、そろそろ本題に入っていただけませんかねえ。この後、現場に呼ばれていて、あまり時間が——」

紅茶のカップをソーサーに置いた櫛備が訊《たず》ねるのと同時に、社長室の扉が開いた。入ってきたのは一人の青年だ。

「失礼します。社長」

青年の溌溂《はつらつ》とした声が室内に響く。かしこまってはいるが決して他人行儀ではない、好感の持てる声。すらりと背が高く、ラフな格好をしてはいるが軽すぎない印象。鼻筋が通っていて凛々《りり》しい顔立ち。控えめに言ってイケメンの部類に入る若者だった。青年は深々と頭《こうべ》を垂れた後で、ゆっくりと視線を櫛備へと滑らせる。

「はじめまして。櫛備十三先生」

「君は……？」

問いかけながら、櫛備は説明を求めるようにマリへと視線を転じた。

「見ての通り、あなたの助手よ」

「助手？」

思わず繰り返した櫛備ににんまりと笑みを向けながら、マリは立ち上がる。それから高いヒールの音を響かせて青年の元へ歩み寄り、その肩に手を置いた。

「助けになる話だと言ったでしょう？　名前は瀬戸《せと》修平《しゅうへい》。まだ大学生だけど、働き次第では卒業後にでも正式に入社してもらうつもりよ」

「いや、しかし僕は……」

これにはさすがの櫛備も言葉を失っていた。櫛備のはるか上を行くほどの金の亡《もう》者《じゃ》であるこの女社長が、櫛備に専属の助手をつけるなどと言い出したのだから、驚くのも無理はない。たしかに櫛備は多くの仕事をこなしているし、スケジュール管理をしてくれる助手がいれば仕事も楽になるだろう。

――でも、それじゃあ私はどうなっちゃうの……？

心中で独りごちながら、美幸は不安な面持ちを櫛備へと向ける。櫛備もまた同様に、困ったような顔で苦笑いしつつ美幸を見返した。

「櫛備ちゃん、この後、現場があるって言ってたわよね。それじゃあ早速、瀬戸くんも一緒に行ってもらうわ」

「うーむ、しかし社長、僕は一人でやるのが性に合っているんですがねえ」

「何よ。せっかく助手をつけるって言ってるのに、気に入らないっていうの？」

マリの鋭い眉がピクリと持ち上がる。櫛備は再び美幸を一瞥《いちべつ》してから、「いや、そういうわけでは……」とお茶を濁す。再び牽制し合うような二人の間に割って入るようにして、修平が声を上げた。

「あの俺、櫛備先生の大ファンなんです。先生の活躍をテレビで拝見して、その、なんていうか感動しちゃって。俺も先生のような霊媒師になるのが夢なんです！」

「僕のような霊媒師ねえ……」

櫛備の顔に苦々しい笑みが浮かぶ。彼の心中に気づく様子もなく、修平は目を輝かせながら先を続けた。

「卓越した霊視能力、深い考察力、そして死者の声を逃すことなく聞き届け、浄化へと導く手腕。『今世紀最強』の名に恥じることのない最高の霊媒師。そんな櫛備十三先生に憧れて、この道に進みたいと思ったんです」

「ふむ、そうなのか。いや、僕はおべっかを言うのも言われるのも好きじゃあないんだが、そこまで言われてしまうと悪い気はしないよねえ。君はなかなか見どころのある青年のようだ」

若く溌溂とした修平の熱量に驚きながらも、徐々にまんざらでもない様子になっていく櫛備。ああは言っているが、こんな風に人におだてられることが好きで好きでたまらないのだ。その後も修平が次々と繰り出す賛美の言葉の数々に酔いしれるようにして、櫛備は警戒の網をどんどんと手放してしまい、気づけばへらへらと締まりのない笑顔を浮かべている。

そんな様子をもどかしく見守っていた美幸は、「ちょっと先生！」と小声で抗議するが、櫛備の耳には届かない。霊体である美幸の声は、基本的に櫛備や霊感のある人間以外には聞こえないので、マリや修平も美幸の声には反応してはくれなかった。

「——というわけですから、先生のおそばで勉強させていただくことは俺の夢なんです。それが叶《かな》うなら、お給料だっていりません」

「ちょっと待った。君はノーギャラで僕の助手になるつもりなのかい？」

櫛備はいそうですと、当たり前のように答えた修平を驚愕《きょうがく》の眼差しで見てから、櫛備はマリへと視線をやる。マリはその視線の追及を逃れるため、明後日《あさって》の方向を向いてブランデーを呷っていた。

なるほど、助手をつけるなどと気前のいいことを言ってはいたが、結局は若い青年の情熱を搾取《さくしゅ》し、無給で働かせるつもりなのだ。恩着せがましい物言いをしておきながら、まったく呆れたものである。ひとり嘆息する美幸が再び視線を戻すと、櫛備と修平は親子のような親しみのある笑顔を互いに浮かべながら、がっちりと握手を交わしていた。

「ふむ、そこまでの覚悟を決めているとは感心だ。気に入ったよ。しゅんぺいくん」

「修平です」

「修平くん。君とならいい仕事ができそうだ。しかし僕は仕事に厳しい男だからねえ。手取り足取り教えたりなどはしないよ。そもそも悪霊退治というものは、人に習うようなものではないしね。まずは雑用でも何でも、僕の頼み事を聞いてもらうところから始めよう」

「はい！　雑用大歓迎です！　櫛備先生の活躍を生で見られるなんて、控えめに言ってめちゃくちゃ感動です！」

はっはっは、と気分良さそうに笑う櫛備を満足げに眺めながら、マリはグラスを傾けている。思惑通り、と言ったところだろうか。

「よし、それじゃあ早速、仕事に向かおうじゃあないか。足を引っ張るんじゃあないぞ、しゅういちくん」

「はい！　修平です！　お供します！」

意気揚々とガラス扉を開け、事務所を後にする二人の背中を眺めながら、美幸は海よりも深く溜息をついた。

第一話　見つめる彼女

1

「だから本当なんだって。おれ、見たんだよ」

信じてくれよ、と付け足して、秋山透《あきやまとおる》は困り果てたように腕組みをした。

「まただた店長。あたしのこと怖がらせようとして、そんな嘘ついてるんでしょ？」

バーカウンターを挟んで向かい合い、背もたれのないスツールに腰かけた野崎久留美《のざきくるみ》が退屈そうに椅子を回転させた。

「あたし、そういう幽霊話？　みたいなものは信じない方なんですよぅ。小さい頃から妙に現実的だったっていうかぁ、夢がなかったっていうか？」

久留美は得意そうな笑みを浮かべ、店内のスピーカーから流れてくる八〇年代の洋楽ポップスに合わせてハミングする。

繁華街の一角に居を構えるガールズバー『スクランブル・ハロウィン』の店内は閑散《かんさん》としており、二人の他に人の姿はない。本来、火曜は定休日なのだが、この日は棚卸《たなおろし》のため店長である秋山とバイトリーダーの久留美が出勤しているのだった。

慣れない作業に手間取りはしたが棚卸は無事に終わり、仕事を終えた二人はソフトドリンクを片手に雑談に興じていた。最初は何気ない世間話をしていたのだが、この頃調子が悪そうだという久留美の言葉をきっかけに、秋山はここしばらく頭を悩ませていた『ある問題』を打ち明けたのだった。

「だからぁ、店長がいくら熱心に話してくれても無駄っていうかぁ。どうせならもっと別の話しません？　あたし最近、お気に入りの芸人さんがいて――」

「ちょっと待ってよ。嘘じゃないんだって。この店、本当に女の幽霊が出るんだよ。おれ、この目で見たんだから。しかも、一度や二度じゃないんだ」

話を遮《さえぎ》られ、不満そうに口を尖らせた久留美は、なおも疑わしそうに目を細める。

「えー嘘だぁ。だって、あたしも他の女の子も、店長よりずっと長くこの店で働いてるけど、幽霊なんて視たことないですよ」

「たしかに、他の子に訊《き》いても久留美ちゃんと同じ反応だったけどさ……」

秋山はばつが悪そうな顔をして、こめかみをぽりぽり。その反応がおかしかったのか、久留美は口元を手で押さえながら肩を揺らして笑った。人懐っこい、男好きのする外見と相まって実に魅力的な笑顔だったが、秋山はそんなものには頓着《とんじゃく》せず、必死の形相で訴え続ける。その熱意にようやく耳を傾ける気になったのか、久留美はツインテールの毛先を指先で弄《もてあそ》んでから、バーカウンターに肘をついて身を乗り出した。華奢な身体《からだ》つきとは対照的に、ボリュームのある胸元が強調される。

「もう、わかりましたぁ。そこまで言うんなら聞いてあげますよ。店長の体験談」

「ホント？　聞いてくれる気になった？　うわあ、ありがとう！」

しなをつくる久留美の艶のある唇にも、ざっくりと開いた胸元にもまるで反応しない秋山に対し不満を露《あら》わにしながらも、久留美は話の先を促《うなが》す。

秋山は身振り手振りを添えながら、自らが体験した奇妙な出来事を詳しく語り始めた。


事の始まりは、秋山がこの店で働き出してすぐの頃だった。高校時代の友人である神原祐介《かんばらゆうすけ》に誘われて彼の経営する『スクランブル・ハロウィン』で働き始めた秋山は、慣れない店長業務に忙殺されていた。二か月ほど前に店内の改装を行ったこともあり、週末は目が回るほどの忙しさだった。その日も営業を終え、キャストの女の子たちが帰った後、一人で売上の計算をしていた秋山は、ふとした瞬間に妙な感覚を覚えた。

最初はどこからともなく向けられる視線であったり、「ふぅ」と誰かが息をつくような音が聞こえたりという些細《ささい》なものであったが、その感覚は時間を追うごとに増していき、どうにも居心地の悪さを感じてしまう。秋山はたびたび手を止め、静寂に包まれた薄暗い店内をぐるりと見渡した。黒光りするフローリング、レンガ調の壁面、磨き抜かれたガラス窓、海外から取り寄せた高級感溢れる木製のバーカウンターやテーブル類。どこを見ても、真新しいフロアに人影など見つけられない。疲れているのだと自分に言い聞かせ、秋山は溜息混じりに視線を床に落とす。

そこで女と目が合った。

フローリングの床から顔だけを覗《のぞ》かせたその女は、眼球のない仄暗《ほのぐら》い眼窩《がんか》でもって秋山を凝視していた。秋山は自分でも理解不能な言葉を叫びながら後ずさり、両目をごしごしと強くこする。そうして改めて見てみると、すでに女の顔は消えていた。

狐につままれたような心地で立ち上がった時、背後から誰かの手が伸びて秋山の肩を摑んだ。

「うわっ……か、神原か？」

閉店後の店に立ち入れるとすれば、キャストの女の子を除くと神原くらいしかいない。だから咄嗟《とっさ》にそう判断した。

「おい、びっくりさせるなよ。今、なんか変なものが床から……」

情けない声を出しながら秋山が振り返ると、そこには誰の姿もなかった。

「――どうなってんだよ」

無人の店内に秋山の独り言が虚《むな》しく響く。背後には誰もいなかった。それなのに、肩を摑まれている感触は依然として続いている。

というより何かがずっしりとのしかかっているような……。

そろそろと首を巡らせ、視線を自身の左肩へ。するとそこで、またしても女と目が合った。土気色の顔をした髪の長い女が、虚《うつ》ろな眼差しで秋山を見つめていた。


「髪の長い女……？」

話を聞き終えた久留美は第一声でそう問いかけた。

「そう、そうなんだよ。長い髪をこう、後ろでまとめて……それがあちこちほつれてぼさぼさになってて……」

「髪の色は？　真っ黒？　少し茶色？」

「え、ああ、黒……かな……？」

再び問いかけてきた久留美の瞳に一瞬、真剣な色が浮かぶ。

「黒くて長い髪……。他には、何か特徴とかなかったの？」

更に突っ込まれ、思い出そうとして首をひねる秋山だったが、しかしすぐにぶるぶると頭を振った。

「お、思い出させるなよ。怖いんだから。咄嗟《とっさ》のことだったし、特徴なんて覚えてないよ。とにかくその女、おれが一人で店にいる時に限って現れるようになったんだ。カウンターで仕込みをしてたら、いつの間にかボックス席に座ってこっち見てたり、フロアの掃除をしてたら、いきなり目の前に足が見えて、顔を上げたら誰もいなかったり、無言電話がかかってきて、受話器を置いた瞬間に耳元で『かえして』なんて囁《ささや》かれたりさ。とにかくそういう、気味の悪いことがもう何度も起きてるんだよ。おれ、このままじゃどうにかなっちまいそうでさ……」

弱々しく嘆《なげ》く秋山を、しかし久留美は疑わしげに見据えていた。

「やっぱりなんだか嘘くさーい。店長ってば夢でも見たんじゃないのぉ？」

「そんなこと……」

これにはさすがに秋山もムッときて、すぐに抗議しようとしたが、久留美はそれを遮るように秋山の顔の前にさっと手をかざした。

「だってあたしも他の子も、この店でおばけなんて視たこともないし、お客さんの中にもそんなこと言い出す人なんていませんよ」

「み、みんなには視えてなかっただけかもしれないだろ」

「誰にも視えなかった幽霊が店長にだけ視えたっていうんですか？　店長がそういう『力』のある人だとは思えないけどなぁ」

顎《あご》に人差し指を当て、首をひねる久留美。

「その幽霊、店長以外に視た人はいないんですか？　オーナーは？」

「神原は別店舗の方が忙しくて、全然こっちには寄りつかないからね。まあ、それもあっておれが雇われたんだけど。でも、あいつはおれの言うことを信じてはくれているよ」

「へえ、そうなんですかぁ？」

久留美の驚いたような声がフロアに響く。

「このままじゃ店に来られなくなるかもって言ったら、なんとかするって言ってくれたんだよ」

「それって、信じてるとは言わないんじゃないですかねぇ」

ぴしゃりと断じるような久留美の言葉に、秋山はたじろぐ。

「オーナーは具体的になんて？」

「それが、ちょっと大げさな話なんだけど……」

秋山はわずかに言いよどみ、無人のフロアをちら、と見やる。

「神原の知り合いに、そっち方面に明るい人がいてさ、紹介してもらったらしいんだ」

「紹介って、誰をですぅ？」

「だから、れ――」

最後まで言うより先に、入口の扉がノックされた。一瞬、身を固めた秋山はそろそろと扉に近づき、そっと開く。

扉の向こうにいたのは、黒いスーツに身を包んだ中年の男性。一七五センチの秋山を見下ろす高身長で、きれいに整えられた豊かな髪と顎の無精ひげが印象的だった。片方の足が悪いらしく、持ち手に金の装飾が施《ほどこ》された木製の杖をついている。

「あのぉ、すいませぇーん。今日は定休日で……」

営業スマイルを浮かべる久留美はそこで言葉を切り、現れた男をまじまじと見つめた。

「やあどうも。僕は――」

「あー！　櫛備《くしび》十三《じゅうぞう》だぁ！」

男が名乗ろうとするのを遮って、久留美は叫ぶように声を上げた。

「え、久留美ちゃん、この人知ってるの？」

秋山が問いかけると、久留美はぶんぶんと音がしそうなほどにうなずいて、

「当たり前じゃないですかぁ！　櫛備十三って言ったら、今大人気の霊媒師ですよ。テレビとかで超見かけますもん。あたしファンなんですよねー」

久留美は上目遣いに櫛備を見据えている。媚《こ》びるような熱い眼差しを受けてか、

櫛備十三はその顔にいささかの苦笑を浮かべていた。

「あ、もしかしてオーナーが紹介してもらった人って、櫛備十三のこと？　霊媒師なんか呼んじゃったんだ？」

ファンを自称しながらも、自分よりもずっと年上の櫛備を呼び捨てにして、久留美は合点《がてん》がいったように手を叩いた。

「ははは、僕も随分と有名になったみたいだねえ」

「当然ですよ。櫛備先生は今や日本を代表する心霊事件の第一人者。今世紀最強の霊媒師なんですから」

若い娘に羨望《せんぼう》の眼差しを向けられてまんざらでもない様子の櫛備を押しのけるようにして現れたのは瀬戸《せと》修平《しゅうへい》という、櫛備の助手をしている青年だった。

「こらこら修平くん。初めてお会いした人の前で身内自慢をするもんじゃあないよ」

「そんな、櫛備先生が名声を集めているのは事実ですから！　謙遜《けんそん》することなんてありませんよ！　この人たちだって、先生にお会いできて嬉しそうですし！」

「そうかい？　いやあ参ったなぁ。はっはっは」

突然やってきて勝手に盛り上がり始めた二人を前に、秋山は呆然とした様子で口を半開きにしていた。一方の久留美はスマホを取り出し、櫛備に記念撮影をねだっている。そんな彼らのやり取りを、開かれたままの扉からすっと滑り込んできた軀田美幸《むくろだみゆき》がひどく冷めた眼差しで睨《にら》みつけた。言外に「ふざけてないでちゃんと仕事してよ」と主張する彼女の視線に気づいたのか、櫛備は咳払いを一つして、改まった調子で秋山へと向き直った。

「あなたが店長さんですね？」

「そうです。まだ働き始めて三週間ほどしか経っていないんですが……」

秋山は少々気後れした様子で後頭部をかいた。櫛備に無言で先を促されると、事情をぽつりぽつりと語り始める。

「もともとおれは、都内で営業マンとして働いていたんです。でも営業成績は万年びりで、上司にも怒られっぱなしで……」

「なるほど、それで体調を崩し、故郷であるこの町へ帰ってきたというわけですか。再就職先を探していたあなたを拾ってくれたオーナーは高校の同級生ですね」

「え、なんでそれを？」

戸惑う秋山にさっと手を掲げ、櫛備は更に続ける。

「三十歳を目前に地元に帰ってきても、周りはみんな定職に就き、家庭を持っている者もいる。劣等感に苛《さいな》まれ就職活動にも身が入らず、ふらふらしていたあなたは、偶然再会した神原氏に誘われてこの店で働くことになった。彼は市内に飲食店を三店舗持ち、多くの従業員を抱えるやり手の経営者だ。そんな友人に拾ってもらい、どうにか職にありつけたあなたは、慣れないバーの店長の仕事を必死にこなそうとしている。だが、そんなあなたの前に、得体の知れぬ霊が現れたのですね」

すらすらと、まるで見てきたかのように語る櫛備に対し、秋山は糸で操《あやつ》られたみたいにかくん、と首を縦に振った。

「そう、そうなんです。それで困ってしまって……」

櫛備はすべてを理解しているとでも言いたげにうなずくと、断りもなしに店内を歩き回る。そして店の奥まで行くと振り返り、大仰に両手を広げた。

「ふむ、たしかに感じます。この店には、無念を抱えた霊が存在している。それはおそらく、あなたがここで働き出す前に起きた『悲劇』に起因しているようですねえ」

「悲劇……？」

秋山がおうむ返しにした瞬間、久留美が表情を強張《こわば》らせた。そんな彼女の異変に気づきもせず、秋山は話の続きを待ち構えた。

「その悲劇とは……つまり火事です」

「火事ぃ……？」

素《す》っ頓狂《とんきょう》な声を上げたのは秋山ではなく久留美の方だった。怪訝《けげん》そうに顔をしかめ、大きな目をぱちくりさせている。

「ええ、繁華街の古いビルというのは十分な防火管理が行われていない場合が多く、火事になった時に非常口が物で塞がれていて脱出できないことがあります。そのせいで、逃げ遅れた人々が煙に巻かれて死を遂げるケースがありましてね。このビルもおそらく、そういった事故が原因で亡くなった人々の霊が取《と》り憑《つ》いているようです。あなたが目撃した霊というのも、そういったものでしょう」

「でもぉ、ここが火事になったなんて話は聞いたことないけど……」

「ニュースにならなかった事件など、この世にはたくさんあります。あなたが知らないからと言って、起きていないという証明にはならない。そうでしょう店長さん？」

久留美の意見を強引に切り捨て、櫛備は秋山へと問いかける。その勢いに気圧《けお》され、秋山はただうなずくばかりだった。

「すごい……情報なんて与えられなくても、櫛備先生には全部見えてしまうんですね！　先生の霊視をこんな間近で見られるなんて感激だあぁ！」

突然声を上げた修平が興奮気味に拳《こぶし》を震わせている。そこから少し離れた位置では、腕組みをした美幸が呆れ顔をしてむっつりと押し黙っていた。

「すごいすごい！　テレビのまんまだぁ！　店長、火事うんぬんはさておき櫛備十三に除霊してもらったら、霊に悩まされることもなくなるんじゃない？」

「あ、ああ。たしかにそうだな」

すっかり乗り気になった秋山とうなずき合った後、久留美はスツールに置いてあったバッグを摑んだ。

「それじゃ、あたしそろそろ行かなきゃ。駅前の『スイートマドンナ』が人手不足だから応援頼まれちゃってるの。櫛備十三の除霊が見られないのは残念だけどさ」

「そうか、もうそんな時間か。お疲れさま」

秋山がうなずくと、久留美は「ちゃお～」と手を振り店を出ていった。扉が閉まるのを見届けた後で、修平は改めて興奮を露《あら》わにして目を輝かせる。

「櫛備先生、まずは何から始めますか？　霊の特定……いや、何かしらの現象が起きるのを待ちますか？」

「うーん、そうだねえ」

あまりの熱量に胸やけがしたような顔をして、櫛備はしばし考え込む。それから何か思いついたように口を開いた。

「修平くん、ちょっとひとっ走りして、ホームセンターに行ってきてくれないか」

「ホームセンター、ですか？　何を買ってくるんです？」

櫛備はすぐに答えず、きょろきょろと店内を見渡す。

「あの、メモならこれをどうぞ」

秋山が気を利かせて、メモ帳とペンを差し出すと、櫛備は表情をほころばせ、軽く会釈をした。さらさらとメモ紙に何事かを書き込み、一枚ちぎって修平に渡す。

「これを頼むよ。ここからならそうだなぁ、二時間もかからずに帰ってこられるはずだ」

修平はどこか不本意そうにメモ紙を受け取ったが、文面を確認するや、即座に潑《はつ》剌《らつ》とした表情を取り戻した。

「わかりました！　瀬戸修平、行ってきます！」

必要以上に大きな声で意思表明をして勢いよく扉を開き、修平は脱兎《だっと》のごとく店を飛び出していった。

「先生、何を買いに行かせたんです？」

美幸がそっと耳打ちするように訊ねると、櫛備は溜息《ためいき》混じりに苦笑し、首を左右に傾《かたむ》けてこきこき鳴らす。

「まあ、必要なものをね。それより、ようやく静かになったねえ。彼はとても気持ちのいい青年だが、ずっと一緒にいると暑苦しいというか、ちょっと疲れるんだよねえ」

「あの、櫛備先生。どなたとお話しされているんですか？」

美幸に向かって悪戯《いたずら》な笑みを浮かべる櫛備を怪訝《けげん》そうに見つめていた秋山が、恐る恐るといった調子で訊ねた。

「いえ、ちょっと大きめの独り言ですよ。これは仕事をするうえでの私なりの思考法ですから、どうぞお気になさらず」

櫛備は適当な文句で誤魔化《ごまか》そうとしているようだが、秋山の抱える疑念は完全に拭《ぬぐ》いきれてはいない様子だった。彼の目に美幸の姿が映らない以上、それも仕方のないことだろう。彼女は生身の人間ではなく魂だけの存在で、その身体はどこぞの病院で眠ったまま、意識だけがこうして独り歩きしている状態なのだ。櫛備が人前で美幸と話していても、他人には櫛備が独り言を言っているようにしか見えない。誰もいない空間に話しかける櫛備の姿は、さぞおかしなものに映ったことだろう。

秋山はわかったようなわからないような声で生返事をしつつ、話を戻した。

「それであの、本当に除霊してくれるんですか？」

「もちろんですよ。ご依頼いただいた以上は、しっかりと仕事をさせていただきます。ただ、今のままでは除霊はできないですねえ」

「どういうことですか？」

難問にぶち当たったみたいな顔で眉を寄せる櫛備。問いかける秋山の声は不安げで弱々しい。

「ちょっと先生、なんで本題に入らないんですか？　また面倒くさがって適当な除霊で済ませようとしてません？」

後ろから美幸に突っ込まれ、櫛備は心外そうに眉を寄せた。

「馬鹿を言っちゃあいけないよ美幸ちゃん。ちゃんとやろうとしているじゃあないか。でもまずは役者が揃《そろ》わないことには、除霊も何もあったものではないからねえ」

「ふん、そうやって回りくどいこと言って誤魔化そうったってそうはいきませんからね。いい加減なことをして仕事をおざなりにしたら、私が先生を取り殺しますよ」

「おいおいおい、何を物騒なことを言っているんだよ。僕がいつ仕事をおざなりにしたっていうんだい？」

白々しく言ってのける櫛備に対し、美幸は目を剝《む》いて怒りを露わにする。

「どの口がそんなこと言うんですか。先生のこれまでの悪行は私の記憶違いだとでも言うんですか？　なんなら、これまでのインチキ除霊の被害者の枕元に立って、何もかもぶちまけたっていいんですよ」

「待て待て待て。わかったよ。ちゃんとやるって言っているだろう。なにもそこまで怒ることはないじゃあないか……」

ひそひそ声で攻防を繰り返す櫛備と美幸。それを遠巻きに見ながら、櫛備十三なる霊媒師に対して不信感を禁じ得ない秋山。三者三様の感情が入り乱れ、なんとも気まずい空気が店内に流れている。

「あの……櫛備先生？　大丈夫ですか？」

「おっと失礼。またやってしまいましたねえ。もちろん問題ありませんよ。まずは除霊よりも先に、わかるところから調査を始めてみましょうか」

「と、言いますと？」

櫛備はふふん、と鼻を鳴らし、どこか得意げに秋山の顔を見返した。

「何故霊が現れるかを知るためには、この建物と、そこに出入りするあなたのことを知る必要があるんですよ。もしかすると、女性の霊はあなたがよく知る人物なんてこともありえますからねえ」

「いや、僕にそんな覚えは……」

言いかけた秋山を、櫛備がさっと遮る。

「まあまあ、騙されたと思って教えてくれませんか秋山さん。いや、秋山くんと呼んでも？」

「え、ええ、どうぞ……」

突然、馴れ馴れしい口調で問われ、秋山は戸惑いがちにうなずく。彼の反応を満足そうに見返して、櫛備は先を続ける。

「この店で一人だけ霊を目撃し、続けざまに霊障に遭《あ》っている君の人となりってやつが、どうしても知りたくてねえ」

「僕の人となりって、そんなもの聞いてどうするんですか？」

櫛備は少々、考える素振りを見せた後、不意に笑みをこぼす。

「決まっているじゃあないか。この店に留まっている霊が聞きたがっているからだよ。霊の願いを聞き入れてあげれば、おかしな出来事も起こらなくなるかもしれないからねえ」

その言葉に半信半疑でうなずいた秋山は、店内をきょろきょろと見回しながら、呼吸を整えるようにして語り始めた。

2

実を言うとおれ、こういう体験は初めてじゃないんです。昔から、そういう——幽霊みたいなものを視ることがあって……。

小学生の頃、あまり友達ができなくて、休み時間に一人でグラウンドの端っこの方で遊んでいたんですけど、ある時、違うクラスの女の子が声をかけてくれたんです。おかっぱ頭で笑顔がかわいくて、おれみたいな奴でも優しく接してくれて、すぐに仲良くなりました。それからしばらくすると、クラスの連中の様子がおかしくなっていったんです。おれを不思議なものでも見るような目で見たり、例の女の子と遊び終わって教室に戻ると、ぴたりと話をやめておれに注目したり……。

新手の嫌がらせかなと思っていたら、ある時先生が、「秋山、お前大丈夫か?」なんて訊いてくるんです。何のことかわからずに首をひねっていると、先生は「休み時間、いつも一人で何をしてるんだ」って。それで気づきました。おれ以外の誰にも、彼女の姿が見えてなかったんです。

それ以来、少女は出てこなくなりました。その後すぐにクラス替えがあって、サッカーが得意な久保《くぼ》くんと仲良くなったのをきっかけに、友達もたくさんできました。毎日楽しく過ごしているうちにあの子のことも忘れていって、でも卒業式の日に校舎からあのグラウンドを見下ろすと、あの女の子が手を振っていたんです。もしかすると、おれのことずっと見守っていてくれたのかなって……。

その次に不思議なことがあったのは中学三年の冬でした。受験も終わって、卒業までの期間にクラスの卒業文集を制作することになっていたんです。数名の生徒が集まって文集に載せる写真を選んだり、コメントを考えたりしました。冬の寒い日で、他のクラスにもまばらにしか生徒がいない。どことなくわびしいような空気が校内に満ちている。そんななか、廊下を歩いていると、誰もいないはずの空き教室の戸が開いているんです。不思議に思って覗いてみると、一人の女子生徒の姿がありました。ひと目見た瞬間、足が動かなくなって。どうしたものかとまごついていると、その女子生徒が突然振り返ったんです。

「あれ、秋山くん？」

そこにいたのは、一年生の時に同じクラスだった戸田《とだ》さんという女子生徒でした。

戸田さんは色白で髪が長く、やや狐目で愛嬌のある笑顔の持ち主でした。普段は無表情に近くて、あまり喜怒哀楽を表に出さないんですけど、ふとした時に笑った顔がすごく魅力的で、おれは授業中やテスト時間などに、窓際の席に座る彼女をこっそりと盗み見たりしていました。

たぶん初恋だったんだと思います。

「久しぶりだね。元気してた？」

戸田さんはあの素敵な笑顔でおれに笑いかけてくれました。正直、彼女とはそこまで親しくはありませんでした。思春期特有の照れくささみたいなものが邪魔をして、簡単に女子と交流を持ったりなんてできなかったんです。戸田さんとは仲良くなりたいと思っていたけれど、そのチャンスが巡ってこないうちに進級して、別のクラスになってしまいました。その後、戸田さんは中二の夏頃からぱたりと学校に来なくなったそうです。不登校だったようですが、その詳しい理由をおれは知らなかった。

　そんな彼女と久しぶりに会ったわけですから、おれはとにかく驚いて「ああ」とか「うん」とかぶっきらぼうな返事をするばかりでした。

　戸田さんはそんなおれを優しい笑顔で見つめて、色々な話をしてくれました。好きな音楽、ドラマの話、本当はバレー部に入りたかったけど、体調を崩して入れなかったこと。クラスみんなで催《もよお》しを考えた文化祭には必ず出たいという意気込み。

　ひそかに憧れていた戸田さんとの時間におれの胸は高鳴りました。けれど、話をしているうちにだんだん、妙な違和感が湧いてくるんです。

　目の前にいるこの少女が、どことなく儚《はかな》げで、今にも消えてしまいそうな感覚。まるで存在自体が希薄で、かろうじてこの世に留まっているかのような危うさみたいなものが彼女の表情から、立ち居振る舞いから漂《ただよ》っていました。なぜそんな風に思うのか、その理由すらもおれにはわからなかったけど、彼女のことを見ていると、なんだか無性に涙が出そうになる。しきりに胸がざわつき、おれは引《ひ》き攣《つ》った表情をしていました。

　そんなおれの変化を敏感に察知した戸田さんはふっと口を閉ざし、寂しげな表情をしたんです。

「戸田さん、どうして学校に来なくなっちゃったの？」

　こらえきれなくなって訊ねると、戸田さんはまた寂しそうに眉を下げて、困ったように笑ったんです。彼女が何か言おうとして口を開きかけた時、ちょうど同じタイミングで教室の戸が開き、担任教師に教室に戻るよう言われました。

　それにうなずいてから再び戸田さんの方へと振り返ると、すでに彼女の姿はありませんでした。ただ、結露で曇った窓ガラスに「さよなら」って一言だけ、指で書いたような跡があったんです。

　戸田さんが、学校に来なくなった中二の夏に難しい病気で寝たきりになっていたこと、彼女が卒業を待たずして亡くなってしまったと知ったのは、この体験をしたすぐ後でした。

　戸田さんがどうしておれの前に現れてくれたのか。その理由は、今でもわかりません。

　すいません、長くなっちゃいましたね。一応言っておきますけど、いつも視えるってわけじゃないんです。事故現場に行ったって幽霊なんて視えないし、何も感じません。

　はい、神原とは高校で知り合いました。中高一貫の私立高で、神原は中学から。

おれは高校から通っていました。仲良くなった理由は、単に同じクラスで席が近かったってことくらいでしょうか。神原は人気者で、常にクラスの輪の中心にいるような奴でした。バスケ部だったし、生徒会もやってましたから、いつも忙しそうで。でも仲のいいグループの遊びには必ず顔を出していました。カラオケとかボーリングも上手で、顔もいいから女子にも人気でした。クラスの女の子に呼び出されて、神原にラブレターを渡してほしいというお願いをされたのも、一度や二度じゃなかったと思います。

そんな奴がどうしておれと仲良くしてくれたのかは、正直わかりません。これといった接点も、共通する趣味もなかったけれど、気づけば彼のグループに入れてもらっていました。でも本当に嬉しかったのは、さっき話したようなおれの体験談を、神原だけは笑わずに聞いてくれたことなんです。何人かに同じ話をしたことがあるんですけど、みんな笑いながら夢でも見たんだろうと言って相手にしてくれませんでしたから。

その点はありがたかったですけど、でも、面倒なことも多かったんです。神原はおれに霊感があると思い込み、肝試しだのなんだのと、色々な心霊スポットに連れまわしました。その場では、何が起きるわけでもなかったし、危険な目に遭うこともなかったんですけどね。

けれど数日経ってから、通りの向こうにいる見知らぬ女の人に睨まれていたり、交差点で信号待ちをしていると突然、背中を押されて車道に飛び出してしまい、危うくトラックに轢《ひ》かれそうになったり。そういうことがしばしば起こりました。もちろん、神原や他の友人の身には何も起こりません。

あれが幽霊の仕業だとして、何故おれの周りにばかり現れるのか。その時の霊にしても、この店に現れる霊にしても、見たこともないような女性ばかりで恨まれるような覚えもないのに。

しかもそういう災難は幽霊だけじゃないんです。高校の頃、一人で下校しようとしたおれに大学生らしい女性が声をかけてきて、

「秋山透は？　まだ学校にいる？」

女性は見るからに怒り心頭といった様子で訊ねてきました。おれは戸惑いながらも、自分が秋山透であることを伝えます。すると女性は更に怒髪天《どはってん》を突く勢いで声を荒らげ、なにやら訳のわからないことをがなり立てながらおれを突き飛ばし、そのまま立ち去ってしまいました。

同姓同名の他人とおれを勘違いでもしているんだろう。別の学校に、そういう人物がいて、あの女性と諍《いさか》いを起こしているのかもしれない。そんな風に考えながら最寄りの駅へ向かうと、今度は別の女性に「あなた明日風《あすかぜ》学園の生徒？　秋山透っ

て知ってる？」と声をかけられる。先刻の女性と同じ対応をすると突然その女性は綺麗な顔を歪《ゆが》めて泣き出し、戸惑うおれの頬に平手打ち。そして馬鹿だのふざけんなだのと捨て台詞《ゼリフ》を残して走り去っていきました。人通りの多い夕方の駅前で、呆然と地べたに座り込むおれを、大勢の人たちが蔑《さげす》むような目で見下ろしていたのを、よく覚えています。

そういう経験は、大学を卒業して地元を離れるまで、年に一度か二度、コンスタントに起きました。その頃になると、自分が身に覚えのないとばっちりを受けることの多い人間であると理解してましたから、深く考えることもしませんでした。

今回のことにしても、同じパターンなんじゃないかと思うんです。この店に現れる女性の霊が何者なのか、何を訴えようとしているのか、そんなことはおれにはわからない。でも、どういうわけか彼女はしつこくおれの前に現れる。きっと、おれ自身は覚えのないことで、理不尽に恨まれちゃってるのかなって、そう思います。その証拠に、最近じゃ現れる回数も増えて、お客が引いてバイトの子たちも帰らせた後、一人で店にいると必ずと言っていいほどあの女が出てくるんです。仄暗い目をした土気色の顔が目に焼きついて離れなくて、家で寝ていてもあの女性が現れるんじゃないかと怖くなります。

これ以上ここで働くのはつらい。でも誘ってくれた神原の手前、このまま辞めるのは心苦しいんです。だから、櫛備先生が来てくれて本当によかった。

除霊、してくれるんですよね？

3

話を聞き終えた櫛備十三は、腕組みをし、眉間に皺を寄せて考え込んでいた。

「あの、櫛備先生？」

秋山が不安げに問いかけると、櫛備は彼を横目で見据える。

「ふむ、話を聞いた限りだと、君はたいした『巻き込まれ体質』のようだねえ。この店に現れる霊が視えてしまうのもうなずけるよ。君のように、ごく限られた環境下において霊を視ることができるという体質の人間は意外と多いんだよ」

「限られた環境、ですか？」

櫛備はこくりとうなずく。

「君がどうこうではなく、霊の方が君に姿を見つけてほしいと思っている状況さ。霊は通常、意図して生者に姿を見せることはできないが、強い思いが作用して姿を現したり、対話したりすることがある。しかしそれは、生者との間に強い『縁』があればこそなんだ。家族や恋人、友人であったり、憎き仇敵であったりねえ。だが君の場合、全くの赤の他人だというのに、霊が誰かに存在を認識してほしいと願う気持ちを敏感に察知し、拾い上げてしまう素質があるようだ。しかも、自分の意志とは無関係に。だから霊の姿が視えてしまう。逆に霊が視てほしいと思わなければ視えないし感じもしない。ある意味じゃあ究極の受け身体質かもしれないねえ」

何がおかしいのか、櫛備は自分で口にした言葉に対し、満足げに笑っている。一人で勝手に納得したような、おかしな笑い方である。秋山は、そんな櫛備を困ったように見つめながら後頭部の辺りをがりがりやっている。櫛備の言葉にあまりぴんと来ていない様子だが、しかし、美幸の姿が視えていない時点で、櫛備の分析はほぼ当てはまっていることになるのだろう。

「だが話を聞いて納得したよ。君の気持ちがどうであれ、主導権を握っているのは霊ということになる。たとえ君がこの店を辞めたとしても、霊の気持ちひとつでどこまでも君を追いかけてくる可能性だって大いにあるはずだ」

「そんな……櫛備先生が除霊をしてくれればそんなことにはならないんじゃ？」

「ふふん、たしかに、僕がちょっと本気を出せば、そこらの霊なんて一瞬で消し飛ばすことができる。それは間違いないよ。ああ、間違いないさ」

得意げに胸を逸《そ》らせた櫛備を、美幸が「ハッタリはいいから、さっさと本題に入ってくださいよ」とたしなめる。

興を削《そ》がれた様子の櫛備は気を取り直すように咳払いをして、

「だが霊というものは思いのほかしぶといものでねえ。力ずくで消し去ろうとしても、一時的に姿を消すだけで、どこからともなく舞い戻っては再び出現するようになる。どんなにきれいにしようとしても、次々に湧き出てきては生者を困らせる厄介な存在なんだよ」

　霊をまるでトイレの害虫かのように言う櫛備に、美幸の怒りのボルテージは更に上昇している。視線だけで人を殺しかねない危険な目つきで睨みつけられ、己の失言に気づいた櫛備は、よそよそしい態度で秋山へと向き直る。

「つまりだねえ、僕が言いたいのは、霊を本気で除霊するには、根本の問題を正さなくてはならないということさ」

「根本の問題っていうのはつまり、霊の正体は誰かってことですか?」

　櫛備は強くうなずいた。

「霊や怪異、妖怪に神仙、その他説明のつかないような霊威《れいい》に至るまで、あらゆる存在には起源がある。そして起源とその土地とは密接な関わりがあるんだ。中には浮遊霊などのように、人に取り憑いて移動するものもいるだろうけれど、根本を辿《たど》っていくと必ず、関わりのある土地へと辿り着く。君の元に現れる霊が何故この店にのみ現れるのか、そして君だけに姿を見せるのか。その理由がわかれば、おのずと解決方法も見えてくるというわけだよ」

「でも櫛備先生は霊媒師ですよね？　そういうことなんて関係なしに、えいっと除霊してしまうことはできないんですか？」

問いかけられた瞬間、櫛備は一瞬「うっ」と面食らったような顔をしたが、すぐに平静を取り戻し、澄ました様子で咳払いをする。

「も、もちろんできるさ。簡単だよ。だがさっきも言ったように、それだと一時的な措置にしかならないこともあるんだ。それに、そんな野蛮な手段を用いるのは実に低俗で暴力的だとは思わないかい？」

「暴力的、ですか」

「だってそうだろう。何か問題が起きた時、話し合いで解決するか暴力で解決するかの二択しかないとしたら、話し合いを選ぶのが良識ある人間というものだ。それは霊に対しても同じだよ。いきなり力ずくで言うことを聞かせるなんて、野蛮な人間のすることだ」

「はあ、そういうもの、ですか……」

納得したようなしていないような様子で、秋山はうなずく。

「でもおれは、本当に何も知らないんです。彼女の顔も見たことがないし、どこの誰かなんてとても……」

霊と遭遇した時のことを思い返してか、秋山は自らを抱きしめるようにして身震いした。

「何か、一つでもいいから覚えていることはないかなあ。たとえば彼女が口にしていた言葉とか」

「言葉……そんなものは……」

ない、と言いかけたところで、秋山ははっとした。

「そういえば……」

「覚えがあるのかい？」

「はい、前に一度、深夜ここでその日の売上を計算していた時、神原から電話が来たんです。何気なく通話ボタンを押したら、向こうは何も喋らない。不審に思って何度か呼びかけたら、女の声で『かえして』って……」

秋山は弾かれたように顔を上げ、興奮気味に訴える。

「『かえして』か。ふぅむ。なるほどねえ」

「あとで確認したら、神原には電話なんかしてないと言われました。櫛備先生、その言葉がいったいどんな意味を持っているっていうんです？　こんなことが、何かの役に立つんですか？」

矢継ぎ早の質問に、櫛備は苦笑いをして首をひねった。

「さあ、どうかな。それだけの情報じゃあなんとも言えないねえ」

曖昧《あいまい》な返答に、秋山はもどかしそうに嘆息する。

この男、本当に優秀な霊媒師なのか。今世紀最強の霊媒師などと言われているのに、この気だるげな態度は何なんだとでも言いたげな秋山をよそに、櫛備はカウンタースツールにどっかりと腰を下ろした。

「ちょっと先生、説明不足じゃないですか？　彼にはきちんと事情を説明しないとダメですよ」

「いやいやいや、それはどうかなぁ。安易に情報を渡してしまったら、先入観が働いて物事を客観的に見られなくなるからねえ。それは避けたいんだよ」

不満げに声を上げた美幸に対し、櫛備はひそひそと小声で返す。

「え、なんですか？」

聞き返したものの、『そういう思考法だ』という櫛備の話を思い出したらしい秋山は、遠慮するような仕草で押し黙った。

「ほら、このままじゃ怪しまれる一方ですよ。さっさと本当のこと話して、協力してもらいましょうよ」

「いや、しかしそれじゃあ名の知れた霊媒師としての僕の外聞が……」

「信じられない。そんなことにこだわってる場合ですか？　ちょっとテレビで名前が知られたからって目の前の事件をおざなりにしていい理由にはなりませんよ。ていうか、依頼を受けた以上はしっかりとこなすのがプロってもんでしょ。見栄を張ってないで、さっさとやるべきことをしましょうよ」

美幸に強気な口調でぴしゃりと言い放たれ、櫛備は返す言葉もない様子。「弱ったねえ」などと独りごち、ぼりぼりと頭をかいた櫛備は、やがて観念したように溜息をついた。

それから何か言おうとして秋山の方を向いた矢先、柱時計の針が午後五時を指し示し、鐘の音を店内に響かせた。

三つ、四つ、五つと鳴り響いた鐘の音がゆっくりと尾を引いて消えていく、その瞬間を待ち構えていたかのように、入口の扉がガチャリと音を立てた。

「よう、やってるか」

開いた扉から顔を覗かせたのは、この店のオーナーである神原祐介だった。

「神原、どうしたんだよ」

「棚卸お疲れさん。ちょっと様子を見に……って、こちらは？」

軽く手を挙げた神原はそのまま視線をスライドさせ、スツールに腰かけた櫛備を不思議そうに見据えた。

「何言ってるんだよ。櫛備先生だよ」

「櫛備って、もしかしてあの櫛備十三か？　テレビなんかによく出てる？　おいマジかよすっげなぁ！　握手してくれよ握手！」

　神原は途端に笑顔を浮かべ、どこかで見たようなテンションで右手を差し出した。櫛備が渋々といった調子で手を握ると、それをぶんぶん上下させる。

「やったな、おい。俺の店に有名人が来るなんてよ。こんなことあるんだなぁ。よぉ櫛備さん、何か飲むかい？　定休日だけど、サービスするよ」

「いや結構。こう見えても一応、仕事中でねえ」

　櫛備の返答を聞いているのかいないのか、神原は興奮冷めやらぬ様子でカウンターに入り、スコッチを取り出してグラスに注ぐと勢いよく飲み干した。

「それにしても、今日は定休日なのに、どうして櫛備十三がこの店にいるんだ？　まさか、撮影か？」

　くぅー、と歯の間から妙な声を発し、音を立ててグラスをカウンターに置いた神原が店内を見回す。しかし、どこにもカメラなど用意されてはいない。

「何言ってるんだよ神原。櫛備先生はお前が呼んでくれたんだろ」

「呼んだ？　俺が？」

　なんで？　と続けながら、二杯目を注いだ神原は、その問いに答えようとしない秋山を見てグラスを持つ手を止めた。

二人の間に、なんとも言い難い沈黙が流れる。そんな状況の中でも、櫛備十三は一人、気が抜けたような笑みを浮かべ、カウンターに頬杖をついていた。

「どういう、ことだよ？」

神原は品定めするかのような目つきで櫛備をまじまじと見つめる。

奇妙な空気が店内を支配していた。

4

「――神原。お前が呼んだ霊媒師って櫛備先生のことじゃないのか？」

秋山が訊ねると、神原はきょとんとした様子で、

「違うぜ。俺が紹介されたのは普段、繁華街の片隅で易者《えきしゃ》をしているおばさんだ。けど急に都合がつかなくなったとかで、キャンセルされちまったんだよ。さっき送ったメッセージ見てないのか？」

「そう、だったのか」

「あ、もしかすると俺の方が送り忘れてたのかな。スマホ新しくしてから、なんか調子悪くてよ。未だに操作も慣れねえし、前の機種に戻したいんだよなぁ」

ぼやく神原をよそに、秋山は窺うような眼差しを櫛備へと向ける。この男は、神

原が依頼した霊能者ではなかった。ならば何故、彼はここにいるのだろうか。そんな疑問で、秋山の頭の中は一杯だったことだろう。

櫛備は『ご依頼をいただいた以上は』と言っていた。テレビに出演するような名の知れた霊媒師である彼が、わざわざ嘘をついてまで、この店にやってきて秋山の話を根掘り葉掘り聞こうとする理由も思い当たらない。

いったい誰が、どんな経緯で櫛備十三をここへ寄越したのか。そんな疑問を抱いたのは神原も同様らしく、二人は何を考えているのかさっぱり読めない、不気味な薄笑いを浮かべている霊媒師をしばし食い入るように見つめていた。

「ちょっと先生、どうするつもりですか？　オーナーが来るなんて想定外じゃないですか」

「うーん、そうだよねえ」

櫛備の傍らで、美幸が声を潜めるようにして問いかける。櫛備はさりげなく席を立ち、壁に掲げられたコルクボードを見上げた。そこには、オーナーである神原がオープンの記念に撮影したものや、従業員の女の子たちが思い思いのポーズをしている写真が何枚も貼りつけられている。中には客とツーショットで撮影されているものもあり、普段の店の様子が窺えた。

「そうだよねえ、じゃないんですよ。なに余裕ぶっこいてるんですか！　嘘ついたことがバレたんだから、早くどうにかしないと追い出されちゃいますよ」

「そんなことはわかっているよ。けれどまあ、役者は揃っているんだから、今更筋書きを変える必要もないだろう」

「役者って……まさか先生、オーナーが来ることわかってたんですか？」

怪訝そうな美幸の追及に対し、櫛備は曖昧に肩をすくめた。その反応を見て、美幸はもろもろ察したように息をつく。

「それじゃあ、やっと本題に入るんですね？」

「ああ、まさしく『機は熟した』というやつさ」

気取った口調で言いながら、櫛備はくるりと振り返り、未だ困惑した様子の秋山、そして神原へと向き直る。

「秋山くん、君がこの店で何度も遭遇している女性というのは、線の細い、大学生くらいの女性だね」

「はい、たぶん、そうだと思います……」

「長い黒髪を後ろで束ねて、かわいらしいワンピースを着た女性、だよねえ？」

「どうしてそれを……？」

問い返した後で、秋山ははっと表情を固めた。

「まさか、今もいるんですか？」

秋山は弾かれたように背後を振り返り、それから店内の隅々まで視線を巡らせた。一方、神原は猜疑心《さいぎしん》に満ちた表情で櫛備に見入っている。

「――ん、なんだって？　あなたはある人物に殺されたのですか？」

突然、櫛備は誰もいない空間に向かって一人芝居を始めた。傍《はた》から見ればそれは、霊と対話している様子に映るのだろう。やる気のない表情から一転、鬼気迫るような迫真の演技によって、秋山はもちろん、神原までもが固唾《かたず》を飲んで続く発言を待ち構えていた。

「なるほど。そういう理由から、あなたはこの店に現れるのですね……」

櫛備はそこで一つ呼吸を置き、秋山へと視線をやった。

「秋山くん、彼女が君の前に現れるのは、あることを訴えるためだったようだ。だが、霊というものは非常に虚《うつ》ろで不安定なもの。人の前に姿を現す際には、膨大なエネルギーを必要とする。そのせいで、時には自分の記憶すらも曖昧になり、理解不能な感情に突き動かされ、見当違いの相手に怒りや憎しみを向けてしまう場合がある。たとえばそう、別の人物に向ける憎しみを、誤って君に向けてしまうという風にねえ」

「おれを別の誰かと勘違いしたっていうんですか？　それであんな……」

これまでのことを思い返しながら、秋山はぶるる、と身震いした。改めて恐ろしさを実感する一方で、合点がいく部分もあったらしい。

「そうか。だから店の女の子たちには見えなかったんだ。おれが男だから勘違いした。そういうことなんですね？」

熱の籠《こも》った問いかけに櫛備がうなずくと、秋山は更なる疑問に目を向ける。

「でも、だとしたらいったい誰と勘違いしたんですか？　この店の従業員で男はおれだけだ。まさか、ここへ来る男性客に恨みがあるとか？」

秋山は言葉を彷徨《さまよ》わせた。勝手に結論づけようとするのを、櫛備は頭を振って否定する。

「そうとは限らないだろうねえ。仮にそうだとしたら、わざわざ店に来るのを待つのではなく、相手を追いかけていけばいい。だが彼女はそうしなかった。理由は主に二つある。一つは何らかの理由で魂がこの場所に縛りつけられ、店から出られないから。そしてもう一つは、この場所にいれば、憎む相手がやってくることを知っているからだ。その事実こそが、彼女の正体に迫るうえで最も重要な鍵となる」

「彼女の正体……」

おうむ返しにした秋山が、何事か考え込むように黙り込んだ。再び店内が静寂に支配されそうになった頃、不意に声を上げたのは神原だった。

「あのさ、櫛備先生。あまりいい加減なこと言わないでもらえるかな。さっきから聞いてりゃ、まるでうちの店に原因があるかのような言い草じゃねえか。言っとくけど、うちは真っ当な店ですよ。キャストの女の子たちにだって正当な給料を支払ってるし、未成年は働かせちゃいない。悪いことなんか何もしてないんだからな」

櫛備は神原へと視線を転じ、怒りを露わにするその顔をじっと見据えた。

「なるほど、その悪いことというのは、店の女の子とお客との間に生じるもう一つの『ビジネス』も含まれるのかな？」

「なっ……！」

神原は驚愕《きょうがく》に顔を歪《ゆが》め、口を半開きにして黙り込んだ。動揺からか、摑み損ねたグラスが音を立てて倒れる。

「なあ神原、ビジネスって何だ。どういう意味だよ？」

「さ、さあな、俺にもよくわからねえよ。この人、何言ってんだろうな」

慌てて取り繕おうとする神原の態度におかしなものを感じ取り、秋山はすぐに櫛備へと向き直って詳しい説明を求めた。

「秋山くん。君をこの店の店長にと雇ったのはそこにいる神原氏だったそうだねえ」

「ええ、仕事のないおれに声をかけてくれて……」

「本当に、それが理由だったと思っているのかい？」

「……どういう、意味ですか？」

秋山は眉を寄せ、ごくりと喉を鳴らす。

「君が働き始めるまでは、そこにいるオーナーがこの店を切り盛りしていた。その時には、霊が現れるようなことはなかったのかな？」

「そんな話は何も……」

応じながら、秋山は確認するように神原へと視線をやった。唇を噛みしめ、眉間に皺を刻んだ神原は、じっと俯《うつむ》いたまま顔を上げようとしない。

「ふむ、それはおかしいなあ。さっきも言ったけれど、霊が現れるということは、その場所になにがしかの因果関係が生じているということなんだ。秋山くんが働き始めてすぐに霊が出現したということは、そのタイミングで何かが起きていなければならない。にもかかわらず、思い当たる節がないとすると、何かが起きたのは、秋山くんがやってくるより前でなくてはならない」

「だから、何もないって言ってるだろ。変な言いがかりはやめてくれ」

呻《うめ》くようにして、神原は言った。

「君の方こそ、嘘をつくのはやめた方がいい。先に言っておくが、僕はぜーんぶお見通しだからねえ」

不敵な笑みを浮かべ、櫛備はそう言い放つ。ぐぅ、と喉の奥から声を漏らした神原をよそに、櫛備は軽く鼻を鳴らして店内をぐるりと見渡した。

「それにしても、実にセンスの良い店だ。店長を除く従業員が若い女性ばかりというのも悪くない。だが最近はひどく不景気だからねえ、繁華街には似たような店がごろごろあるわけだから、立地条件で負けているこの店は色々と大変でしょう」

問いかけるような口調だったが、神原は答えようとしないし、櫛備もまた返答を求めてはいなかった。

「だからこそ、君は生存戦略の一つとして、この店に強力な『付加価値』を与えることにした。店の女の子たちと客をマッチングさせて身体を売らせる売春行為さ」

「な、何言ってるんだ！　根拠のない言いがかりはやめろ！」

突然、神原が声を荒らげ、カウンターに拳を打ちつけた。肌がひりつくような緊張感が店内に漂う。

「言いがかりなんかじゃあないさ。根拠ならある」

「へえ、だったら言ってみろよ」

いきり立つ神原に対し、櫛備は目を細め、値踏みするような眼差しを向けた。

「ふむ、なかなか上等なスーツを着ているようだ。さすがは市内で三店舗を経営する飲食店のオーナーといったところかな。まだ若いのに、立派なことだ」

「な、なんだよいきなり」

突然話題を変えられて、神原は目を瞬《しばたた》く。だが次に発せられた櫛備の言葉に、彼は絶句した。

「しかし、シャツの襟はノリが落ちてよれているし、カフスボタンも取れかかっている。物持ちがいいというより、買い替える余裕がないという感じか。時計や靴も安物で間に合わせているようだ。靴底がやけにすり減っているところを見ると、車ではなく交通機関を利用していることがわかる。いい車を購入しても、維持できなければ売り払うしかないからねえ」

櫛備の視線の先、コルクボードには、神原が愛車のＢＭＷの運転席で誇らしげにポーズをとっている写真が飾られていた。

「それもこれも、店の経営状況がすこぶる悪いせいだ。売上不振を補塡《ほてん》するために車まで手放し、資金集めに躍起《やっき》になっているようだねえ。勢いに任せて店舗数を増やしたまではよかったが、先が続かなくなってしまったんじゃあないかな？」

投げかけられた言葉は、静寂の中に溶けていった。それを気にする様子も見せず、櫛備は好き勝手に話を進めていく。

「そんな経済状況にありながら、この店は二か月前に店内リフォームを行っている。その資金はどのようにして捻出されたのか。銀行からの融資は考えにくいし、個人的な貯蓄があるとも思えない。店の収入では、運転資金すら賄えない。消去法的に考えてみても、良からぬ副業で稼いでいたという結論に至るわけだ」

「それがどうして売春なんだよ。ガールズバーだから女の子を自由に使えるとでも思ってるのか？　そんなわけあるか。うちのバイトはみんな大学生だ。中にはいいところのお嬢さんだっている。汚いおっさん相手に身体を売るなんて……」

早口にまくしたてる神原をさっと手で制し、櫛備はにんまりと口の端を持ち上げた。その不敵な笑みに気圧されて、神原は否応なく押し黙る。

「さっきの子、たしか久留美ちゃんとか言ったかな。彼女のバッグは高級ブランド品だった。着ていた服、靴やアクセサリーだって、そこらの若い女の子が手にできるような代物じゃあない。これは僕の想像だが、きっと他の子も、似たような金の使い方をしているんだろうねえ」

視線で問われ、秋山は戸惑いながらも肯定的な表情を浮かべた。思い当たる節がある。という顔だ。

「ふん、バカバカしい。全部あんたの妄想だろ。霊視だかなんだか知らないが、そんなことまでわかるわけないだろ。インチキなんだよ、インチキ」

「ほう、この僕がインチキだって？　それはまた、随分な言いがかりだねえ」

さも心外そうに驚いて見せる櫛備。一方、やや離れた位置では美幸が「意外と鋭いわね」と感心している。

「違うっていうなら証拠を見せてみろ。どうせないんだろ？　言っとくが、俺はこの店に命を懸けてるんだ。売上が少ないのは認めるが、だからこそリフォームして心機一転、頑張っていこうと思ったんだ。秋山を店長にしたのだって、この店を任せてもいいくらい、こいつを信用してるからだよ」

断言するように言い放ち、神原は櫛備を強く睨みつけた。すぐに反論しようとしない櫛備を見て、神原の顔には勝ち誇ったように笑みが浮かぶ。

「それに、もし仮に……仮にだ。あんたの言う通りだったとして、それが何だっていうんだよ。うちの経営が厳しいことと、ここに女の霊が出ることには何の関係もないだろ」

「いいや、関係はあるよ。大いにねえ」

櫛備の表情から笑みが消えた。それを合図に、彼の反撃が始まる。

「彼女がこの店に現れる理由。それは君だよ。神原オーナー。彼女は君に強く訴えたいことがあって、出てきているんだ。君自身、そのことにはとっくに気づいているだろうけどねえ。この店を秋山くんに任せて寄りつかなくなったのも、もとはと言えばリフォームを終えたタイミングで彼女が現れるようになったからだ」

「な、何言って……」

「まだ、しらを切るつもりなのかい？　彼女はこの店で働いていたアルバイトの女の子だ。名前は高岩小春《たかいわこはる》という、二十歳の大学生だった。哀れにも君にその命を奪われた彼女は、その無念から今もこの店に留まっているんだよ。君もここで彼女の霊を視た。そして恐ろしくなり秋山くんにこの店を任せて逃げ出したんだ」

神原がひゅっと息を呑む。その横顔を、秋山は驚愕の眼差しで見つめていた。

「おおよその筋書きはこうさ。オーナーである君は金を握らせた客に女の子に迫るよう指示する。同時にソフトドリンクだと嘘をついて強い酒を飲ませ、酔っぱらった女の子が客に絡んでいる様子を撮影。その写真を餌《えさ》に彼女を脅し、家族や大学に黙っていてほしければ裏の仕事に協力しろと要求する。普通に働くよりも割のいい報酬を約束してねえ」

「ちが……それは……」

往生際悪く否定しようとする神原に喋る暇を与えず、櫛備は一気にまくしたてた。

「君はそうやって売春行為に応じる女の子たちを確保してきた。中には乗り気で興じる子もいただろう。たとえばそう、野崎久留美のようにねえ。そうやって味を占めた君は今度もうまくいくと思った。だが、高岩小春は君の要求を突っぱね、挙句には警察に駆け込もうとしたんだ。君は大いに慌てた。誘いに乗らず、脅しにも屈しない彼女に恐怖すら抱いたことだろう。そして悲劇は起きた」

櫛備はそこで神原から視線を外し、意味深な素振りで店内を見回した。

「さっき、証拠を見せろと言ったねえ。この話を裏付ける物的証拠なんてものは、今のところ見つかっていない。というより、それをなくすために君は店を改装したんだ。思惑通り何も出てくるはずがないのさ。だが、人がそこに存在した痕跡というのは、簡単に消せるものじゃあない。友人の警察関係者にちょろっと調べてもらったら、高岩小春は行方不明者として届けを出されていたよ。親元を離れ、この町で一人暮らしをしていたそうだが、三か月ほど前にぱったりと姿を消してしまったそうだ」

「それは……」

何か言いかけた神原が、はっとして口を閉ざす。その反応を満足げに見やった櫛備は、更なる追い打ちを仕掛けた。

「売春、失踪、店の改装。この三つを線で繋げば、真相を導き出すのは実にたやすい。そうは思わないかい？」

そこまで言われれば嫌でも想像がつくだろう。秋山は額にびっしりと脂汗を浮かべた神原へと詰め寄る。

「神原、本当なのか？」

有無を言わせぬ強い口調。だが神原はすぐさま首を横に振り、それを否定した。

「馬鹿言うなよ。嘘だ。デタラメだ。俺はそんなこと……お前を騙したりなんて、するはずないだろ」

「だったら、どうやって店の改装費を出したんだよ。この店の売上が、残りの二店舗のマイナスをカバーできるほどじゃないってことくらいおれにだってわかる。改装前はもっと売上が少なかったはずだ。改装費なんて、とても捻出できない」

秋山による容赦のない追及に、神原は力なく頭を振るばかりだった。息が詰まるような沈黙が再び店内に降りる。

「さあ、そろそろ認めたらどうだい？　でなきゃ、いつまで経っても除霊なんてできやしない。もっとも、無理に除霊をしなくちゃあならない理由も、僕にはないんだがねえ」

急かすような素振りで杖を床に打ちつけながら、櫛備はそう言い放った。

数瞬の後、神原はうわ言のようにぶつぶつと、何かを呟《つぶや》き始めた。

「嘘だ……嘘だ……全部あんたの妄想だ……」

往生際悪く、否定しようとしているらしい。ここまで事実を突きつけられ、言い逃れなどできないような状況に追い込まれているというのに。

「ふぅ、困ったもんだねえ。迷える魂の安息を得るためには、君がすべてを認め、事実を明らかにすることが必要なんだ。しらを切られたままじゃあ、こっちも具合が悪い」

　櫛備は杖の音を響かせながら数歩、脇に移動した。秋山や神原の視線を遮らないように配慮したのだろう。

「高岩小春を殺した相手に、きちんと罪を認めさせる。それが僕の依頼人のたっての願いだ。こうなったら、彼女自身にも協力してもらおうじゃあないか」

　その言葉の意味が飲み込めず、ぽかんとする神原。一方の秋山は、不穏な表情を更に強めて身を乗り出した。

「やっぱり、彼女は今もここにいるんですね？」

「もちろんさ。彼女は最初からここにいて、僕たちの会話を聞いていたよ。僕の話がデタラメなんかではないことを、この際だからはっきりさせようじゃあないか」

　そうして櫛備十三は、やや芝居がかった仕草で手を挙げ、柱時計が掛けられた辺りを指し示した。

「ねえ、高岩小春さん――」

　事前の打ち合わせ通り、意識を集中させて強く念じる。

　次の瞬間、室内の空気がすっと冷え、男たちの吐き出す息が白く変化した。

「嘘だろ……」

　秋山がかすれた声を漏らす。彼の眼差しは、柱時計の手前に立つわたしへとまっすぐに注がれていた。

5

櫛備十三の話はすべて本当だ。

わたし――高岩小春は三か月ほど前に命を落として以来、霊となってこの店に留まっている。強い未練があるとか、誰かを恨んでいるとか、そういう気持ちはなく、ただ気がついたらここにいた。

最初はぼんやりと、店で働く人やお客さんたちを眺めていた。その誰一人として わたしの姿を認識できず、声も聞こえていないと理解していく過程で、自分が幽霊になってしまったことを否が応でも受け入れていった。悲しかったけれど、現状を理解すると共に、わたしは自分が何者であるかも思い出していった。大学一年の冬からこの店で働き始めたことを思い出したのも、その頃だった。以前に比べて店内が綺麗に改装されていたから、気づくのに少しばかり時間がかかってしまったのだろう。

だが肝心の『何故自分が死んでしまったのか』『何故この店から外に出られないのか』という疑問についてはいつまで経っても解けなかった。もしかすると、思い出したくないのかもしれない。自分が死んだ時の記憶なんて思い出してしまったら、それこそ怖くてたまらなくなる。だから記憶に蓋《ふた》をして思い出さないようにしているのかもしれない。そんな風に考えていた。

そんな時、ある光景を目の当たりにした瞬間に、わたしの記憶は甦《よみがえ》った。

客の男性がアルバイトの女の子を遠巻きに眺めながら、カウンターにいる野崎久留美と話をしている。最初はただ、女の子に興味があるだけだと思っていた。けれどそうじゃなかった。男性は財布から数枚のお札を取り出して久留美に渡し店を出ていった。それからすぐに久留美がその女の子に声をかけ、彼女は訳知り顔でバックヤードへ引っ込む。その後、私服に着替えて店を出ていくのを見て、わたしはすべてを思い出した。

頭の中で、眠っていた記憶が次々にフラッシュバックする。地元を離れ、一人でこの町にやってきたこと。胸を躍らせた大学生活で、周りがみんな遊びに夢中で、自分とは違う世界の住人のように感じられたこと。自分はその輪の中に入れず、留学の費用を貯めるためのアルバイトに必死になり、気づけばくたくたで、講義中に居眠りをする劣等生に成り下がっていたこと。それが嫌で、親に内緒で時給のいいこの店の仕事を始めたこと。チェーンの居酒屋ならまだしも、露出の多い制服を着てバーで働くなんて、自分に向いているとは思えなかったけれど、ここの時給はコンビニやスーパーの倍以上だ。労力に見合うだけの報酬は得られる。相変わらず寝不足は続いたけれど、前よりずっと勉強に集中する時間が作れたし、両親にこれ以上、お金の面で苦労をかけずに済む。

ずっと続けるわけじゃない。留学するまでの間だけ頑張ればいい。店での仕事にも慣れ始めると、そんな前向きな気持ちを持てるようにもなった。

働き始めて二か月が過ぎた頃、ある男性客に言い寄られた。三十代くらいのその男性客は、オーナーと結託してわたしの飲み物に強いお酒を混ぜ、酩酊《めいてい》しているわたしが男性客にもたれかかっている様子を撮影させた。その写真をネタに、オーナーはわたしに売春行為を強要したのだった。

馬鹿なわたしは、その時になってようやく、同僚の女の子たちがお客さんと連れ立ってお店を出ていく理由を知った。彼女たちが、その見返りにどれくらいのお金を受け取っていたのかはわからない。けれど、わたしが手にする正規のアルバイト料なんて簡単に上回るくらいの大金だったことは、彼女たちが身に着ける服やアクセサリーを見ていれば想像がついた。

わたしに選択の余地はなかった。店にやってくる客には、この店の『裏メニュー』のことは知れ渡っており、この頃には客の大半が、代わる代わる女の子たちを買って、相応の対価を飲み代として店に支払うというシステムが出来上がっていた。

客からの『指名』に応じて歩合給を受け取っていた女の子たちには、悪いことをしているという認識はなかったように思う。この程度のことなら他の店だってやっているなどと言って、わたしにはよく理解できないような判断基準で売春を繰り返していた。

なかでも、率先して新規のお客を連れてきたり、店で働きたがる女の子を集めていたのは野崎久留美だった。酩酊しているわたしが男性客にもたれかかっている写真を撮影したのも彼女で、オーナーよりも彼女の方が、わたしの口を封じることに必死だったように思う。

そして、ついにあの夜がやってきた。私はその日、一人の男性客に買われた。オーナーに指示され、私服に着替えて店を出ると、店先で男性客が待ち構えていた。わたしのお父さんよりも年上であろう白髪のサラリーマンは、下卑《げび》た笑いをその顔に張り付け、馴れ馴れしい手つきでわたしの肩を抱いた。

店は繁華街の外れにあるので、ラブホテルなんて目と鼻の先だ。適当に目を付けた店に連れ込まれそうになった時、わたしは半ば叫ぶようにして男性客を突き飛ばし、脱兎のごとく駆け出してアパートへ逃げ帰った。

やっぱり、わたしには無理だ。楽をしてお金を稼ごうとしたから、悪いことを見て見ぬふりをしようとしたから、罰《ばち》が当たったのだと思った。故郷にいる両親や姉に申し訳ない気持ちでいっぱいになり、その夜は一睡もできなかった。延々と鳴り続けるスマホの電源を落とし、布団を頭からかぶってひたすら泣きじゃくった。

翌朝、スマホの電源を入れると、大量の着信の後に、オーナーからメッセージが入っていた。あの写真をばらまいてもいいんだな、という脅し文句を想像しながらメッセージを開くと、

『昨日は無理をさせてしまって悪かった。謝罪したい。店を辞めるというのならそれでもかまわない。あの写真は削除するし、給料も手渡しするから、一度店に顔を出せないか？』

驚いた。けれどそれ以上にほっとした。オーナーのしていることは悪いことだけれど、わたしにお店の女の子たちを責める権利などない。真実を話せば彼女達まで捕まってしまうかもしれないと思い警察に駆け込むのはやめた。そしてメッセージを返信し、最後に店に顔を出すことにした。

午後三時、営業開始前の店へ行くと、オーナーがグラスを片手にカウンタースツールに腰かけていた。私の顔を見るなり「よく来てくれたな」と安堵《あんど》の表情を見せた。オーナーはわたしにオレンジジュースを出し、何度も頭を下げて謝罪してくれた。売春のことに触れると、それももうやめにすると言った。夜の街を牛耳る連中

にばれたら、それこそどんな目に遭わされるかわからないからと。これからは真っ当な店をやっていくという言葉を、わたしは信じた。

オレンジジュースを飲み干し、オーナーにこれまでお世話になりましたと頭を下げて立ち上がったわたしは、そこで強い眩暈《めまい》に襲われ床に倒れ込んだ。

なんで？　どうして？　そんな疑問ばかりが頭の中を支配していた。照明の光を背負ったオーナーの顔は真っ黒で、見開かれた目が異様にギラついていた。「はいさようならって帰らせると思ったのかよ。世間知らずのクソガキが。黙って言うこと聞いてりゃあ、死なずに済んだのに……」

うわ言のようにぼそぼそと喋りながら、オーナーはわたしの首に手をかけた。いやだ。やめて。そう叫びたいのに身体が言うことをきかない。苦しい。助けてと頭の中で訴えるけれど、オーナーは手を緩めるどころか、より強く締めつけてくる。どうにかして逃れようと、床に転がったバッグやらオーナーの持ち物やらを手当たり次第に摑んで投げつけようとしたけれど間に合わなかった。

酸素が足りずわたしの意識は暗く沈んでいく。視界が狭まり、眠りに落ちるような感覚で、わたしの命は尽きていった。

一連の記憶を取り戻した時、わたしの頭を支配していたのは、怒りでも憎しみでもなく、圧倒的な『虚無感』だった。

ごく普通の家庭で、幼い頃から両親と姉に愛されて育てられたわたしはきっと、素敵なイケメンとまではいかなくても、それなりの相手と平凡な幸せを噛みしめるような暮らしをしていくんだと思っていた。相変わらずの不況で日本の行く末は心配だけれど、それでも夫婦で力を合わせて子供を育て上げ、お祖母ちゃんになって、子や孫に見守られて死んでいく。そんな生き方を想像していた。それなのに、現実はこうも呆気《あっけ》なく、そして残酷に私の命を奪ってしまった。

まだやりたいことの半分もできていない。両親に面と向かってありがとうと言えていないし、もうすぐ結婚するお姉ちゃんにおめでとうも言えていない。何一つ、やり遂げられないままに終わってしまった。自分の人生はこんなにも儚《はかな》く、虚しいものなのかと、笑いたくなった。

復讐なんてしたって生き返れるわけじゃない。けれど、このわだかまりを解消するためには、誰かを憎むことが手っ取り早いように感じてしまった。しかし、わたしを殺したオーナーは一向に店に現れず、代わりに店長として働き始めた見知らぬ男性に店の管理を任せていた。恨み言の一つでも言いたいのに、それができないという葛藤にわたしは苦しんだ。やりきれない思いはやがて、見当違いな怒りを誘発する。気づけばわたしは、店長であるその男性が一人の時を見計らって、姿を現すようになった。普段、どれほど多くの人間が店にやってきても、誰も私の姿を視ることはできない。けれど、わたしが強く願った時に限り、この秋山透という人物には姿を視せることができた。彼はわたしを視て恐怖に震え、面白いほど取り乱してくれた。それをいいことに何度も姿を現しているうち、いつしかわたしは彼にオーナーの影を重ねるようになっていった。

つまるところ、八つ当たりのように彼を憎むようになっていったのだ。たぶん、相手は誰でもよかった。霊として存在するために、この世に未練を残し続けるために、直接的に憎む対象が欲しかったのだ。

こんなことをしてはいけない。彼は何も悪くない。そう思っているのに、やめ時がわからなかった。憎むにふさわしい相手なら他にいる。けれどどういうわけか、野崎久留美には私の姿は視えない。声をかけても、暗がりで目の前に踏み出しても、彼女は眉一つ動かさなかった。わたしの姿を、とことん認識できないのだ。

それで結局、わたしはまた秋山透の前に、姿を現してしまう。時には電話越しに訴えかけたこともあった。

憎い。でも憎みたくない。だから早くわたしの願いを聞いてほしい。理解してほしい。そして、家族の元にわたしの身体を返してあげてほしい……。

そんな思いを抱えながら、わたしは彼の前に姿を現し続けた。

櫛備十三がわたしの前に現れたのは、そんな時だった。

彼に仕事を依頼したのは姉の秋奈《あきな》だった。世間的にはわたしは三か月前から音信不通となり、失踪者扱いされている。スマホの電源は切れているし、アパートにも帰った形跡がない。両親と姉は警察に捜索願を出したけれど、幼い子供ならまだしも、成人した大学生が失踪した程度では、警察はそれほど親身になってくれなかったという。日本の年間行方不明者数は八万人。だがその大半は自らの意志で家出をしたり、恋人と駆け落ちをしたりという自発的な失踪であるらしい。私も例に漏れず、家出の類だと思われたということだった。

そうして二か月が過ぎた頃、姉は学生時代の友人から、櫛備十三の存在を知った。なんでもその友人は映像制作会社のADをしており、櫛備十三とは何度か仕事を一緒にしたことがあり、不可解な事件をいくつも解決しているというのだった。姉は友人に頭を下げ、櫛備に一縷《いちる》の望みをかけて、わたしの行方を探してもらえるよう依頼した。

櫛備はわたしがこの店で働いていたことを探り出し、定休日を見計らってやってきた。入口の鍵は、ビルの管理人をうまく丸め込んで開けさせたのだという。こういう時、テレビに出るような有名人は得をするらしい。

そして、店内に一人佇《たたず》むわたしを見つけた櫛備は、この場所からいなくなることを勧めてきた。わたし自身、それは願ってもないことだったけれど、すぐに実行することはできなかった。何故ならわたしは、自分の意志でこの店の外に出られないからだ。その理由を話して聞かせると、櫛備は困り果てたような顔をして、面倒事を抱え込むのはごめんだと言い放った。同行していた美幸が根気よく説得してくれたおかげで、櫛備は渋々、「そういうことなら、どうにかしてここから出られるようにするしかないねえ」と言ってくれた。

つまり櫛備十三は、今日この店を訪れた時点ですべてを知っていたことになる。秋山が陥っている状況や、神原オーナーが彼に内緒で、今も女の子たちに売春を斡《あっ》旋《せん》しているという店の内情、経営状況に至るまで、何もかもわたしから情報を得ていた。それらをあえて知らないふりをし、わたしを除霊するという名目でやってきたのだ。ありもしない火事の話をでっち上げたのも、野崎久留美の注意を逸らすためだろう。

すべては神原祐介の悪事を露呈させ、彼に罪を認めさせるという、わたしとの約束を果たすために。そして店舗改装の際に、この店の中に隠されてしまったわたしの死体を見つけ出すために。

わたしが強く念じることで、秋山はわたしの姿を視認できるようになっていった。彼はわたしの姿を認めると、驚いたように目を見開き、息を呑んだ。

「君は……君が……」

今、ここにいるわたしが、これまでに目撃してきたわたしとは少し雰囲気が違っていることに、秋山は気がついたようだった。何か言おうとするも、うまくまとまらない様子で言葉を彷徨《さまよ》わせる。そんな姿を見て、神原が怪訝そうに眉をひそめた。

「おい、どうしたんだよ透。誰に向かって喋ってるんだ？」

不思議に思うのも当然だ。この期に及んでもなお、神原にはわたしの姿が視えていない。そのことがわたしにはどうにも歯がゆいのだけれど、こればかりは仕方がなかった。

わたしの気持ちを察したように、そばにやってきた美幸が「大丈夫？」と心配そうに声をかけてくれる。

「――うん、ありがとう。美幸さん」

「悔しくてたまらないと思うけど我慢してね。先生に任せておけば、きっと大丈夫だから」

強い口調で言われ、わたしは戸惑いながらもうなずいて見せる。

「信用してるんだね。櫛備先生のこと」

「まあ、あれで意外と人の気持ちがわかる人だからね。霊を適当に丸め込んで消えてもらおうとするいい加減な面もあるけど、あなたみたいに悪い人の食い物にされた霊の気持ちは絶対に無下《むげ》にしたりしない。それだけは保証するわ」

そう告げた美幸の表情からは、櫛備に対する絶対的な信頼が見て取れた。

最初に彼を見た時、わたしが抱いた印象は「胡散臭《うさんくさ》い」だった。立ち居振る舞いや表情、口にする言葉、どれをとっても、いい加減なおじさんにしか見えなかったし、人に対しても霊に対しても平気で嘘をつく軽薄さも相まって、信頼感を抱くことはできなかった。けれど今では、その不安も解消されつつある。迷いのない口調で神原を追いつめていく姿は、とても頼もしかった。櫛備十三に任せておけば何もかもうまくいく。万事解決する。そんな気持ちにすらさせてくれた。

「教えてくれ。櫛備先生の話は本当なのか？」

秋山がわたしに問いかけてきた。だが返答を待つまでもなく、彼の中で答えは決まっているように見えた。

「おい透、お前どうしちまったんだよ。冗談はやめろって」

神原が肩に置いた手を、しかし秋山はすげなく振り払う。そして、今にも摑みかからんばかりの勢いで詰め寄り、

「冗談じゃないのはお前の方だろ神原。なんでこんなことしたんだ」

「はぁ？　何言って――」

「しらばっくれるなよ！」

秋山の怒号が、神原の表情から薄ら笑いを引きはがす。

「売春だとか殺人だとか、何考えてるんだよお前は！　どうしてこんな……こんなこと……なんで黙ってたんだよ！」

悔しさに歯噛みして、秋山は「クソ！」と地団太を踏む。どれだけ願ったところで、すでに起きてしまったことを覆すことはできない。それがわかっているからこその苛立ちに思えた。

表情を失った神原は何も言わず、感情を失くしたような顔で足元を見下ろしている。口を開けば墓穴を掘るだけだということを、よく理解しているようでもあった。

「話したくないのなら、僕から説明しようか」

再び、沈黙を切り裂くかのように口を開いたのは櫛備だった。

「そもそも、神原オーナーは売春ビジネスを長く続けるつもりはなかったんだ。こういうビジネスをしていれば、嫌でも噂というものは立つし、情報は意外なところから漏れる。怖ぁい人たちのシマを荒らしたツケを払わされたり、警察の目に留まって検挙されるのは目に見えているからねえ。だからこそ、適当な身代わりが必要だった」

「身代わり？」

おうむ返しにして、秋山は思案顔を作る。答えを見出すまでに、そう時間はかからなかった。

「おれのこと、なのか……？」

「ばか、何言ってんだよ透。そんなわけあるかよ。このインチキ霊媒師の言うことはデタラメだ。真に受けんじゃねえよ」

「でも……」

当惑する秋山に対し、何か言おうとする神原を遮って、櫛備が話を続ける。

「彼が君を雇ったのは、単に人手がなかったからでも、仕事を世話してやろうという親切心からでもない。自分の犯した罪を君に着せることが目的だったんだ。ちょうど、高校や大学の頃に彼が君の名を騙《かた》って、複数の女性と交際していた時のようにねえ」

秋山の表情が一瞬凍りつき、それからはっとして疑いの目を神原へと向ける。

「そうか、彼女たちはおれを見て騙されていたことを確信して……おれのこともグルだと……」

合点がいったようにうなずく秋山。もはや弁解の余地がないほどに追いつめられた神原は、ぎりぎりと音を立てて歯噛みしながら、激しい狼狽《ろうばい》の色を見せた。

その時、何の前触れもなくがちゃりと音を立てて入口の扉が開き、先刻店を出ていった修平が現れた。その手には大きなハンマーやシャベル、バールなどを抱えている。

「櫛備先生、頼まれたもの買ってきましたよ。これでいいんですよね？」

「悪かったねえ修平くん。それで、野崎久留美の方はどうだった？」

その質問が櫛備の口から飛び出した瞬間、神原は弾かれたように顔を上げ、青白い顔を更に青くさせた。

「先生の指示通りに彼女の後を追いかけていったら、スーツ姿の金持ってそうなオジサマと駅前で待ち合わせて、ホテル街に消えていきましたよ」

ふん、と鼻を鳴らし、修平は自らの手柄を誇るように胸を突き出した。

櫛備は満足げにうなずいてから、ゆっくりと神原へ向き直り、

「これでもまだ、否定するつもりかい？　神原オーナー」

神原は何も言わなかった。観念したかのように目を逸らすその反応こそが、肯定の証でもあった。

「櫛備先生、その道具は何に使うんですか？」

「これかい？　決まっているじゃあないか。高岩小春の願いを叶えてやるのさ」

そう返され、秋山は首をひねりながら、不思議そうな顔をしてわたしを見た。

「霊というのはつくづく、本当に厄介な存在だ。自分を認識できる相手を見つけては、あれをしろこれをしろと要求する。聞き入れなければしつこく付きまとったり、まるでこっちが悪者かのように暴言を吐くんだからねえ。かわいい見た目をしていても、その図々しさはまさに万国共通。老若男女問わず、わがままを突き通すまで決して引こうとしない。そこにいる彼女も御多分に漏れず、単に神原オーナーの悪事を明らかにするだけじゃあ満足いかないようでねえ」

櫛備が目配せをすると、修平はがってん承知とばかりにうなずき、用意した柄の長い、工事現場で使うような大きなハンマーを肩に担いで店内をうろうろと歩き回る。

「おい……おい、何をするつもりだお前ら。そんなものを持って」

神原が慌てて駆け寄り、修平の前に立ち塞がる。

「まさか、俺の店を破壊するつもりなのか？」

「そんなつもりはないよ。少しばかり探し物をするだけさ。修平くん、構わないからやってしまいなさい」

「はい、先生！」

威勢のいい返事と共に、修平は神原を押しのけ、振りかぶったハンマーで壁をぶち破った。

「な、なんてことしやがるんだぁ！　やめろ畜生ぉぉ！」

神原が激しく取り乱す。その悲痛な叫びをものともせず、修平は二度、三度とハンマーを振り下ろし、真新しい壁紙の張られた壁に巨大な穴を穿《うが》った。

「先生、ここには何もありません！」

「そうか、じゃあ今度はそっちかなぁ」

櫛備は、それが当然であるかのように、別の壁を指差した。

「お前ら何をしてるのかわかってるのか！　こんなことをして、ただで済むと……」

「おいおいおい、何をそんなに慌てているんだい？　壁に穴をあけられちゃあまずいことでも、あるのかな？」

「当たり前だろうが！　こんな……こんなことされちゃ、営業に支障が……」

「ふん、営業に支障ねえ」

櫛備の目がすっと細められ、ぞくりとするほどの冷ややかな口調が向けられる。

「この期に及んで見苦しい嘘はやめてくれないか。君がそこまで取り乱すのは、店舗の改装作業にかこつけて隠した高岩小春の死体が出てくるからだろう？」

神原はうっと押し黙り、その後、過剰なほどに首を横に振った。

「そんなものあるわけないだろ！　彼女は失踪したんだ。俺は殺してなんかいないぞ！」

「おい神原、お前……」

明らかに不自然な取り乱しように、秋山も戸惑いを隠せない。彼がゆるゆると差し出した手を、神原は勢いよく払いのけた。

「うるさい！　黙れ黙れ！　透、お前は俺のことよりもこんなインチキ霊媒師の言うこと信じるのかよ。高校の時からずっと、目をかけてやってたのによぉ」

「神原……」

神原は下卑た笑いを浮かべて喚《わめ》き散《ち》らす。

「俺は誰も殺してなんかいねえんだよ。そうさ。もし殺したってんなら証拠を見せてみろよ。どんなに壊したって、この店から死体なんか出てこねえぞ。全部このおっさんの妄想なんだからな」

妄想。この男にとってはわたしの存在も、わたしを手にかけた事実すらも、『妄想』の一言で済ませられてしまう、その程度のことなのだ。

そう思うと無性に腹が立った。許せない、と内心で強く叫び、奥歯を嚙みしめた。隣で様子を窺っていた美幸が「小春さん、今は抑えて。感情的になってはいけないわ」と声をかけてくれたけれど、我慢なんてできなかった。

わたしの身体を凄《すさ》まじい勢いで電流が巡り、毛穴という毛穴から発せられたその衝撃が、店内を駆け抜けた。オーク製のテーブルが鈍い音を立ててへし折れ、椅子が弾け飛ぶ。カウンターの酒瓶が次々に破裂し、大量の酒が床を濡らした。

「うわっ！　な、なんだよこれぇ！」

神原が叫びながら櫛備へと詰め寄り、しがみつくようにして声を荒らげた。

「おいあんた、霊媒師なんだろ。インチキでも何でもいいから、さっさと除霊してくれよ！　方法、知ってんだろ！」

「除霊の方法ねえ。もちろん知らないわけじゃあないが、力ずくで彼女をここから追い出す理由は、僕にはないよ」

「な、なにぃ？」

ひやりとするほど冷徹な声で、櫛備は言い放つ。それまでの飄々《ひょうひょう》とした彼からは想像もつかないほど力強い口調だった。

「君の方こそ、高岩小春の遺体をどこに隠したのか白状するんだ。これ以上霊の怒りを買って、彼女に取り殺されたくなかったらねえ。まあ、僕としてはそういう決着のつけ方でも構いやしない。貰うものさえ貰えればそれでいいわけだし、その方が彼女は満足できるかもしれないからな」

皮肉めいた笑みをその顔に刻み、櫛備は片眉を吊り上げた。窺うようなその視線を前に、神原はなお強情を張って口をきつく結んでいる。何が何でも、自らが犯した罪を認めるつもりはないらしい。

わたしはまたしても怒りに頭を支配され、神原を強く睨みつけた。黒く澱《よど》んだ波動が嵐のように吹きすさぶ。

床に散らばったガラス片が小刻みに振動し、スツールがガタガタと震え出す。そんな中、ぶるる、ぶるるというくぐもった音が店内に響いた。

「なんだ、この音……」

その音に最初に気づいたのは秋山だった。耳をそばだて、店内をぐるりと見渡した彼が、やがて目を留めたのは柱時計の前だった。

「まさか、この中に……？」

柱時計に耳を当てるも、すぐに思い直したように身体を離し、視線をさらに下へと落とした。

「ここだ。床の下から聞こえる」

その言葉を合図に、修平と協力して柱時計を脇へとずらす。そうして再びハンマーを掲げた修平は、真新しい床めがけて勢いよく振り下ろした。

「やめろ！　やめ……！」

神原の悲鳴じみた声を遮るように、叩きつけられたハンマーが床を砕く。大きく穿たれた穴の奥には、青いビニールシートのようなものが見えた。秋山と修平は二人がかりで床板を引きはがし、ビニールシートにくるまれたものを引きずり上げる。そうして広げられたシートの中からは、ミイラのように乾ききったわたしの顔が現れた。

「う、うわあああああ！」

それを目にした瞬間、神原は大きな声を上げて走り出した。入口の扉にしがみつき、無我夢中で押し開くと、転げるようにしてビルの階段を駆け下りていく。

「修平くん、すぐに通報だ。といってもあの様子じゃあ、それほど遠くには逃げられないだろうがねえ」

「はい、先生！」

返事もそこそこに、修平は神原を追って店を出ていった。

彼らのやり取りをよそに、秋山は床に膝をついたまま、わたしの遺体に視線を落とし、何か言いたげな様子で押し黙っていた。

ぶるる、という振動音はまだ続いている。

秋山が屈み込んでシートをさらにめくると、わたしの遺体の右手には白いスマホが握られていた。その液晶画面が繰り返し明滅している。殺される寸前、わたしが藁にもすがる思いで摑んだ、神原のスマホだった。

土埃《つちぼこり》だらけのスマホを取り上げ、秋山は通話ボタンをタップした。

「……かえして」

わたしの声が、スピーカーを通して秋山の鼓膜を震わせる。

「……わたしの身体、家族の元にかえしてあげて……」

言い終えるのと同時にノイズが混じり、力尽きたみたいにスマホの電源が切れた。

眉間に深い皺を刻んだ難しい表情で、秋山は私を見た。その頬を涙の筋が伝う。

「必ず返すよ。だから安心してくれ」

秋山はそう言って床に手をつき、ぼろぼろと大粒の涙を流し始めた。

生きている頃には顔を合わせたこともない、見知らぬわたしのために涙を流す彼を見ているうち、わたしは不思議な感覚に包まれていった。どこからともなくわたしを包むまばゆい光に、思わず目を細める。

「よかったね。小春さん」

美幸が囁くように言った。わたしはうなずき、それから櫛備へと視線を向ける。

「櫛備先生。ありがとうございました。両親や姉も喜んでくれると思います」

「うーん、喜ぶ前に、君の死を嘆き悲しむだろうけどねえ。でもまあ、生きているのか死んでいるのかもわからないよりは、ずっとマシかな」

その一言はわたしにではなく、彼自身に向けたもののように感じた。ほんの少しだけ、その理由が知りたくなったけれど、あえて訊くのはやめておいた。そんな時間は、わたしには残されていないようだったから。

仄暗い床の下に横たわっていたわたしの身体に、秋山の流す涙が滴《したた》る。その光景を見ていると、不思議と胸が熱くなった。

どうして彼にだけわたしの姿が視えたのか。それがずっと疑問だった。けれど今なら、その理由がわかる気がする。彼はきっと、この先もこういうことに巻き込まれていくのかもしれない。でもそれは単に彼が不幸な体質だからじゃない。霊の存在に怯《おび》えながらもその意思を汲み取り、理解し、そして涙を流してくれる。そういう人だからだ。

それだけで、どれだけ救われることだろう。

そんな彼の優しさに、わたしは惹かれたのだ。言葉を交わさなくても、視線を交わさなくても、彼がそういう、優しい人なのだということが心で理解できた。それはまるで、淡い恋心のようにわたしの胸を埋め尽くし、気づけば彼にコンタクトを取ろうとしていた。いつ自分を失うかわからない土壇場の状況の中で、復讐だとか憎しみだとか、そういう感情に飲み込まれることなく、一途なほどに彼のことを見つめていられたんだ。

「――あなたに会えて、よかったよ」

知らずこぼれたわたしの言葉もまた、涙に震えていた。

その声が届いたのか、それとも届かなかったのかはわからない。それでもわたしは、満ち足りた気持ちで目を閉じた。降り注ぐまばゆい光に包まれたわたしのまぶたの裏には、涙でボロボロになった彼が無理やり浮かべた不器用な笑みが、いつまでも焼き付いていた。

6

数日後、櫛備十三が『スクランブル・ハロウィン』の前を通りかかった時、すでに店は施錠されて立ち入れないようになっており、看板も取り外されていた。

下の階の居酒屋で仕込みをしていた中年男性に確認したところ、やはり神原の所有する店はここを含め、すべて閉店したのだという。

「これでよかったんですよね」

ビルを見上げながら、ぼんやりと訊ねた美幸に対し、櫛備はうーん、と曖昧な相《あい》槌《づち》を打った。

「悪事が露呈し、収まるべき形に収まった。という点ではよかったと言えるかもしれない。でも、こういうのは氷山の一角だからねえ。一つ潰しても、また別の所に同じようなことをする輩《やから》が現れるものなんだよ。それこそ、すべての悪を根絶するなんてことは到底、できやしない」

「現実的な意見ですね。でもまあ、神原祐介が女性を食い物にすることはもうないってことだけは間違いありませんね」

あの日、通報を受けた警察が『スクランブル・ハロウィン』にやってきて小春の遺体を確認した後、神原は警察に連行され、取り調べの末に容疑を認めた。重要な証拠となるスマホを回収せずに遺体を埋めたことについては、遺体が強く握りしめていたため、やむを得なかったと供述した。だが、その時点で残り少なかったはずのバッテリーが、三ヶ月もの間切れずにいたというのは、なんとも不可解なことである。小春の無念が何らかの形で作用したとも考えられるが、真相はわからずじまいであった。バーのキャストを利用した売春の件に関しては、神原ではなく久留美が主に自供したということだ。店で働いていたキャストのほぼ全員が合意のもと、小遣い稼ぎ――あるいはパパ活感覚で、店の客に買われていた。中には小春のように弱みを握られ、仕方なく従っていた女性もいたらしく、やめると言い出せぬまま売春を強要されていたという。

神原祐介は取り調べの際、意味不明な言葉を発し、舌を嚙み切って自殺しようとした。幸い命に別状はなかったが、それ以来「あの女……女が……」と繰り返しながら、夜な夜な何かに怯えて奇声を発しているという。

　小春の魂はすでに消え去っているため、神原は自らの罪の意識に耐えかねて幻を見ているのだろうか。裏を返せば、そんな妄想に囚われるほど、あの男は悪どい行為を繰り返してきたということでもある。

　小春の亡骸《なきがら》は両親と姉の元へ返され、慎ましやかながら葬儀が執り行われた。両親は娘の変わり果てた姿に嘆き悲しんでいたようだが、同時にどこか吹っ切れた様子でもあった。遺体に向けて涙ながらに「おかえり」と声をかけていた両親の姿は痛々しかったが、娘に対する溢れんばかりの愛情を感じさせた。依頼人である姉の秋奈は櫛備に深々と頭を下げ、「妹を見つけていただいてありがとうございました」と、無理に笑みを浮かべていた。


「そういえば、秋山さんはどうなったんですか？」

「彼も相当厳しい追及を受けたようだが、結局は無罪放免だ。神原や他の女性たちも、秋山にだけは売春の実態を知られないよう配慮し、口外もしていなかったそうだよ」

「彼だけを仲間外れにしていたってことですか？　たった一人で、真剣にバーの仕事をしていたってことですよね？」

「そういうことになるねえ。でもそれは、彼の人間性をよく知っているからこその対処方法だったんだろう。秋山が売春の事実を知れば、それこそ自首すべきだと詰め寄ってくることは目に見えていた。正しい友人関係ではなかったにしろ、神原は秋山の人間性をよく理解していたようだからねえ」

　神原の思惑通り、秋山は何も知らぬまま、雇ってくれた旧友の恩に報いようと慣れない仕事を一生懸命こなしていた。彼の健気さが神原の心に少しでも届いていたなら、もっと違う形の解決方法があったのかもしれない。そんなことを考えて、美幸はふと物悲しい気持ちになった。

「秋山さん、落ち込んでいるでしょうね」

「おや、君も彼に惹かれてしまったのかい？　やっぱり彼は霊に好かれることにかけては天才的な才覚を持っているようだねえ」

「そんなんじゃありませんって。茶化さないでくださいよ」

　不満声を上げると、櫛備はまあまあといった調子で手を挙げて、

「それは冗談としても、彼はきっとこの先も、行く先々でこんな風に、意図せず霊に関心を持たれ、接触されていくことだろうねえ。これぱっかりは生まれ持ったものだからどうしようもない。あそこまで霊に好かれやすい体質というのを、僕は見

たことがないよ」

「八つ当たりされやすいっていうのも、つまりは甘えられているって見方もできますよね。本人にしてみればいい迷惑かもしれませんけど」

「ふむ、だがそのおかげで、高岩小春は復讐心に取り込まれることなく自我を保っていられた。僕たちとの対話がスムーズに進んだのも、秋山くんに関わっていたことで、怒りを上手に発散させていたからかもしれないねえ。つまりは一種の『ガス抜き』だよ」

自分の言葉がおかしかったのか、櫛備は軽く噴き出し、表情をほころばせた。

「なんだか、聞けば聞くほど気の毒な体質ですよね。でも、小春さんはそれ以外にも、秋山さんに対して想いがあったんじゃないかって思うんですけど……」

それを今更確認することはできないし、確認できたところで、どうなるものでもない。それがわかっているからこそ美幸は胸が痛かった。

「生きている間に出会えていれば――なんて考えちゃあいけないよ。もしもの話をしてもきりがないし、生前の彼女が秋山くんに興味を持ったかどうかもわからないんだからねえ」

「死後に出会えたからこその『縁』、ってことですか？」

その問いかけに、美幸は自分を重ねずにはいられなかった。

櫛備はしばし考えるような素振りで顎の無精ひげを撫で、それから小さく息をついた。

「そういうことも含めて、人と人とのつながりというのは実に曖昧で奇妙なものだということさ。死とはすなわち縁の終わり。だが、その終わりから生じる新たな縁が存在する。僕はそういうものを信じていたいと思っている」

どこか儚げに、自嘲するような口ぶりで櫛備はそう結んだ。

その言葉が意味するところを、美幸はまだ、きちんと理解することはできなかった。

「先生、お待たせしましたー！」

声に振り返ると、通りの向こうから修平が駆けてくるところだった。満面の笑みを浮かべ、羨望の眼差しを櫛備に向けながら手など振っている。

「まるでパトラッシュですね。先生の忠実なお供って感じ」

「たとえが古いねえ。それに、なんだかとげとげしさを感じるよ。さては美幸ちゃん、彼に助手の座を奪われるのが怖いのかい？」

美幸の皮肉めいた物言いに対し、櫛備はしたり顔を向ける。

「そ、そんなことありません。私は先生のパシリになって、あれこれ用事を押しつけられるのは御免ですから」

「普通、助手ってのはそういうものなんじゃあないのかなぁ」

　櫛備は苦笑しながら首をひねった。

「それに、先生が小春さんの家族に調査費用を吹っかけようとするのを阻止したり、胡散臭い先生を警戒してろくに話をしてくれなかった小春さんをなだめたり、神原を見た瞬間に彼女が暴走しないようそばで見守っていたのは私ですよ。ハンマーで壁や床を壊すより、ずっと重要な役割だったと思いますけど」

　美幸は強い口調でまくしたて、口を尖らせてそっぽを向く。その剣幕に、気圧《けお》されれ、櫛備はただただ首を縦に振るばかりだった。

「わかったわかった。ほら、修平くんが来るよ。話の続きは後にしよう」

「もう、都合が悪くなったらすぐ逃げるんだから。本当にわかってるんですか？　ねえ先生、ちょっと――」

　食い下がろうとしたところで修平がやってきたので、美幸はやむを得ず言葉を切った。彼には自分の声など聞こえないのだから、気にしなくていい気もするのだが、そうとわかっていても、つい気を遣ってしまう。

「あれ、櫛備先生、いま誰かと話してませんでした？」

「いや、誰とも話してなどいないさ。君の勘違いだろう？」

「そうですか、てっきりまた通りすがりの浮遊霊でも見つけて、除霊しようとしているのかと思いましたよ」

「ふん、そんな一銭にもならないことに時間を費やすほど僕は暇じゃあない。さて、さっさと次の現場に行かなくては。依頼が山積みなんだ」

　優秀な霊媒師は大変なんだよ、という櫛備の悦に入った言葉を聞いているのかいないのか、修平は「はい、そうですね！」と必要以上に大きな声で応じる。

「次は洲瑠間《するま》市の市長からの案件です。駅前にある商店街の再開発事業計画が、幽霊騒動のせいでうまく進んでいないそうです。なんでも、無人の商店街に全身黒こげで奇声を発する女の霊が出るとか」

「うーん、それはまた脂っこい案件だねえ。骨が折れるよまったく」

　肩を並べて歩き出す二人の背中を見つめながら、美幸はふと立ち止まる。

　胸の内に感じるちくりとした痛み。言葉にならない不安な思いが、妙な胸騒ぎとなって襲いかかってきた。

　――ダメだよ。余計なことを考えちゃダメ。

　じわじわと湧き上がる疎外感を拭い去るように、自らにそう言い聞かせながら、美幸は小走りに二人の後を追いかけていった。

第二話　別れ際の約束

1

ごちそうさまー、と暖簾《のれん》をくぐっていくお客の背中を見送った後、あの人は老人みたいに腰を叩きながら、陰気な溜息《ためいき》をついてカウンターの端っこの席に腰を下ろした。

今日は木曜日。花の金曜日とまではいかなくても、夜の繁華街はそこそこ賑わっている。だが、この店はというと、今出ていったお得意の客が一組だけ。ここしばらくはずっと、こんな風に閑古鳥が鳴いてばかりだった。

長く店を閉めていたせいもあって、常連さんはみんなはす向かいの『飲み処　田《た》岡《おか》』に流れてしまった。昔からこの辺りは個人の店が多く構える飲み屋街で、二代前から続くこの店も、以前はそれなりに繁盛《はんじょう》はしていたはずなのに、この有様はいったい何なのだろう。

「あーあ、こんなんじゃ今日も早めに店じまいしなきゃならなくなるね」

あの人に負けないくらいの溜息をつきながら、あたしは言った。けれど、嫌味たっぷりの発言に対する返事はなかった。

「ちょっと哲《てつ》ちゃん。聞いてるの？」

　しつこく問いかけたところで、あの人――立花哲也《たちばなてつや》はあたしの方を振り向こうともせず、カウンターに頬杖をついてグラスに注いだ日本酒をじっと見下ろしていた。

「まったく、いい気なもんだよね。あたしが生きてた時は何を言ってもうるさい、黙ってろ、口を出すなばっかりだったあんたが、今じゃ死んだ女房の声も聞こえなくなっちまうんだからさ」

　声どころか、姿だって視えやしない。幽霊になったあたしにはちゃんと足がついているし、格好だって店に立つ時のまんまだ。血を流しているわけでも、目玉が飛び出しているわけでもない。少なくとも自分では、生きている頃と何も変わっちゃいないつもりなのに、誰にもあたしの姿は視えていないらしい。

「……はあ」

　またしても辛気臭《しんきくさ》い溜息が聞こえて、あたしはうんざりしながら腕組みをし、哲ちゃんを睨《にら》みつけた。

「ちょっとちょっと、そういう陰気な溜息をつくのはやめなよ。だいたいあんたは昔っから、人様の前でかっこつけるくせに、家じゃてんでダメ……」

　ガラリ、と引き戸が音を立て、あたしは言葉を切った。どんなに激しく口論していても、お客が来た途端、反射的に笑顔を浮かべてしまうのは、生きていた頃からの癖だ。

だがこの時、暖簾の向こうから顔を見せたのは、客ではなく『あの女』だった。

「おかえりフミちゃん。遅かったな」

「ただいま。ごめんね。酒屋のおばさんとつい立ち話しちゃって。すぐに夕飯の支度するから」

白い顔をふわりと緩めて笑い、あの女——富美加《ふみか》は買い物袋を手に店の奥にある階段へと小走りに向かう。

「いいんだよ。仕込みしながら適当に食べちまったから。フミちゃんはゆっくりしてな」

「でも、それじゃあ悪いわ。私もお手伝いを……」

食い下がろうとする富美加を押しとどめるようにして、立ち上がった哲ちゃんがガハハ、と豪快に笑う。

「手伝いなんかいいんだ。テレビでも観て、好きなことしててくれよ。その方が、俺だってフミちゃんをほったらかしにしてる罪悪感から逃れられるってもんだ」

また笑った。さっきまで暗い顔をしていたとは思えない、不自然なほどに笑顔を振りまく哲ちゃんの姿に、あたしはすっかり呆れてしまった。

お客相手にだって、こんな風に明るく笑ったりしないくせに、と小声で毒づきながら、小上がりの畳に腰を下ろしたあたしの視線の先で、二人のやり取りは続く。

「そんなこと気にしなくていいのに。哲也さん。優しいのね」

「まあな。それより具合の方はどうなんだ？　今日も何となく、顔が青っ白い気がするけど」

「大丈夫。最近ぐっと寒くなってきたから、そのせいかもしれない」

自分の頬に手を当てて、富美加は困ったように眉を寄せる。ただそれだけの仕草が、あたしにはどうにもあざとく感じられてならない。

「だったら尚更、無理しないで横になってるといい。後で雑炊でも作って持って行くからさ」

「ごめんね哲也さん。でもまだ食欲がなくて。ご飯より、スープの方がいいわ」

「そっか、じゃあそうしよう。とびきりのやつを作るから、待ってな」

ありがとう、と儚《はかな》げに笑って階段を上っていく富美加を見送ってから、哲ちゃんはカウンターのグラス酒を片付け、「よし」と気合を入れ直して仕事に戻った。

若き新妻から活力を得て、意気揚々と仕事を再開するその姿は、他人にどう映るか知らないが、あたしの目にはただただ不快に映った。

「ふんだ。デレデレしちゃって何よ。あんな小娘のどこがいいっていうわけ」

問い詰めようとしても、やはりあたしの声は届かない。呑気《のんき》な顔をして包丁を滑らせながら、終いには鼻歌まで口ずさみ出した哲ちゃんに対し、あたしの苛立ちは際限なく膨れ上がっていく。

「ああ悔しい！　あたしがいない間にあんな女に取り入られてさ。そりゃあもう死んで三年だから、新しい女がいても仕方がない気はするよ。でもね、あんたプロポーズの時なんて言ったか覚えてる？　『たとえお前が俺より先に死んじまっても、俺は新しい嫁さんなんていらねえ。そんなものは生涯に一人で十分だ』って、大口たたいたのよ。それがなにさ。たったの三年ももたないじゃない。しかもあの女、あたしよりもずーっと若い。結局は若い女がいいってこと？　四十手前の年増《としま》には飽き飽きしてたってこと？　それならそうとはっきり言ったらどうなのさ！」

あたしは興奮のあまり立ち上がり、カウンターに身を乗り出して叫んだ。すると タイミングよく、上機嫌に鼻歌を歌っていた哲ちゃんがはっとして顔を上げる。

声が届いたのかと期待したのも束の間、座敷の窓辺に吊るしてあった風鈴が、微かな音を響かせており、哲ちゃんはその音に反応したのだった。

驚いたように風鈴を見て、それからひどく残念そうに視線を手元に落とす。たったそれだけの仕草だったけど、富美加の前では決して見せない、今にも壊れてしまいそうな哲ちゃんの表情が、あたしをひどく落ち着かない心地にさせた。

「何さ、そんな腑抜《ふぬ》けた顔しちゃって。どれだけ叫んでも、どうせ聞こえないんだろ。あたしがいることにも気づきやしない。あんたはどうしようもない薄情者だよ！」

吐き捨てるように言って踵《きびす》を返した。入口の引き戸をすり抜け、表の通りに出る。ネオンの明かりに照らされた繁華街を、多くの人が行き交っている。あたしは見慣れた通りを当てもなく歩き続けた。

この数週間、あたしは毎晩のように店に姿を現して、哲ちゃんに声をかけ続けた。最初は遠慮がちに、けれど一週間を過ぎた頃には気づいてくれないことに嫌気がさし、だんだんと口調が荒くなっていった。あたしの苛立ちは日ごとに増していき、この数日は口を開けば哲ちゃんへの嫌味や皮肉ばかりだった。

「せっかく帰ってきたのに、これじゃあんまりじゃないか……」

呟《つぶや》くと共に足を止めた。さぁあ、という水の音に気づいて顔を上げると、町を横断するように流れる川のほとりに来ていた。知らぬ間に繁華街の外れまで来ていたようだ。通りの脇には柳の木が連なり、すでにほとんど葉の落ちたそれらをぼんやりと見上げながら、川沿いに並ぶ石灯篭《いしどうろう》の灯りに目をやる。灯されているのは電灯だが、ぼんやりと立ち上るような緋色《ひいろ》の光は、炎のそれによく似ていた。

「……哲ちゃん」

再び呟くのと同時に、あの日の光景が脳裏をよぎった。病院からの帰り道。こんな風に柳の下を二人で並んで歩いた。先を歩く哲ちゃんを呼び止めると、ひどく沈んだ顔で、あたしに言った。

――子供なんか……。

何故だろう。その先が思い出せない。あの時、哲ちゃんはとても大切なことを口にしていたはずなのに。

幽霊になってからこっち、あたしは年寄りのように物忘れがひどくなった。死ぬ前までは覚えていたはずのことがすっかり思い出せなくなっている。まるで、頭の中のパズルからぽろぽろとピースが剝《は》がれ落ちていくみたいに、時間を追うごとに空白がどんどん頭を蝕《むしば》んで、あたしの記憶を食い尽くそうとしているかのようだった。三年という月日はたしかに哲ちゃんに変化をもたらしたけれど、同時に幽霊になったあたし自身にも、少なくない影響を与えていた。

このままだと、哲ちゃんに気づいてもらうより先にあたしが哲ちゃんのことを忘れてしまうかもしれない。そして、何もかも忘れたあたしは、最後には自分のことすらも……。

「もう、どうしたらいいのよ！　こんちくしょぉぉおお！」

不安と焦りがないまぜとなり、怯《おび》えるあたしを容赦なく締めつける。進退窮《きわ》まったような感覚に耐えきれず、あたしは叫んだ。誰かを強く憎むような、黒く沈んだ感情が胸の中で澱《おり》のように凝り固まっていく。

その瞬間、全身の毛穴から何かが発散され、夜の帳《とばり》を切り裂いた。石灯篭の中に組み込まれた電灯が一つ二つと立て続けに弾け、鋭い破裂音が並木道に響く。行き交う人々が足を止め、怯えた様子で肩を寄せ合っては足早に立ち去っていく。そんな彼らの反応を見て、あたしは我に返った。

「こんなことできちゃうなんて、本格的にばけものだね」

自分の言葉に失笑し、苦々しい気持ちで溜息をついた時、通りの向こうに佇《たたず》む一人の男と目が合った。その男は黒いスーツ――喪服だろうか――に身を包み、黒いネクタイをかっちりと締め、これまた黒いコートを羽織っていた。年の頃はあたしより少し上くらいか。黒々とした豊かな髪をきれいに整え、身なりのいい印象を与えている。顎《あご》の無精ひげはご愛敬。足が悪いのか、片方の手には持ち手に金の装飾を施《ほどこ》した杖を所持している。

すぐ隣には娘ほどの年頃の若い女性がいて、こちらは周囲の人々と同じように、驚いた様子で辺りを見回していた。

「あたしのこと、視えるの？」

思わず呟きながら、あたしは男のいる方へと歩を進める。すると男は慌てて視線を逸《そ》らし、どこかわざとらしい口ぶりで、

「あー、美幸《みゆき》ちゃん。そろそろ帰ろうか。腹も減ったことだしねえ」

「何言ってるんですか先生。腹が減ったから屋台のおでんでもつまんでいこうって言ったのは先生ですよ。修平《しゅうへい》くんがせっかく列に並んでくれているのに、いきなり帰るだなんて、非常識にも程がありますよ」

美幸、と呼ばれた女の子が腕組みをして眉を寄せた。それに対し男は「いや、でもねえ……」と歯切れの悪い言葉を返す。その最中にも、やはり横目であたしをちらちらと確認していた。

間違いない。この男にはあたしの姿が視えている。そう確信したあたしは、歩調を速めて先生と呼ばれたこの男に更に接近する。

「あー、冷えるなあ。ちょっと用を足したくなってきた。どこかにトイレはないかなあ」

ぶるぶる、とわざとらしい仕草で身震いした男が、こすり合わせた手に白い吐息を吹きかける。そわそわと不自然に落ち着かない男を、美幸が怪訝《けげん》そうに見上げていた。

「ねえ、ちょっとあんた。視えてるんだろ？　今、目が合ったよね。ねえったら」

「先生、知り合いですか？」

数メートルの距離に近づいたあたしと男とを見比べながら、美幸が首をひねる。

それでもなお「いや、その……」などと往生際悪くとぼけようとする男の前に、あたしは腕組みをして立ちはだかった。

「やっぱり視えてる。ねえ、無視しないで助けておくれよ。あたし、困ってるんだ」

　どうにかして知らぬふりを貫こうとしていた男も、ここでついに観念したらしい。肩を落としながら、困り果てた様子であたしに向き直った。

「ちょ、ちょっと待ってくれないか。たしかにあなたの姿は視えているが、今日はもう店じまいでねえ」

「店じまい？」

「すでに二つ、依頼をこなしてきたところなんだよ。ここのところ働きづめだったし、最近はすっかり寒くなって体調を崩しちゃまずいから、おでんでも食べてさっさと帰ろうと思っていたんだ。今、人間の方の助手が行列のできるおでん屋で順番を待っているところで——」

「ちょっと先生。私だって人間ですよ。今は霊体だってだけで、ちゃんと身体《からだ》は生きてるんですから。差別的な発言はやめてください」

　美幸がすかさず割って入り、異を唱えた。

　霊体……つまりこの子も、あたしと同じようなものということだろうか。よく見ると、彼女の吐く息は白く染まっていない。あたしと同じように、寒さを感じないからだろう。当たり前のようにあたしの姿や声を認識しているのも、同類と言われれば納得できた。

「あんたの言う『依頼』ってのは、つまり幽霊に関するものなのかい？　先生なんて呼ばれてるってことは、もしかして、あんた霊能者か何かなの？」

男は今度こそあからさまに動揺し、視線を泳がせた。どうにかして素性を誤魔化《ごまか》そうとしていたようだが、藁《わら》をも摑もうとする死人の観察眼を見くびっちゃいけない。

「すごい、鋭いですね。ご想像の通り、この人は櫛備十三《くしびじゅうぞう》。今世紀最強の霊媒師なんて言われていい気になっている、ずっこけ霊媒師です。私は助手の美幸」

櫛備とは対照的に、堂々とした口調で言った美幸は、霊体とは思えぬほど明るく、裏表を感じさせない晴ればれとした笑みを浮かべていた。

「霊媒師……」

オウム返しにして、あたしは安堵《あんど》の息をついた。

「ああ、よかった。助かったよ櫛備先生。ここで会えたのも何かの縁だ。あたしのこと助けておくれよ」

「もちろんです。櫛備十三は二十四時間、三百六十五日、迷える霊のために寝る間も惜しみ、粉骨砕身《ふんこつさいしん》で対応しますから」

　更にきっぱりと言い放つ美幸をいさめるように、櫛備が慌てて彼女を遮《さえぎ》った。

「おいおいおいおい、待ってくれよ美幸ちゃん。おかしいぞ。どう考えてもおかしい。僕には年間休日ってものがないのかい？　睡眠くらいはちゃんと取らせてくれないと、本格的に過労死ライン突入だよ、まったく。さっきまでの過酷な依頼のせいで僕がクタクタなのは、そばで見ていた君が一番わかっているハズじゃあないか」

「それはそうですけど、こうして助けを求められてるんですよ。今日はもう営業終了だから、また明日よろしく、なんてお役所みたいな体質じゃ、救える魂だって救えませんよ」

　眉を吊り上げ、鋭い目で櫛備を見据える美幸。そんな彼女にたじたじの櫛備。これでは、どちらが助手かわからない。

「でもねえ、そんなことを言っていたら、僕の身が持たないだろう。君と違って僕は生身の人間で、それなりに年輪を重ねてきたこの身体も、少しずつガタがき始めているんだから」

　自虐気味に言いながら、櫛備は手にした杖で自らの肩を叩いた。

「なに老人みたいなこと言ってるんですか。今の時代、昔よりもいいものが食べられるようになって、国民の健康度は上がっているはずなんです。六十歳を過ぎた方々が現役でバリバリ働いてる時代なんですよ。そういう人たちに比べたら、先生なんかまだまだ若者なんです。だから泣き言ばかり言ってないで、さっさとこの人の話を聞いてあげましょうよ。依頼を受けるかどうかは、それから判断してもいいじゃないですか」

「むぅ……君は本当に、どこまでも横暴だねえ美幸ちゃん。だがいいかい、僕は迷える魂を救うことを生業《なりわい》としているが、だからといって霊の駆け込み寺をしているわけじゃあないんだ。こうしている間にも、きちんと事務所を通して依頼をして、少なくない謝礼を支払ってくれる善良な金ヅル——あ、いや、顧客が僕のことを待ってくれているんだよ。それをないがしろになんてできないだろう」

なにか怪しい物言いで反論する櫛備だが、彼が何を言おうとも、美幸は頑として受け入れようとはしなかった。

「またそんなこと言って。結局は面倒だから、逃げようとしてるだけじゃないですか。お金を支払えない霊のことは見捨てるんですか？　それでも人の子ですか？この人は先生に見捨てられたら、誰にも頼ることができないんですよ？　それをかわいそうだとは思わないんですか？　先生はいつからそんな血の通わない泥人形に成り下がっちゃったんですか？」

「その子の言う通りだよ。あんたの他に頼れる人なんていないんだ。ぐちぐち言ってないで、さっさとあたしの話を聞いておくれよ」

激しく詰め寄る美幸に便乗する形で、あたしは懇願《こんがん》した。女二人に迫られて、櫛備は反論する余地も与えられず、人でなしの烙印《らくいん》を押されそうになっている。そのことが我慢ならないのか、彼はしきりに唇を嚙みしめ、杖の先で石畳の地面を神経質に小突いていた。

「……わかったよ。話だけは聞こうじゃあないか」

渋々といった調子で言い放ち、櫛備はがりがりと頭をかいた。

「ありがとう、礼を言うよ！」

あたしは櫛備と美幸に深く頭《こうべ》を垂れ、それから事のあらましを二人に語って聞かせた。

居酒屋『たちばな』を夫婦で切り盛りしていたこと。何不自由なく暮らしていたけれど、三年前に命を落としてしまったこと。気がついた時には霊となって事故現場にいてしばらくはぼんやりと過ごしていたけれど、三年ぶりに『たちばな』に戻ったら、夫が若い新妻をもらっていたこと。その夫が、三年前とは別人のようにふさぎ込み、覇気を失ってしまったこと。若い妻の前でだけ空元気《からげんき》を見せ、仕事に身が入っていないこと。

あたしが話し終えると、じっと話に聞き入っていた櫛備が眉を寄せ、難しい顔をして腕組みをした。

「話は大体わかりましたが、根本的なところが抜けていますねえ。あなたは何故、この世に執着しているのですか？　普通、何かしらの未練を残していないと、三年もの間、この世を彷徨《さまよ》うようなことはないはずなのですが」

「それは……」

あたしはつい口ごもった。この場で何もかも明らかにすることにはいささかの抵抗があったからだ。

「……あの女のせいで夫が腑抜けになってるのが気に食わないのよ。あたしが死んでからたったの三年で再婚してるのも許せない。少しお灸をすえてやらないと気が済まないのよ」

「ふぅむ。しかし――」

何か言おうとする櫛備を、あたしは強引に遮った。

「それにね、あの女、たぶんよそに男がいる」

「ほう、男ですか」

「そうよ。あたし聞いたのよ。あいつ、哲ちゃんが寝てる間に、こそこそと電話で誰かと話してた」

「お友達と話していただけでは？」

「それだけじゃないわ。店が忙しい時間帯に友達と会うなんて言って出かけたり、こっそり銀行からお金をおろしたりもしてるみたいなのよ」

店の通帳を見て、哲ちゃんが首をひねっているところを、あたしは何度も目撃している。少ない額かもしれないが、あの女が勝手に引き出しているのは間違いない。

「ちゃんとした理由があるなら、そんな風にこそこそする必要ないでしょ。あれは後ろめたいことをしている証拠なのよ。それにあの女、電話口でこう言ってたわ。『もう終わりにする』って」

櫛備の眉がピクリと反応する。

「終わりとは、どういう意味ですかねえ？」

「わかんないけど、普通に考えて、相手との関係を終わりにするって意味じゃない？　哲ちゃんにばれる前に、手を切りましょうって言ってるのよきっと」

「それか、もっとひどい想像をするなら……」

櫛備が奥歯に物が挟まったような言い方でその先を濁す。なによ、と急かすと、

「ご主人との関係を終わりにする、という意味にもとれますねえ。つまり離婚をするか、あるいは……」

「まさか、殺すつもりとか?」

美幸が唐突に声を上げ、口元を手で覆う。

「おいおいおい美幸ちゃん。せっかく僕がオブラートに包んでいるのに、そんな大きな声で直接的な表現をするもんじゃあないよ。少しは気を遣いなさい」

「そ、そうですよね。すいません。でも、もしそれが当たってたとしたら大変じゃないですか。早く警告しに行かないと」

「うーん、しかしねえ……」

腕組みをした櫛備は、何事か考え込むようにして軽く首をひねり、

「夫婦のことは夫婦じゃなきゃあわからないものなんだよ。一見、うまくいっている夫婦が腹の中じゃ互いを嫌悪している。それとは逆に、いつも喧嘩ばかりだが、互いに深く想い合っているなんてこともある。だから今の話を聞いただけでは、何も判断できない。そもそもが聞き間違いって可能性もあるわけだしねえ」

そんな呑気なことを言っている間に、哲ちゃんがどうにかなったらどうするのか。そう叫びたくなるのをぐっとこらえ、あたしはもう一度、頭を下げて懇願する。

「あんたの言う通りかもしれない。でも、どうしても不安なんだ。頼むよ。ちょっと会って危険を知らせるだけでいいから。ね、後生だからさ」

深々と頭を下げたあたしの勢いに気圧《けお》されてか、櫛備は強く拒否することもできずに困り果てた様子で眉根を寄せた。

「ああ、もう。こんなに頼んでいるのにダメなのかい？」

煮えきらない態度をとる櫛備に対し、あたしはもどかしくなって、つい声を荒らげた。

「人が頭を下げてここまで頼んでるのに無下《むげ》にするなんて、あんた霊媒師のくせに随分と心根の冷たい男だね。ふん、わかったよ。もう頼まないよ。でもいいかい、こう見えてもあたしは執念深いんだ。あんたの冷たい態度は忘れない。そのうち、あんたの夢枕に立って、朝まで恨み言を吐き続けてやる。そうさ。祟《たた》ってやるんだよ。来る日も来る日も耳元で罵声を浴びせて、一睡もできなくしてやるからね」

「ぐぅ……な、なんと卑劣な……」

「ふん、卑劣でも何でもいいさ。こっちは失うものなんてないんだから、なりふり構っちゃいられないんだよ」

ぴしゃりと叩きつけるように言い放つと、櫛備は動揺を露《あら》わにし、もどかしげに舌打ちをする。

「先生、諦めましょう。彼女は本気ですよ。祓う力のない先生が霊に全力で祟られたらどうしようもないじゃないですか。なまじ視えちゃう体質なぶん、大変なことになりそうですし。ここは素直に申し出を受け入れて、とりあえずその『たちばな』に行ってみたらどうですか？　こちらの、ええと……」

「立花佳菜子《かなこ》よ」

「佳菜子さんが危険を伝えようとしていると言って、旦那さんの反応を見るというのは？」

「しかしねえ。そんな風にして、信じるような人間なんてそう簡単にはいないよ」

人差し指で顎髭《あごひげ》を撫《な》でながら苦笑いした櫛備は、ゆるゆると頭を振った。

「そこはほら、先生の腕の見せ所じゃないですか。せっかく、亡くなった奥さんがこうして旦那さんに会いに来てるんですよ。新しい奥さんを迎えたのだって、奥さんを失った寂しさからかもしれないし」

「ふむ、そうだねえ……」

美幸の意見にうなずきながらも、櫛備はまだ納得していない様子。

「まだ、何かあるんですか？」

「だからその、霊からの依頼となると、タダ働きになるだろう。明日以降の仕事に影響が出たら、社長に何と言われるかわからないしねえ」

「それは、その通りかもしれませんけど……」

二人は揃《そろ》って、気難しい顔をして押し黙る。櫛備の言う通り、今のあたしにはお金を払うことなどできない。どうしたものかと頭を抱えそうになった時、あたしはふと、あることを思い出した。

「あるよ」

「何がですか？」と美幸。

「だから、金目の物。寝室の鏡台の裏に隠してあるんだよ。あたしのへそくり。謝礼を支払えばいいんだろ。現金ってわけにはいかないけど、店に持って行けばそれなりの値がつくはずだからさ、それで手を打ってくれないかい？」

あたしは祈るような気持ちで、もう一度頭を下げた。

これ以上、一人で彷徨うのは嫌だ。そばにいるのに気づいてもらえない。そんな孤独に震えるのはごめんだった。それに哲ちゃんだって、きっとあたしがいるってわかれば、目を覚ましてくれるはずなんだ。

そうさ。きっと――

「――いいでしょう」

櫛備の声が、ふわりと舞う粉雪のように響いた。思わず顔を上げると、彼はさっきまでのくたびれた表情を取り払い、ニヒルな笑みを浮かべている。

「あなたの存在をご主人に理解してもらい、未練を断ち切る。それでいいですね？」

あたしはすぐに言葉を発せず、代わりに何度も首を縦に振った。ありがとう。ありがとうと、心の中で何度も繰り返す。

「それじゃあ善は急げですね。佳菜子さん。『たちばな』まで案内してもらえますか？」

「もちろんだよ。さあ、こっち」

美幸の申し出に意気揚々と応え、あたしは二人を伴って歩き出した。

途中、通りかかった屋台からおでんの載った皿を手に現れた青年が、櫛備の姿を認めて「あ、先生、どこへ行くんです？」と声をかけてきた。

「早く食べないと、おでん冷めちゃいますよ」

「修平くん。それはもういいよ。なんだか急にモツ煮込みが食べたくなってねえ。悪いが適当に時間を潰していてくれないか」

「え、ちょっと……このおでんどうするんすかぁ！　ていうか、連れてってくれないんですか？　ちょっと先生ぇ！」

おでん皿を手に、右往左往する修平を捨て置いて、あたしたちは足早に『たちばな』へと向かった。

2

「いらっしゃい」

引き戸を開けた櫛備を、哲ちゃんの不愛想な声が出迎えた。杖の音を響かせながら、店内をもの珍しそうに見回した櫛備はカウンター席につき、あたしと美幸は小上がりの座敷に座って成り行きを見守ることにした。

「どうもご主人、だいぶ冷え込んできましたねえ」

自然な調子で櫛備が声をかけると、哲ちゃんはちら、と上目遣いに顔を上げる。

「もうすぐ冬本番ですからね。お客さん、お通夜《つや》でもあったんですか？」

哲ちゃんの問いに、櫛備は一瞬きょとんとし、それから自身の装いを見て苦笑いする。

「そんなところです。それにしてもいいお店ですねえ。『昔ながらの大衆居酒屋』といった風情だ」

「じいさんの代からですからね。あちこちボロボロで隙間風もひどい。困ったもんですよ」

自虐的に言った哲ちゃんに「何にします」と訊ねられ、櫛備は少しだけ悩む素振りを見せてから熱燗《あつかん》を所望する。あいよ、と応じた哲ちゃんが温められた徳利にお猪口《ちょこ》を添えてカウンターに置くと、櫛備は満面の笑みを浮かべて飛びついた。

「――ふぅ、これは温まるなあ。ご主人も一杯どうですか」

「いえ、結構です。お気持ちだけ」

営業用の笑顔を申し訳程度に張りつけ、哲ちゃんは首を横に振った。櫛備は二杯目を飲み干し、幸福感に満ちた息をつく。様子を窺っていた美幸に「ちょっと先生、飲み過ぎないでくださいよ」と釘を刺されても、まるで聞こえていないふりだった。あたしの姿はもちろん、美幸の姿も視えてはいない哲ちゃんの手前、素直に返事をするわけにもいかないのだろうけれど。

櫛備はその後もぐいぐいと酒を呷《あお》り、つまみをいくつか注文した。三本目の熱燗を飲み干す頃にはすっかり上機嫌になっていた。

「そういえばお客さん、ここらじゃ見ない顔ですね」

「ええ、ちょっと仕事でこの近くまで来た帰りなんです。気まぐれに立ち寄ったのですが、雰囲気の良い町ですねえ」

「ここいらは俺が小さい頃から何にも代わり映えしてませんからね。古いだけで何の取り柄もない寂しい町ですよ。馴染みの連中も、年寄りばかりですし」

哲ちゃんが苦笑混じりに吐き捨てると、櫛備は一緒になって笑った。その後もぽつりぽつりと当たり障りのない会話を繰り返しながら、ひとしきり出されたものを平らげた櫛備はおもむろに立ち上がり、「失礼、トイレをお借りします」と言って奥の座敷の方へと歩き出した。

「ちょっとちょっと！　トイレはそっちのドアですよ、お客さん」

「おっと、これは失礼。ははは。こんな酔っ払いが奥へ入ったら、お子さんが驚いてしまいますね」

「いやまあ、うちは女房だけですから別にいいんですがね。とにかくトイレはそこ」

へらへらと締まりなく笑いながら、櫛備は杖を掴む手もおぼつかない様子でトイレへと入っていった。

「ねえ、大丈夫なのかいあの先生？」

「たぶん、大丈夫なはずなんですけど……」

言葉とは裏腹に、美幸の表情は不安げだ。

「飲んでばかりで全然本題に入らないじゃないか。ちゃんとやる気があるのかい？」

「先生は本当に優秀な霊媒師なんです。一見、意味のないような行動でも、何かしらの目的があるはずです」

「ふぅん、本当かねぇ」

どうにも信用ならないような気がして、あたしは嘆息する。頼む相手を間違えてしまったのではないかという不安が、脳裏をよぎった。

そうこうしているうちにトイレから出てきた櫛備がカウンター席に座り直す。

「そういえばご主人、お店はいつもおひとりで？」

まだ世間話を続けるつもりらしく、櫛備はおもむろに訊ねた。

「大抵はそうですね。たまに女房が手伝ってくれますが、最近はどうも体調が良くなくてね」

「ほう、体調が」

「悪い病気ってわけでもないと思うんですが、はっきりとした原因もわからなくて」

誤魔化すつもりではなく、本当にわからないのだろう。哲ちゃんは困ったように笑い、頭をかいた。

「そうでしたか。しかし、こういうお店に一人でいると、色々と起きたりするものなんじゃあないですか？」

「色々とって、何のことです？」

怪訝《けげん》そうに眉を寄せた哲ちゃんに、櫛備は両手を胸の前で垂らし、「これですよ、これ」と声を潜めた。

「幽霊……ですか？　いや、俺はそういうのは……」

「見たりはしませんか？　でも何かしらあるでしょう？」

「何かしらって……」

断言するような口調で言われ、哲ちゃんは思わず目をぱちくりさせている。

「ほら、閉めたはずの戸が開いているとか、誰もいないのに視線を感じるとか、寒気がしてどうしようもないとか」

矢継ぎ早に質問を向けてくる櫛備に対し、もはや恐怖に近い感情を抱いたのか、哲ちゃんはぶるぶると頭を振って慄《おのの》いた。

「いや、だからそういうのは別に……」

「いいや、あるはずだ！　片方の肩が異様に凝るとか、四六時中眠くてたまらないとか、便秘が治らないとか、歯が痛いとか！　霊が現れる予兆のようなものを、あなたは無意識下に感じているはずなんだ！」

「や、やめてくださいよ！　あんた頭がおかしいのか？」

哲ちゃんは悲痛に叫び、お玉片手に櫛備を警戒する。カウンターに身を乗り出していた櫛備は、そこでようやく冷静さを取り戻したらしく、軽く咳払いをして、

「おっと失礼。申し遅れました。僕は櫛備十三。ここへ来た理由は、三年前に亡く

なった立花佳菜子さんについてお話ししたいことがあるからです」

「へ……？　佳菜子の……？」

哲ちゃんはそう繰り返しながら、目の前の珍客を無遠慮に眺めた。

「僕の言うことが信じられないですか？」

櫛備の質問に、哲ちゃんは素直にうなずいた。当然だろう。いきなり現れた怪しい男に死んだ女房の話などされて驚かない人間はいない。

「あのね、何かの勧誘なら間に合ってるよ」

哲ちゃんは毅然とした態度で告げると視線を手元に落とした。相手にする必要のない、酔っ払いの戯言《ざれごと》と判断したのだろうか。

「――ご主人、最近よく眠れていないようですねえ」

櫛備はどこか訳知り顔で、決めつけるような発言をして食い下がった。哲ちゃんが再び怪訝そうに顔を上げる。

「何の話だ？」

「目は充血しているし、少し顔がむくんでいる。睡眠不足の典型的な症状で、熟睡できていないようだ。病気や怪我などの問題がないとすると、理由は心。つまり心配事があって眠れていない。けれど今の奥さんのことで悩んでいるわけではなく、どちらかというと相手に悩みを相談できずに一人で抱え込んでいる。その証拠に、奥さんが具合が悪いことに気づいていても、大丈夫だという言葉を信じて詳しい検査などはさせていない。奥さんの身を案じる余裕もないほど、何かを思い詰めているんだ」

櫛備は息継ぎのタイミングで店内に視線を走らせ、ぐるりと見回した。

「その一方で、この店のあちこちに佳菜子さんの残り香が感じられる。新婚旅行で行った富良野《ふらの》のラベンダー園の写真や、趣味のあみぐるみ。季節外れの風鈴。どれも夫婦の思い出の品だ。新しい奥さんを迎えたとはいえ、簡単には捨てられない。その気持ちはわからないでもないが、三年も前に死んでしまった奥さんをそこまで想うのには、もっと別の理由があるのではないかと思いましてねえ」

一息にまくしたてた櫛備は、最後にそう言い放ち、鋭い眼で哲ちゃんを見据えた。

「あんた……何者だ……？」

あんぐりを口を開けたまま、哲ちゃんは櫛備を凝視していた。驚くのも当然だろう。そばで聞いてるあたしだって同じ気持ちだ。

櫛備の指摘は概《おおむ》ね的中していた。前半の方はあたしが説明したまんまを、まるで霊視でもしたかのように話していただけだったが、店内の写真やあみぐるみはまぎれもなくあたしの趣味だし、あの風鈴だって、哲ちゃんはさっさと外そうとしたのに、あたしがわがままを言って吊るしたままにしてあったのだ。しかも櫛備は、それらが残されていることに理由があることをも見抜いていた。てっきり、捨てるのが面倒くさいだけかと思っていたけれどそうではなく、哲ちゃんはあえて捨てずに取っておいたのだ。押し黙ったまま俯《うつむ》き、否定の一つも口にしない哲ちゃんを見ていると、それは間違いないように思えた。

この数週間、店の様子を毎晩のように目にしてきたあたしが気づかなかったことを、櫛備はほんの一時間やそこらいただけで簡単に見抜いてしまった。

この霊媒師、見た目は胡散《うさん》臭いけれど、意外と優秀なのかもしれない。

「実は、僕は霊媒師を生業としてましてねえ。少しだけ、テレビにも出たことがあるんですよ」

ふっふっふ、とどこか不敵に笑う櫛備は、驚きを隠せないでいる哲ちゃんを前に、ご満悦である。

「言われてみりゃあ、見たことがある気がする。あんた、なんとかっていう心霊番組に出てたよな。殺人事件の犯人、言い当てたんだろ?」

「はっはっは、お恥ずかしい。そんな大したことじゃありませんが、世間一般的には大したものだと騒がれました。僕はただ、そこにいる霊の声を頼りに、真実を導き出しただけですがねえ」

更に満足げに胸を反《そ》らせた櫛備が、狭いカウンター席で大仰に脚を組んで見せた。哲ちゃんは鍋の横にお玉を置き、ごくりと喉を鳴らす。

「どうして、そんな偉い霊媒師の先生がうちなんかに来たんだよ？　佳菜子のことっていったい……？」

「そうですねえ、簡単に言えば、あなたの前の奥さんは魂だけの存在となって今もこの世を彷徨っています。と言っても、厳密には彷徨っているのとは少し違いますが」

櫛備はちら、と肩越しにあたしを確認し、苦笑いする。

「まさか、あいつが化けて出てるっていうんですか？」

驚いて声を上げた哲ちゃんに対し、櫛備は頭を振って、

「いやいや、化けて出たという表現は少し違いますねえ。あなたは別に恨まれているわけでもないようですし」

「だったらなんで……？」

「うーん、そうですねえ。強いて言うなら、あなたのことを心配しているんじゃあないですか。このところのあなたは随分と腑抜けていると言ってましたし」

「もしかして、今もここにいるんですか？」

哲ちゃんはきょろきょろと店内を見渡し、あたしの姿を探す。言うまでもない

が、その目にあたしの姿は映らない。

「残念ながら、ここにはいませんよ。僕が会ったのも別の場所ですから」

哲ちゃんを動揺させないよう配慮したのか、櫛備はさらりと嘘をつく。

「だから、気にすることなく教えてくれませんか。亡くなった奥様とのことを」

「俺と、佳菜子のこと……」

哲ちゃんはわずかに逡巡《しゅんじゅん》しながらも、促されるままに語り始めた。

あたしの死後、消沈して何も手につかなくなり、店を手放すことになりそうだったことや、そんな時に現れた富美加のこと。かいがいしく世話を焼いてもらううちに、互いに憎からず思っていることがわかり結婚したこと。その富美加の支えがあって、店を再開する気になれたこと。

ひと通りを話し終えた後で、哲ちゃんは狭い店内をざっと見回し、

「ご覧の通り閑古鳥が鳴いちまってるけど、最近ようやく前みたいに働けるようになってきたんです。それでも時々、どうにも苦しくなる時があって」

「苦しいというと？」

「最近、あいつの影っていうのかな。残り香みたいなもんが、強く感じられる気がするんですよ。料理を作っていて不意に顔を上げると、あいつがカウンターに座って笑っている。そんな気配を感じるんです。でも、顔を上げても誰もいない。いる

わきゃあないですよね。あいつはもう死んでるんだから。葬式をして、骨だって墓に納めたってのに、こんな所にいるはずがないんですよ。けどそれでも、どうしようもなくあいつのこと感じる時がある。だから……」

一度言葉を切ってから、再び発せられた哲ちゃんの声は、わずかに震えていた。

「あいつ、俺のこと恨んで出てきてるんじゃないかって思うんですよ」

「ほう、何故そう思うんです？　亡くなった奥さんに恨まれる覚えでも？」

「それは……あいつが自殺した原因が俺にあるかもしれないからだよ」

その一言に、今度は櫛備の方が反応を示した。

「ちょおっと待った。佳菜子さんは自殺したと？」

「ああ、そうだよ。あんた霊媒師なのに知らなかったのか？」

不思議そうに目を丸くする哲ちゃんに対し、櫛備は慌てて首を横に振った。

「いえ、その、霊との対話はかなり一方的でしてねえ。こちらが聞きたいことなどそう簡単に教えてくれないんですよ。勝手にべらべらと喋るばかりで……」

「たしかに、あいつは昔から人の話を聞かずに自分ばかり喋るような奴だったからなあ」

などと共感する哲ちゃんに、あたしはつい苛立ちを露わにする。美幸が「落ち着いて」となだめてくれなかったら、奇声を発して喚《わめ》き散《ち》らすところだった。

「実はあの日、あいつが線路に飛び込む前に俺たち喧嘩したんです。まあ、喧嘩なんて日常茶飯事でしたけど、それでもあの日は随分とひどいこと言っちまった。死んでやるなんて言ってここを飛び出していったあいつが、まさか本当に死んじまうなんて……」

それ以上言葉にするのを躊躇《ためら》うようにして、哲ちゃんは押し黙った。櫛備は肩越しにあたしを振り返り、何故このことを先に言わなかったのかと責めるような視線を向けてくる。

そう、あたしがこの世を去った原因は自殺――ということになっているらしい。というのも、あたし自身、何故自分が死んでしまったのか、またどういう状況で死んでしまったのかについて、詳しい記憶は残っていない。霊となって目覚めてからこっち、ずっと思い出そうとしているのだが、いっこうに思い出せないのだ。

あの日、哲ちゃんと喧嘩をして店を飛び出したことまでは覚えている。だが、その後どういう経緯で自殺に至ったのか。

この店に戻るまでの三年間、ずっと考え続けているけれど、わからないままなのだった。

「――できることなら謝りたい。あの日俺は本当にひどいことを言った。あいつはいつも呑気で太平楽な奴だったけど、なんでも一人で抱え込む癖があった。あの時もきっとそうだったんだ。もし俺が一言すまねえって言えていれば、あんな結果にはならなかった。そのことが、ずっと頭の中をぐるぐる回ってるんだよ」

　哲ちゃんは拳を握りしめ、作業台に打ちつけた。

「そんなことばかり考えてると、あいつが戻ってくるような気がするんだ。一人で仕込みをしてる俺を見てるんじゃないかって。馬鹿みたいに明るい声で小言を言う声が聞こえてくるんじゃないかって期待しちまって、隙間風が風鈴を鳴らすたび『いい音だね』なんて言ってたあいつの姿が、今にも現れるんじゃないかって思う。いや、そうなってくれって、心の中で祈っちまってるんだよ」

　哲ちゃんは眉間の辺りを揉んで涙がこぼれるのを誤魔化した。それから何度か洟《はな》をすすり、やりきれないとばかりに溜息をつく。

「けど、そんなことを考えてたら今度は今の女房に悪い気がしちまって、ちゃんと顔を見られなくなっちまう。だから、できる限り明るく振る舞うんですが、男ってのはどうにも嘘が下手で、女はそれを見抜くのが上手い。それに俺は考えてることが顔に出ちまうから、辛気臭い顔はすぐに見抜かれちまう」

　それで、必要以上に元気な姿を取り繕っていたのか。黙り込んで肩を落とす哲ちゃんを見つめながら複雑な思いに駆られていると、美幸があたしを振り返り、

「ご主人、佳菜子さんのこと忘れられないでいたんですね」

そっと囁《ささや》くように言った。他人に言われると、なんだか余計に気恥ずかしくて、うまく笑えない。

哲ちゃんのしおらしい姿は、あたしにはとても新鮮だった。眉尻を下げ、くたびれた顔を自嘲気味に歪《ゆが》めて笑う表情。この人もこんな顔をするのかと、今更ながら驚きがこみ上げてくる。

「哲ちゃん、そこまであたしのことを想ってくれてたんだね……」

あたしは立ち上がり、しずしずと哲ちゃんのそばへ歩み寄る。

「そうとわかってたら、あたしだってあんな小言は言わなかったよ。新しい奥さんをもらったことだって、仕方ないって思え――」

「――けど、どうしてあいつのことばかり思い出しちまうのかなぁ。正直、前の女房は特別美人ってわけでもなかったし、これといって目立つ長所もなかった。今の女房の方が若くて美人で、夜の方も積極的だしね」

は？　と素《す》っ頓狂《とんきょう》な声が出た。何がおかしいのか、哲ちゃんは涙を浮かべたままの顔でけらけらと笑い出し、「わかるだろぉ？」などと櫛備に同意を求めている。

その、ふざけた態度のせいで、あたしの胸内にこみ上げていた尊い感情が、音を立てて崩れていく。

「きいいいぃぃ！　ふざけんじゃないよこのろくでなし！」

かっかっかと下卑《げび》た笑いを浮かべる哲ちゃんを睨みつけ、あたしは金切り声を上げて叫ぶ。その瞬間、築七十年の建物がぐらぐらと揺れ、落下した鍋や皿がけたたましい音を立てた。

「うおっ！　なんだこりゃあ！　じ、地震か？」

「というより、もっと恐ろしい災害かもしれませんねえ」

取り乱したように叫ぶ哲ちゃんをよそに、櫛備はさも他人《ひと》事のように言った。

「お客さん、大丈夫ですか。とにかく外に避難を……ってあれ、おさまった」

あたしの怒りによって発せられた不可思議な力の波は、すぐに勢いをなくし、ほどなくして店内には穏やかな静寂が戻ってきた。

「あーあ、こういう時、佳菜子だったらまた皿を割ってだの、普段から落ちないような所に置いておかないから悪いだのって小言を言うんですよ。まったくうるさいったらありゃしないんですが、いなくなったらなったで張り合いがなくてね。今の女房とはそういう喧嘩はできませんから――」

不意に、哲ちゃんの言葉が途切れた。その視線を追って座敷を見やると、障子にしがみつくようにして佇む富美加の姿があった。あたしとは似ても似つかないような白くて端正な顔を曇らせ、思い詰めたような眼差しを哲ちゃんへ向けている。

「フミちゃん、いつからそこに……」

「私……その……」

ばつの悪い表情を浮かべた哲ちゃんが喋り終えるのを待たず、富美加は口元を押さえ、泣き出しそうな顔をくしゃっと歪めて駆け出した。

「あ、フミちゃん！　ちょっと待って！」

そのまま、哲ちゃんの制止も聞かずに店を飛び出した富美加は、ネオンの光の中へと駆け出していった。

「ああ、くそ。お客さん、悪いけどちょっと出てくるよ！」

そう言い残し、あろうことか店と客を放り出して、哲ちゃんは店を出ていった。

店内には客が一人と生霊、そして彷徨える幽霊が取り残される。

「先生、早く追いかけましょう」

「え、僕たちがかい？」

お猪口を片手に一息つこうとしていた櫛備が、意外そうな声を上げる。

「当然ですよ。旦那さんのあんな話聞いちゃったら、奥さんがショックを受けるに決まってます。それもこれも全部先生のせいですよ」

「ちょ、ちょっと待ってくれよ。いくら何でもそれは違うんじゃあないかい？」

面食らった様子で目をぱちくりさせる櫛備に対し、美幸は容赦なく頭を振った。

「いいえ違いません。男の人ってそういうところが無神経なんですよ。どんなに大切にされてたって、前の奥さんのことをあんな風に言われちゃあ、今の奥さんの立場がないじゃないですか。場所と話題を選ぼうとしなかった先生の責任です」

「でもねえ、佳菜子さんはもう死んでるわけだし、嫉妬《しっと》する必要なんかないだろう」

「生きていようが死んでいようが関係ないんです。女はとにかく、好きな人の一番でいたいんですよ。ていうか、死んじゃった人が相手なんて、余計に勝ち目がないじゃないですか」

「ふむ、そういうもんかねえ」

わかったようなわからないような、曖昧《あいまい》な受け答えをしながらも、二人を追いかけることには同意したらしい。櫛備は渋々立ち上がり、杖を片手に店を出ていく。

その姿を満足げに見てから、美幸はこちらを振り返った。

「ほら、佳菜子さんも行きましょう」

「あたしもかい？」

なんであたしが、などと抗議する暇もなく、美幸はさっと身をひるがえして店を出ていってしまう。その背中を追って外に出ると、街灯の光が妙に眩しく感じられ、あたしは目を細めた。

その瞬間、脳裏に激しく甦《よみがえ》った奇妙な映像。まばゆいライトの光が閃光のように瞬《またた》き、目前に迫ってくる光景。すぐ耳元では、誰かが囁くような声がする。

——なに、これ……？

気がついた時、あたしは店先に立ち尽くしていた。先を行く美幸の背中が、通りの向こうへと消えていく。

今の映像は何だったのだろう。答えのない問いかけを自分自身に向けながら、あたしは小刻みに震えていた。全身が総毛だつほどの恐怖が一瞬にしてあたしの心を絡めとり、支配しようと画策する。

——とにかく今は、哲ちゃんたちを追いかけないと。

震えの止まらぬ手を強く握りしめ、あたしは夜の繁華街へと足を踏み出した。

3

哲ちゃんの姿を見失い、櫛備や美幸とも合流できぬまま繁華街を右往左往し、そこから抜けて閑静な住宅街へと足を向けたけれど、富美加の姿はいっこうに見当たらなかった。小さな町とはいっても、手掛かりもないまま闇雲《やみくも》に探したところで見つけられるはずがない。

というか、そもそもあたしは富美加がどんな人間か、どこで生まれ、どういう生き方をしてきたのか知らないのだ。探すと言ったって限界がある。せめて彼女が親しくしている友人や、家族の居場所でもわかっていれば、探しようがあるかもしれないが。

いっそのこと、別の男の所にでも行ってくれていれば、哲ちゃんと引き離す良い材料になるけど……。

そんなことを思いながら、覚えがあるようなないような通りを進んでいくと、やがて踏切のある三叉路に行き着いた。住宅街から続く二つの道が合流し、踏切の向こうへと続く通りで、昼間は多くの人や車が行き交う場所だが、この時間になると寂しいものである。辺りは暗く、街灯の頼りない明かりがぽつりぽつりとあるだけ。もし自分が生身の人間だったなら、一人で通るのはごめんこうむりたい。

そして何より、この場所には嫌な覚えがあった。

「できればここには、近づきたくなかったなぁ」

そんな独り言が、意図せずこぼれた。

踏切のそばにある電柱には、小さな花束が添えられていた。もう三年も経つのに、花を供えてくれる人がいるのかという素直な驚きに、あたしは足を止める。

そう、この踏切で、あたしは電車にはねられたらしい。といっても、その時の記憶があるわけではなく、商店街のおしゃべりな八百屋の奥さんが客に大きな声で話していたおかげで知ったことだけれど。

——どうして、自殺なんか。

もう一人の自分が脳内から問いかけてきた。踏切から線路へと視線を移し、暗闇の先へと目を向けても、答えなど浮かんではこなかった。

あの日、あたしは哲ちゃんと喧嘩して家を飛び出した。そして、そのまま……。

「——だめだ。思い出せない」

大きな独り言を呟き、いくら考えても無駄だと見切りをつけて周囲を見渡す。静まり返った通りには通行人の影も、車のライトすらも見出せない。そのまま繁華街の方に戻ろうとしたその時、言い争うような声がどこからともなく聞こえた。

息を潜め、耳を澄ます。再び、何事か言い争う男女の声。街灯の明かりを頼りにもう一度周囲を見回すと、踏切の向こうに揉み合うような二人の人影があった。

「やめて、離して！」

「うるせえ、いいから来い」

片方は男、もう片方は女だ。

「この、いい加減にしろ！」

男の怒号が響いた次の瞬間、ごつ、と鈍い音がして女の方が地面に倒れ込んだ。

思わず駆け寄って様子を窺う。

地面に倒れているのは紛れもなく富美加で、それを見下ろしているのは、見るからにタチの悪そうな体格のいい男だった。やたらと派手なシャツの袖から覗《のぞ》く手首の内側には、骸骨《がいこつ》のタトゥーが彫られている。

「何するのよ。こんなこと……あっ！」

起き上がろうとした富美加が再び悲鳴を上げた。男が彼女を踏みつけたのだ。頭をアスファルトの地面に押し付けられ、富美加は苦痛に呻《うめ》いている。

「ちょっと、何してんのよ」

あたしは自分の置かれている状況を忘れ、咄嗟《とっさ》に声を上げたが、男の耳にはまるで届かない。倒れている富美加を見下ろすその横顔には、力のない女をいたぶるのが楽しくて仕方がないとでも言いたげな、嗜虐的《しぎゃくてき》な笑みが浮かんでいた。

「富美加ぁ、お前、俺から逃げられると思ってんの？　三年間も音沙汰なしでよぉ。実家で暮らしてんのかと思ったら、あんな店のオヤジと結婚なんかしやがって」

「あんたに関係ないでしょ。私はもう……うっ！」

男の蹴りが富美加の脇腹を捉えた。彼女は身体をくの字に折り曲げながらお腹をかばうようにして丸くなる。

「やめて……やめてよ！　乱暴しないで！」

「あー、もう。うるせぇんだよ。お前いつから俺に意見できるようになったの？　お前が今まで何してきたか、旦那に暴露しちまってもいいの？」

暴露。その言葉が暗闇に尾を引いてこだました。

あたしは別に勘のいい方じゃないけど、この男がまともな奴じゃないことくらい察しがつくし、話の筋から富美加が以前、男と親しい関係だったことも想像がついた。

「そ、それはいや。言うことを聞くから、それだけはやめて……」

途端に怯えた表情をして、富美加は上体を起こした。すがるように男の足を掴み、懇願する。だが男はそれすらも気に入らないらしく、いきなり彼女の横っ面を蹴りつけた。地面に伏した富美加は口の中を切ったらしく血の混じった唾液が糸を引く。

「くははっ。何度も言わせんなって。お前、俺に意見できるような女じゃねえんだから。さっさと俺の言うこと聞いて、あの店から金取ってこいよ」

「な、なんでそんなこと……」

「あ？　決まってんだろ。口止め料だよ」

男が勝ち誇ったように笑った。とことん相手を見下したような下卑た笑いに、見ているこっちが不愉快でたまらなくなる。

だがそのうち、富美加の表情にも変化があった。ぐっと口を引き結び、口の端から流れる血を拭《ぬぐ》った彼女は、男を鋭く睨《にら》み返す。

「それはこっちの台詞《セリフ》だよ」

「――あ？」

「三年前のこと、私が誰かに話すと思ってるんでしょ。それが怖くて、私の口を封じようとしてるんじゃないの？」

「何言ってんだお前。ってか誰に向かってそんな口きいてんだよ！」

男が突然激昂し、馬乗りになって富美加の胸倉に摑みかかった。

「いや！　やめて……！」

男は問答無用で富美加を殴りつける。亀のように丸まって暴力に耐える富美加を見ているうち、あたしの胸には、たとえようのない怒りが燃え滾《たぎ》っていた。

どんな事情があるのか知らないが、こんなもの、黙って見てるなんて無理だ。

「んだよ、バチバチうるせえな」

男が不満げに漏らしながら顔を上げる。彼の頭上で街灯の明かりがまばゆくきらめき、そして次の瞬間、激しい破裂音と共に砕け散った。

「おわ、なんだ……！」

降り注ぐガラス片から頭を守ろうとして両手を上げた男の身体が次の瞬間、トラックにはねられたみたいにぽーんと宙を舞った。緩く放物線を描いた男の身体は、十数メートル先にあるコンクリートの塀に激突し、そのまま固定された。濡れた雑巾を投げつけたみたいに、塀に押しつけられたまま静止しているのだ。

男は訳もわからず目を白黒させ、怯えきった表情を浮かべている。あたしは更なる怒りを全身から発散させ、男を睨みつけた。

「う、うぎゃあああああ！」

男の悲鳴。あたしから発せられた凄《すさ》まじい圧が、不可視の力となって男を押さえ付け、力を加えていく。ミシミシと音を立て、男の腕が、指が、押し潰されたようにひしゃげていった。右腕、左腕、右脚、そして左脚までもがゴリゴリと音を鳴らしながら不自然な方向へと折れ曲がり、男は訳もわからずに喚き散らす。

その様子を、あたしは嬉々として見つめていた。

「――佳菜子さん、やめて！」

不意に名前を呼ばれた。あたしは我に返り、目を見開く。それと同時に、怒りの奔流がかき消え、男はその場に崩れ落ちた。

「おねがい……やめて……」

富美加は血と涙でぐしゃぐしゃになった顔で、あたしを見上げている。

思わず周囲を見渡し、他に誰もいないことを確認してから、あたしはもう一度富美加に向き直る。彼女の瞳が、まっすぐにあたしの目に向けられていることに気づくと、そこでようやく事態を理解した。

「……何よ。あんた、あたしのこと視えてるの？」

問いかけた言葉に、富美加はゆっくりとうなずいた。

4

程なくして、櫛備と美幸、そして屋台のおでん屋に置いてけぼりにされていた修平が揃ってやってきた。先程の街灯の破裂音を聞きつけたのだろう。周囲に散らばるガラス片などを見て、驚いたような目をあたしに向けている。哲ちゃんも、それから五分と経たず現れ、男に暴行されて傷だらけになった富美加を見るや、激しく取り乱しながら駆け寄った。

「フミちゃん、いったい何があったんだよ。あの男、知り合いなのか？」

やや離れた位置で泡を噴いて倒れている男を指差して、哲ちゃんが問いかける。

男は両手足の骨をいくつか複雑骨折しているが、命に別条がないらしいことは櫛備が確認済みである。騒ぎになる前に、富美加に事情を聞いておこうということになり、警察への通報は保留中だった。

「櫛備先生、これってどういう状況なんですか?」

状況が全く飲み込めていない修平が櫛備に耳打ちをする。

「うーん、ちょっと説明が難しいんだ。色々と立て込んでいてさ」

「でもこれ、普通の状況じゃないですよね。ひょっとしてあのガラの悪い男の人、霊にやられたんじゃないですか?」

「まあ、そういうことになるねえ」

「す、すごい。町を歩いているだけで心霊現象に助けを求められるなんて、さすが先生ですね。カッコいいなぁ。それで、この先はどういう風に——」

「修平くん。悪いがちょっと静かにしてくれないかなあ」

説明するのが面倒なのか、櫛備は曖昧に言葉を濁しつつも、有無を言わさぬ調子で言い放った。修平は二つ返事で「はい、了解です!」と応じる。

やり取りを終えた彼らの視線の先で、富美加が哲ちゃんに頭を下げていた。

「哲也さん、ごめんなさい。私……」

「フミちゃんが謝ることなんてないよ。悪いのは俺なんだ。死んだ女房の話なんてするから、嫌な気分になっちまったんだよな」

「ううん、そうじゃないんです。ただ、ここに来れば会えると思って……でもあの人に待ち伏せされていて……」

富美加が視線で男を示す。

「あの男、何者なんだ？　それに、誰に会おうとしてこんな所に？」

「私……その……」

富美加は曖昧に言葉を彷徨わせながら、困惑がちにあたしを見る。唐突に向けられた眼差しに戸惑い、助けを求めるように櫛備の方を向くと、彼はすべてを理解しているかのような顔をして、あたしにうなずいた。

「私、あなたや哲也さんにちゃんと話さなきゃならないんです」

哲ちゃんに肩を抱かれた富美加は、意を決したように口を開く。

「どうしたんだフミちゃん。誰に話しかけてるんだよ？」

「佳菜子さんよ。私、彼女にどうしても謝らなきゃならないの」

「佳菜子だって？　馬鹿言うなよ。あいつはとっくに死んじまったんだぞ」

「わかってる。でも、そこに……」

富美加があたしを指差した。顔を上げた哲ちゃんが忙《せわ》しなく視線を動かす。

「嘘だろ……？　佳菜子が、ここに？」

問いかけた声に疑いの色はなかった。哲ちゃんは立ち上がり、富美加が指差した方向へと歩を進める。

「佳菜子、本当にいるのか？　なあ？」

よろよろと、おぼつかない足取りの哲ちゃんに呼びかけられて、あたしは心臓をわし摑みにされたような感覚に陥った。目頭が熱く、下唇がぶるぶると震えている。

「哲ちゃん……」

あたしがこぼした声は、しかし哲ちゃんには届かない。目隠しをされた人のように手を彷徨わせ、しきりにあたしの名前を呼ぶ哲ちゃんを前にして、その場にいる誰もが悲痛に押し黙っていた。

「そろそろ打ち明けてもいい頃合いなんじゃあないですかねえ、富美加さん」

沈黙を破ったのは、櫛備十三だった。こんな状況にありながらも、どこか呑気に感じられるその眼差しが、まっすぐに富美加へと注がれている。

「そこで寝ている男とあなたとの関係。そして佳菜子さんの死の真相を」

「私……私は……」

口元を押さえ、ボロボロと大粒の涙を流し始めた富美加は、うまく言葉を発することができなかった。その様子を一瞥《いちべつ》した櫛備は、やれやれとばかりに嘆息し、

「それじゃあ、僕が説明しましょう」と前置きして語り始める。

「三年前、立花佳菜子さんはこの踏切で電車にはねられ死亡しました。目撃者はなく、運転士は暗闇から突然佳菜子さんが飛び出してきたと証言していることから

も、自殺で片付けられてしまいましたが、実際は違った」

「違う……？　自殺じゃないってことですか？」

哲ちゃんが叫ぶような声を上げた。櫛備はそっと首を縦に振ってうなずく。

「警察の調べによると、佳菜子さんの亡骸《なきがら》からは電車にはねられたものとは別の痕跡が発見されたそうです。電車の下敷きになったのではなく跳ね飛ばされて、比較的損傷が少なかったため発見できたのだとか。そしてその痕跡というのが、赤い車の塗料とライトの破片だった」

「車の塗料……え、もしかしてそれって……」

声を上げた美幸にうなずき、櫛備は先を続ける。

「佳菜子さんは電車にはねられる前、ある人物が運転する車にはねられていた。その人物は事故の発覚を恐れ、佳菜子さんを電車に衝突させることで自殺に見せかけようとしたんだ」

一同が一斉に息を呑む。もちろん、あたしだって驚きを隠せなかった。自殺だと思っていた自分の死が、他人の手によってもたらされただなんて。

この期に及んでも死の瞬間のことを思い出せず、櫛備の発言を肯定することはできなかった。どこか別世界の住人の話であるかのように、現実味がまるで湧いてこない。だがその一方で、あのガラの悪い男と対峙した時に感じた抑えようのない怒りや憎しみが、強い胸騒ぎとなって襲いかかってくる。

「そんな……でも警察は自殺だろうって……」

哲ちゃんの愕然《がくぜん》とした声が闇夜に響く。それに同調する形で、修平が疑問を口にした。

「そうですよ。そこまで調べが進んでいるなら、警察だってちゃんと犯人を捜すはずじゃないですか？」

「もちろん捜していたさ。だがおかしなことに、捜査は突然打ち切られてしまったそうだ。上層部からの一方的な通達によってねえ。現場の刑事は当然、憤りを隠せなかったが、警察機関も組織である以上、やめろと言われれば従うしかない。そういった理由で、佳菜子さんの死は自殺として片付けられた」

「ちょ、ちょっと待ってくださいよ先生。それって警察の内部事情ですよね。まさか先生、そんなことまで霊視で見抜けちゃうんですか？」

修平が期待と驚きの同居する顔できらきらと目を輝かせた。だが櫛備は、彼の視線を鬱陶《うっとう》しそうに手で払う仕草をして、

「いやいやいや、そうじゃあないんだよ。実は僕には久我《くが》くんという警察関係者の友人がいてねえ。彼はとても親切で、僕のお願いなら何でも聞いてくれる、とても友達思いの男なんだ。さっき電話して事情を話してみたら、当時の捜査に彼も関わ

っていたことがわかった。打ち切りになった捜査のことを随分と嘆《なげ》いていたよ」

「久我刑事……その人なら覚えてる。佳菜子のことがあってから二年くらい経った頃、一度だけうちに飲みに来てくれたんだ。フミちゃんを見て、いい奥さんをもらいましたね、なんて言ってくれてさ、警察にもこういう人がいるんだなって思ったよ」

そうか、あの人が……と記憶を辿りながら、哲ちゃんは何かに納得したように何度もうなずいていた。

「ほう、久我くんらしいねえ。彼はきっと、佳菜子さんの死が自殺ではないことをあなたに伝えようとしたのかもしれない。だが、富美加さんと新たな人生を歩み始めていたのを見て喋るのをやめた。卑劣な殺人犯の存在を知らない方が、あなたのためになると思ったんだ」

「その殺人犯ってのは誰なんです。そいつは佳菜子を殺しておいて罪を償《つぐな》おうともせず、今もどこかでのうのうと生きているんですよね？」

哲ちゃんは突然怒りを露わにして櫛備に詰め寄った。握りしめた両手が強く震えている。

「のうのうと、かどうかは別として、生きているのは間違いないですねえ」

櫛備の曖昧な返答に困惑しながらも、哲ちゃんは、どういうことかと食い下がる。櫛備は頬の辺りをポリポリやってから、やや離れた位置で気を失っているガラの悪い男を指差した。

「この男が……佳菜子を……？」

「信じられないですか？　まあそれも仕方がない。佳菜子さんを殺した男が、今度は富美加さんを襲うだなんて、あまりにも出来すぎだ。けれど、この件の真相はまさにその部分にあるんですよ」

そう言って、櫛備は富美加へと視線を向ける。

「ここから先は、あなたが話すべきじゃあないですか？」

「わ、私は……」

何か言いたげにしながらもその先が続かない。この期に及んで決心が揺らぎかけている様子の富美加に対し、櫛備は間髪を入れずに言葉を向けた。

「佳菜子さんが亡くなった後、この町の人々はこぞって佳菜子さんの死を悼《いた》み、多くの花が手向けられた。しかし三年も経った今となっては、誰もが事件のことなど忘れてしまっている。そんな中で、今でも花を手向けている人はいるようだ」

踏切のそばの電柱に忘れられたように置かれている小さな花束を指差し、櫛備は片方の眉を吊り上げた。

「三年も経った今、佳菜子さんの遺骨はとっくにお墓に納められているはず。墓に花を供えるのではなく、わざわざ事件現場に供えるということは、墓の場所を知らないか、あるいは何かしらの理由があって墓参りに行けない人物だ。赤の他人であれば前者である可能性は大いにあるが、それなら今も事故現場に花を供えるという行動自体が理解できない。あれ以来、ここでは人が命を落とすような事故、事件は起きていないからねえ。となると残るのは後者だ」

櫛備は哲ちゃんの方を振り返り、今思いついたような調子で問いかける。

「ご主人、佳菜子さんのお墓参りにはいつもおひとりで？」

「ああ、そうだ。佳菜子のところにフミちゃんを連れていくってのは、どうにも後ろめたくて、いつも俺一人で行ってるよ。でもそれが……」

そこまで言って、哲ちゃんははっとした。櫛備の言わんとしていることに気がついたらしい。

「まさかフミちゃん、俺が墓に連れていかないから、ここに花を？」

富美加は観念したように目を閉じ、それからそっとうなずいた。

「どうしてだよ。それならそうと言ってくれれば……」

「言えない理由があったんですよ。まあ正確には、言い出す勇気が出ない、といったところですかねえ」

含みのある物言いに、哲ちゃんは更に戸惑う。なおも押し黙っている富美加を見かねたように、櫛備が説明を再開した。

「富美加さんは後ろめたいんですよ。自らが抱える秘密をあなたに話せないことが、どうしようもなく後ろめたい。それを隠して一緒に暮らすことが日に日につらくなっていった。だが、そんな秘密を隠しておけないような事態が、ここ最近の彼女の身には起きていた。それがこの男——柳原達之《やなぎはらたつゆき》だ」

気を失ったままの男を指差し、櫛備は強い口調で言った。

「柳原は三年前の件に気づいているであろうあなたを見つけ、執拗《しつよう》に付きまとった。三年前のことをご主人に話すのではないかと、気をもんでいたのでしょう。昔のことをバラされたくなかったら金をよこせ、と脅していたかもしれません。まあ、こういう輩《やから》のやることなど、おおよそはそんな感じだ」

なるほど、時折見せる富美加の怪しげな行動の理由は、まさにそれだったのだ。怪しい電話も、哲ちゃんに嘘をついて出かけていたのも、時々目減りしている銀行口座も、すべてはあの男に対処するための行動だった。

「そうなのか、フミちゃん？」

おずおずと訊ねた哲ちゃんに対し、富美加は何も言おうとしなかった。視線を伏せ、肩をわずかに震わせているその姿が、櫛備の言葉が事実であることを雄弁に物語っている。

「なあ、ちゃんと答えてくれよフミちゃん。あいつが……あいつが佳菜子を殺したのか？　フミちゃんはあいつとどういう関係なんだよ？　なあ？」

哲ちゃんが富美加の肩を摑んで揺する。富美加はされるがままに唇を嚙みしめていたが、やがて観念したように首を縦に振った。

「――柳原とは以前、一緒に暮らしてたの」

その一言を皮切りに、富美加はたどたどしい口調でぽつりぽつりと話し出す。

「高校を卒業してすぐに家を出て、友達の所に転がり込んだ私は、誘われるがままに水商売で働き出した。最初は楽しくやっていたけれど、その友達が怖い人たちと付き合い始めて、家にもやってくるようになった。そこで出会ったのが柳原で、気づけばそういう関係になって、一緒に暮らし始めた。でも、それからすぐに借金があることがわかって、返すめどの立たない彼のために私は仕事を増やして、それでも足りなくなると風俗に……」

哲ちゃんが息を呑む。その気配に気づいているのかいないのか、富美加は視線を伏せたまま淡々と話を続けた。

「そんな生活が二年くらい続いて、いつまでも働こうとせずギャンブルばかりしている柳原に、私もだんだん嫌気がさしてきた。柳原には他に女がいたし、それまで肩代わりしたお金だってきっと返ってこない。これ以上関係を続けることが嫌になって別れ話を切り出したら、彼は散々私をぶった後、車のキーを摑んで家を出ていった。お酒を飲んでることはわかっていたけど、止める暇はなかった。すぐにエンジン音がして車が遠ざかっていったわ……」

一瞬、言葉に詰まるように黙り込んだ富美加は、目尻の涙を指先で拭った。

それから彼女の口から語られた内容は以下の通りだった。

柳原が帰ってきたのは夜遅くだった。翌朝、富美加が目を覚ましたらソファで寝ていて、お酒の匂いをプンプンさせていた。柳原の額は腫《は》れていて、すでに紫色に変色していた。どこかにぶつけたか、酔っぱらって転倒したのかもしれない。そんな風に思いながら、富美加は荷物をまとめ始めた。

やがて柳原は目を覚まし、彼女は再び別れ話をもち出した。しかし柳原はどこか上の空で、踏切で女性が人身事故に遭ったというニュースに見入っていた。その時の彼の様子に富美加はただならぬものを感じたという。どうかしたのかと訊いた途端、いきなり頰を張られ、お前には関係ないと罵声を浴びせられた。その時の柳原の剣幕は異常としか言いようがなく、何かに取り憑かれているような形相で、富美加を見下ろしていたという。

何かがおかしい。そんな違和感が更に膨れ上がったのは、彼の車を見た時だった。アパートの裏の駐車場に停めてある愛車には、その日に限ってカバーがかけられていた。いつもそんなことしないのにと不思議に思い、何気なくめくってみると、フロントライトが割れて、バンパーがひしゃげていた。

　真っ先に頭に浮かんだのは、酔って車を運転した彼が人身事故を起こしたのではないかという疑惑《ぎわく》だった。けれど、もしそうだとしたら、そういうニュースが報道されているはずだ。それに、彼が見入っていたのはひき逃げではなく電車の人身事故だった。富美加は考えすぎだと自分に言い聞かせてその場を離れた。

　実家に帰るため、バスを利用しようとターミナルに向かう道中、富美加はニュースで報道されていた踏切に差しかかった。

　事故があったのは前日深夜だったため、すでに規制線は解かれ、朝の通勤時刻ということもあって多くの人々が行き交っていた。踏切のそばに花を添える人々の近くを通り過ぎる時、被害者の知人らしき人物の話し声が聞こえた。

「立花さんところの奥さんよね？」

「自殺するような人じゃないんだけどね」

「ご主人とうまくいってなかったのかしら……」

　自殺、夫婦の不仲。よく聞く悩みだなどとぼんやり考えながら歩いていると、少し先のガードレールが大きくひしゃげ、路上にプラスチック片が散乱しているのに気づいた。そのガードレールにくっきりと残っていた赤い塗料がアパートの駐車場にあった柳原の車と同じ色だと気がついた瞬間、富美加の脳裏に突拍子もない疑惑が浮かんだ。

線路に飛び出したという女性が、それより先に柳原の運転する車と接触していたとしたら……？

まさか、という言葉が頭の中で繰り返される。

ありえない。そんなこと、いくらなんでもあるはずがない。そう思う一方で、柳原の異常なまでに取り乱した顔が脳裏をよぎる。夜道を猛スピードで走る柳原の車。通りかかった女性がライトの前に飛び出し、酔っぱらっていた柳原が操作を誤ったか、単にブレーキが間に合わなかったかで彼女をはねてしまう。柳原が確かめた時、すでに女性は事切れていた。

酒を飲んで人をはねてしまったことが発覚したら自分は終わりだ。そう考えた柳原は女性の身体を抱え、線路を走ってくる電車の前に……。

無い話ではないと思った。いや、直感的にそれが真実なのではないかと強く感じた。そうでなければ、別れ際に彼が激しく動揺していたことの説明がつかない。

踏切から少し進んだ線路の周囲には草木が生い茂っており、暗闇に乗じて身を隠すのは不可能じゃない。柳原が女性の遺体を抱えて身を潜めていても、運転士が発見することは不可能だっただろう。

彼がそういう手段を用いて自分の罪を隠そうとしたのではないかという疑念は、みるみるうちに膨らんでいった。そんなことを考えているうち、いつの間にかバス停を通り過ぎていた。ふらふらとおぼつかない足取りで、行き交う人々の好奇の目にさらされながら歩き続け、富美加はどうにかこうにか実家に帰り着いた。

その後はとにかく怯えて過ごすことになった。警察に相談することは何度も考えたけれど、すでに柳原が車を修理したり、痕跡を消してしまっていたら、逮捕できないかもしれない。それればかりか、通報したことを知られたら、何をされるかわからないだろう。そして何より、富美加が想像するような出来事が本当に行われたかどうかが定かではなかった。おまけに、事件はすでに自殺として報じられ、終息している。

忘れようと自分自身に言い聞かせながらも、常に心のどこかで気にしながら日々を過ごし、仕事を始めてもろくに手につかず、無為《むい》な時間ばかりが過ぎていった。

そんなこんなで一年が過ぎた頃、富美加は思い立ったようにこの踏切を訪れた。通行の邪魔にならぬようにと、車が衝突したであろうガードレール付近に花を供えたあとでふと見ると、踏切のそばに人影があったという。着物姿で髪を結った四十くらいの女性――つまり、あたしのことだ。ひと目見て、富美加はあたしのことをこの世のものではないと察した。悲しげな表情をしたあたしは、虚《うつ》ろな眼差しで通りの先を見つめるように佇んでいたのだという。

その時の富美加があたしの視線の先を追うと、哲ちゃんの姿があった。何となく彼のことが気になって、ふらふらと後を追ってみると、『たちばな』と暖簾の掛かった店に辿り着いた。何気なく覗いてみると店内は荒れていて、とても営業中とは思えないような状態だった。富美加がそっと様子を窺うと、哲ちゃんは酒を浴びるように飲み続け、空になった酒瓶を壁に投げつけていたという。妻を失って一年が過ぎた頃、彼はどうしようもないほど自棄《やけ》になっていて、常連さんも離れていき、近所の人々も手が付けられない程だった。

一人の客も迎えることがないまま酔いつぶれた哲ちゃんは、コンロに火をつけたまま座敷にひっくり返っていびきをかき始めた。そっとその場を離れようとした富美加は、しかしそこで独特の刺激臭を嗅ぎ取った。コンロの火が不完全燃焼を起こし、ガスが洩れていたのだ。

咄嗟に駆け込み、コンロのつまみを捻った富美加は、背後から声をかけられた。

「佳菜子ぉ……帰ってきてくれたのか……？」

慌てて振り返ると、哲ちゃんが身体を起こしていた。しばらく向かい合ったまま沈黙の時間が過ぎ、再び倒れるように眠り込んだ哲ちゃんを、富美加は成り行きから介抱する。そうして二人の関係は始まったのだった。

「最初は、哲也さんと深い関係になるなんて思ってなかった。でも、なんだか放っておけなくて、そばにいるうちに親しくなっていって、そしたらどんどん本当のことが言い出せなくなっていって……」

そこで感極まったように、富美加は口元を手で押さえた。ごめんなさいと小声で繰り返す富美加を呆然と見つめたまま、哲ちゃんは立ち尽くしている。

「そんなある時、どこでどう調べたのか、あるいは運命の悪戯《いたずら》か、富美加さんの前に柳原が現れた」

二人がそのまま沈黙するのを防ぐかのように、櫛備が口を開いた。

「柳原はあのタイミングで自分の元を去った富美加さんを、ずっと危険視していた。風俗で働いていた過去をネタに金をせびっていたのも、あなたがあの男の犯した罪に気づいているのかを見極める目的があったんだろう。二人が一緒にいる姿は町の人々にもたびたび目撃されていた。心ない噂が立つのも時間の問題だ。あなたは哲也さんに真実を打ち明けようか悩んでいたが、哲也さんの方はというと、佳菜子さんの影を思うあまり、富美加さんが悩み苦しんでいることに気づけていなかった」

櫛備に図星を指され、哲ちゃんは面目なさそうに後頭部をかいた。

「そんななか、佳菜子さんの霊が『たちばな』に現れ始めた。そうですね？」

「はい。佳菜子さんの顔は仏壇の遺影を見て覚えてましたから、すぐにわかりました。でも、どうして赤の他人の私には視えるのに、哲也さんには視えないんだろうってずっと不思議で。でも、私言い出せなくて……。そのうち佳菜子さんは哲也さんのことを毎晩のように罵《ののし》り始めたんです。私も暴言を吐かれましたけど、どうしたらいいのかわからなくて、つい見えないふり、聞こえないふりをしてしまいました」

今度はあたしが押し黙る番だった。なんとなく責め立てるような櫛備と美幸の視線が痛い。

「もう何がなんだかわからなくて、でも自分の想像は当たってるんじゃないかって気がしたんです。柳原に付きまとわれているタイミングで佳菜子さんが現れたのも、きっと真実を明かしてほしいと思っているからじゃないかって」

「それで今夜、あの男が現れた時、自分の身が危険にさらされることを承知で、真実を確かめようとした。電話口で『もう終わりにする』と言っていたのも、柳原との関係に終止符を打つという意味だった」

「はい、そうです」

富美加はこわごわとうなずき、それからゆっくりと視線を持ち上げて哲也を見た。

「哲也さんが佳菜子さんのことを忘れられないのは態度を見ていればわかります。でも私はそれでよかった。罪滅ぼしをしたいという気持ちで哲也さんのそばにいたのも事実です。だからこそ、佳菜子さんの死を有耶無耶《うやむや》なままにしちゃいけないと思ったんです。それが、私が哲也さんのためにできる最善のことだと思ったから」

迷いのない口調で言い放ち、富美加は深々と頭を垂れた。

「ずっと黙っていて、ごめんなさい。哲也さん」

「フミちゃん……」

哲ちゃんは何か言いたそうに口をパクパクさせていたが、不意に視線を富美加から外し、くたびれたような笑みを浮かべた。

「フミちゃんは最初から全部知ってたんだな。いや、俺以上に佳菜子の死について知ってた。だから哀れみで俺と一緒に……」

「違う、そうじゃない。哀れみなんかじゃないの。私は……私は……」

言葉に詰まる富美加から視線を外し、背を向けた哲ちゃんは額を手で押さえながら、湧き上がる強い感情を必死に抑え込んでいた。

「だったら、どうして今になって話したりするんだよ。ずっと黙ってる覚悟がないなら、なんで最初から秘密にしたりするんだよ！」

絞り出すような声が夜の闇に響く。哲ちゃんの背中に向かって、富美加はひたすら「ごめんなさい！」と繰り返し、二度、三度と続けて頭を下げる。

「ずっと言わなきゃと思ってた。もっと早くに言い出すべきだって。でもそれがどうしてもできなくて……」

「俺との間に、気持ちなんてなかったんだろ？　全部、同情だったんだろ？」

「それは違うわ。たしかに最初はそうだったかもしれないけど、今は……」

「嘘をつくな！」

厳しく断じるような声に、富美加は表情を強張《こわば》らせ、肩を小刻みに震わせた。

「今更そんなこと言われて、信じられるわけないだろう。ずっと自殺だと思ってた佳菜子が実は殺されていて、それを知ってたのにフミちゃんは黙ってて、しかも犯人と昔付き合っていたなんて、もう訳がわかんねえよ！」

苦しげに声を絞り出して、哲ちゃんはその身を震わせた。やりきれない思いを、しかし富美加にぶつけていいものかと葛藤し、答えを出しかねているのだろう。

「三年……三年だぞ。俺はずっと、佳菜子を殺したのが自分だと思って、ずっと責め続けていたんだ。何度死んでやろうと思ったかわからないくらいにな。一番近くで俺の苦悩を見てたフミちゃんなら、俺のこの気持ちわかるだろ？」

富美加は涙をボロボロとこぼしながらも、何度も首を縦に振っている。彼女が一番そばで、哲ちゃんの苦しむ姿を見ていたのは紛れもない事実だ。けれど富美加自身も、そんな哲ちゃんを見るたびに自分を責め続けていた。哲ちゃんはそのことに気づかない程ぼんくらじゃない。でも今は怒りや悲しみといった感情が溢れ返り、混乱しているんだろう。冷静な判断ができず、激情のままに富美加を責めようとしている。

櫛備や美幸を見ても、夫婦のことに割って入るのは気が引けるのか、静観を保っていた。修平だけが話をよく理解できていないらしく、ひとり首を傾げている。

「なんなんだよ、ちくしょう。なんで今更、こんな思いしなきゃならねえんだよ！」

クソ、と怒号めいた声を発し、哲ちゃんが交通標識の看板を蹴りつける。けたたましい音に驚き、飛び上がった富美加の手が、そっと下腹部へと当てがわれるのを見た瞬間、あたしはとうとう、我慢しきれなくなった。

怒りに同調した力の波が再びあたしの全身から放出され、音もなく周囲を駆け抜ける。電球の砕けた街灯からバチバチと閃光が走り、皆が一斉に身を固めた。

「な、なんだ！」

何が起きたのかと周囲を見渡した哲ちゃんは、やがてあたしの方へと視線を留めて目を剝いた。

「……佳菜子、か？」

その眼差しは、まっすぐにあたしの目を見つめている。どういうわけか、あたしの姿が視えるようになったらしい。そういえば心なしか、自分の身体がぼんやりと青白い光に包まれ、闇夜に浮かび上がっている気がしないでもない。

だがそんなこと、今はどうでもよかった。

「なあ、佳菜子なんだろ？　おい、どうして……いや、そんなことよりお前、帰ってきたのか？　帰ってきてくれたのかよ？　なあ、おい」

哲ちゃんが涙声を震わせ、おずおずと手を伸ばしながら近づいてくる。

「うん、あたしだよ。哲ちゃん」

幽霊らしく、そっと囁くような声で言うと、哲ちゃんは驚いた顔をしてから、すぐに感極まった様子で駆け寄ってきた。二本の腕があたしを抱き寄せようとした瞬間、あたしは右手を鞭《むち》のようにしならせ、哲ちゃんの左頰をひっぱたいた。

「いってえええぇぇ！　な、何すんだ佳菜子！　お前、なんでそんな……」

「何すんだじゃないよこのぼんくら！　何がいてえだい！」

驚きに声を上げた哲ちゃんを容赦なく怒鳴りつけ、あたしは返す手で哲ちゃんの右頰を張る。ぱしぃん、と小気味いい音が夜の帳《とばり》に響き渡った。

驚いたのは哲ちゃんだけではなく、富美加も目を丸くして言葉を失っていた。櫛備や修平も同様に唖然《あぜん》とした顔で立ち尽くし、美幸は口元に手をやって「すごい」

と素直な驚きをこぼす。

「だからいてえって！　殴るのはやめろよ！」

赤く腫れた頬を押さえながら、哲ちゃんが抗議する。

「男のくせにピーピーうるさいね。あんたこそ、この子を泣かすのはやめなよ！

かわいそうじゃないのさ！」

「か、かわいそうってお前……」

哲ちゃんは戸惑いを露わにしながらも、あたしの言葉をまともに聞いている。生きていた頃と変わらぬ調子で、あたしたちの会話は成立していた。

けれど今はそんなことを喜んでいる場合じゃない。この馬鹿亭主に、溜め込んでいたことを全部ぶちまけてやらなくては気が済まないのだ。

「いいかい、この子は昔の自分の過《あやま》ちを真剣に悔いて、あんたに正直に話をした。それなのに、あんたは何なのさ？　意地張って、くだらない自尊心が傷つけられたくらいでむきになってさ」

「けどよ佳菜子、フミちゃ――あ、いや、富美加はお前を殺した奴を……」

哲ちゃんの弁解にかぶせるようにして、あたしは言葉を続ける。

「話は全部聞いてたよ。でもさ、この子があたしを殺したわけじゃないんだろう。

酒を飲んで運転したのはろくでなしの男の方だ。しかも今夜はそのろくでなしに立ち向かっていったんじゃないか。この子はちゃんと、自分の過ちと向き合って、ケリをつけようとしたんだよ」

「それはわかってる。でも、俺はお前が死んじまってからずっと、自分を責め続けてきたんだ。あの日の喧嘩のことずっと引きずっちまって、苦しくてよぅ」

喋りながらめそめそと泣きじゃくり始めた哲ちゃんのしみったれた姿にうんざりして、あたしは大きく溜息をついた。

「はぁ。あんたねえ、どこまで腑抜ける気なんだい。あたしが死んだのは事実で、今更それは変えようがないだろう。受け入れなさいな、現実ってやつをさ」

「でもよぉ、俺はお前を失って、本当に……本当につらかったんだぞ。今更、お前を殺した奴がいるなんて聞かされて、はいそうですかってわけにはいかねえよ」

話しながら感極まったのか、哲ちゃんはその場に膝から頽《くずお》れた。地面に手をつき、涙や鼻汁を垂れ流しながらむせび泣く旦那の姿が、どうにも哀れでならない。

「――もう、泣くのはやめなったら。みっともないね」

「構うもんか。おれぁ悲しくてたまらねえんだよ。お前がいなくなって、何もかもが味気なくなっちまった。そしたら急に後悔ばかりが浮かんできたんだよ。ずっと子供が出来なくて、俺たちは喧嘩ばかりしてた。不妊治療だって続けてたけど全然だめで、お前は口癖みたいに『あたしのせいだ』なんて言って自分を責めてたよな。それなのに俺はちっとも優しい言葉なんてかけてやれなくてよぉ……」

　涙声で懺悔《ざんげ》する哲ちゃんを見つめているうち、あたしの脳裏にあの夜の喧嘩の内容がフラッシュバックした。

　――子供なんかいらねえよ。

　そう吐き捨てた哲ちゃんの顔がまざまざと甦る。三十代の半ばを過ぎてからの不妊治療。お金も時間もかかるわりに成果が実らず、気づけば夫婦の会話も少なくなっていた。溜まりに溜まった鬱憤《うっぷん》が溢れて、お互いを口汚く罵《ののし》ったのがあの日の喧嘩だった。それで家を飛び出したあたしは……。

　その後に起きたことを思い出そうとして、思わず頭を振った。心臓なんてとうに失っているのに、動悸《どうき》が止まらなかった。

　――真っ赤な車。迫るライト。そして衝撃。その後は……。

　それ以上、記憶が呼び覚まされる前に、あたしは強引に意識を引き戻した。それから気を取り直すように哲ちゃんを見返し、強張っていた口元をわずかに緩める。

「……たしかに、生きてるうちにそんな風に思いやられたら嬉しかったかもしれないね。でもさ、あたしたちは、ずっとああやって喧嘩ばかりして暮らしてきたんじゃないか。つらい時も苦しい時も、そしてきっと、楽しい時もさ。それがあたしたち夫婦の形だったんだよ」

「佳菜子……」

「それに、哲ちゃんはもう自分を責める必要なんかないよ。櫛備先生や富美加さんのおかげで、殺人犯が見つかったんだ。あとは裁判でも何でも、見届けてくれりゃあいいんだからさ」

諭《さと》すように言っても、哲ちゃんは泣くのをやめようとしなかった。死んだ本人よりも、よっぽどあたしの死を受け入れたくないらしい。それはそれで悪い気はしないけれど、このままではどうにも埒《らち》が明かない。助けを求めるような気持ちで櫛備を見ると、彼もまたあたしと同じくらい困ったような顔をして肩をすくめた。

「ねえ櫛備先生、どうにかしておくれよ。これじゃあまともに話もできやしない」

「まあまあ、彼の気持ちも汲《く》んであげようじゃあないですか。それにこの際ですから、あなたが抱えている『後悔』も、お話ししたらどうですか」

櫛備の申し出に、あたしはわずかに躊躇《ちゅうちょ》したが、耳ざとい哲ちゃんは「後悔って何だよ」と強い口調で迫ってきた。

「彼女が三年間、あなたの前に戻ってこられなかった理由ですよ。魂は現世に留まっておきながら、今まで『たちばな』に現れなかったのには、彼女なりの理由がある。ある意味では『未練』や『後悔』とも言い換えられる理由がねえ」

したり顔で言われ、あたしは渋々、首を縦に振る。

「ああ、そうだよ。バラされちゃったんなら、白状するしかないね」

それから自嘲するように笑みをこぼし、耳の裏をぽりぽりとかいた。

「『死んでやる』なんて言い出したのは勢いだったけど、本当に死んじまおうって思ったのも事実だったんだ。子供が出来づらいのは、あたしの問題だった。でも哲ちゃんは一度だってあたしを責めやしなかった。それなのに、あたしがあたしを責めて、気持ちがどんどん沈んでいっちゃってね。あの日、不妊治療はもうやめようって言ってくれたのが、あたしのためだったこともわかってたのに、哲ちゃんの優しさを素直に受け取れなくて、自分が役立たずみたいに感じたんだ」

「馬鹿言うなよ。お前は役立たずなんかじゃねえ。俺は何度も言ったじゃねえか。子供なんかいなくたって、お前と二人でいられればいいって。出来るかどうかもわからねえ子供より、お前との時間を大切にしたかったんだよ」

あたしを見上げる哲ちゃんの目に嘘はなかった。心の底からそう思っているとわかる真摯《しんし》な眼差しに、無意識のうちに胸が熱くなる。

「うん、うん、わかってる。あの時そこの線路に寝転んで考えてみたけど、あたしもそう思ったよ。だから馬鹿な考えはすぐに捨てて、家に帰ろうと思った。線路から離れて、通りを渡ろうとしたら、あの車がすごいスピードで……」

あたしはそこで言葉を切った。その先は、わざわざ口にする必要もなかった。

「不幸な事故、と言ってしまえば聞こえはいいけどさ、ドジな自分が恥ずかしくてね。哲ちゃんに顔向けできないと思ったんだよ。喧嘩別れしてきちゃって、そのうえこんな風に死んじまったんじゃあ、当てつけみたいに思われても仕方ない。どうにも面目が立たないってね。だから、なかなか家に帰る気にもなれなくて、ぶらぶらしているうちに、どうして自分が死んだかってこと、本当に忘れちゃったみたいでさ。後ろめたさだけが残っちゃったんだよ」

へへ、と笑みをこぼすと同時に、なんだか照れくさくなって、あたしは自嘲気味に眉を寄せた。

「自殺なんかしてないって、もっと早く言うべきだったのに、勇気が出なくてこんなに時間がかかっちまった。三年はいくら何でも長すぎるよね」

「……ああ、まったくだよ。馬鹿野郎」

やりきれない、とでも言いたげに顔を歪める哲ちゃんを見て、胸が詰まるような感じがした。生きている頃、喧嘩の後によく目にした表情だった。

「だからあんたも、この子を責めるのはもうやめな。落ち込んでダメになったあんたを助けて、支えてくれたのはこの子なんだろ」

わざと明るい声で諭すと、それまで難しい顔をして俯いていた哲ちゃんが顔を上げ、

「すまねえ佳菜子。俺、お前が死んでも新しい嫁さんなんかいらねえって言ったのに、フミちゃんの優しさにすっかり甘えちまった」

「そんなもん、とっくに時効だろ。その子のおかげであんたが立ち直れたのは事実なんだ。それにさ、あんたがいつまでも落ち込んで、店のことも自分のことも投げやりなまんまじゃ、あたしだって成仏できやしないよ」

「でも、俺はまだお前のことが……」

あたしは咄嗟に手をぶんぶんと振り回し、哲ちゃんの言葉を遮った。

「ああもう、だからあたしは死んでるんだってば！　いい加減わかっておくれよ」

言葉を失う哲ちゃんに、あたしは間髪を入れず続けた。

「あんたはこれから、その子と新しい命を守っていかなきゃならないじゃないか」

「え？　何だって？」

一瞬、呆《ほう》けた顔をして、哲ちゃんは富美加を見る。富美加の方も驚いた顔をして「どうして」と呟いている。あたしは少々得意になって鼻を鳴らした。

「女同士だからかね。なんとなくわかってたよ。ここのところ、微熱が続いて調子が悪そうだったし食欲もなかった。柳原って奴に殴られた時も、必死にお腹を守ってただろ」

富美加は誤魔化そうとせず、素直に首を縦に振った。

「それじゃあ……俺が、父親に？」

　誰にともなく問いかけるようにして、哲ちゃんは独りごちた。突然告げられた事実を受け入れられず、戸惑っているのだ。

「わかったら、しゃんとしておくれよ。父親になるあんたがそんなんじゃ、富美加さんだって不安だろ」

　それからあたしは、富美加の方を向き、

「あんたもあんただよ。そうやってめそめそしてないで、たまにはこの人の尻を蹴り上げるくらいのことしてやらなきゃ。男なんて、ほっといたらどんどん腑抜けになっていく生き物なんだからね」

「は、はい……わかりました……」

　おずおずと答える富美加。

「それにしても、ずっとあたしが視えていたなんてね。一杯食わされたよ」

「ちょうど妊娠がわかった日に、佳菜子さんがお店に帰ってきたんです。私、どうしたらいいのかわからなくて、哲也さんにも言い出せなくて、そのままずるずると……」

　少々、悪戯な笑みを浮かべる富美加の隣で、哲ちゃんががりがりと頭をかいた。

「それだよそれ！　亭主には視えないのに、新しい女房には視えてたって、どうい

「知らないよ。あんたが特別薄情なんじゃないの」

嫌味たっぷりに言ってやると、哲ちゃんは即座に「なにぃ」と眉を吊り上げた。

懐かしいやり取りに、思わず笑みがこぼれる。

「あのなあ、俺はお前がいなくなってから、本当に……」

言いかけた哲ちゃんが不意に言葉を切った。それから、小さく息をつき、

「いや、やめよう。こんな時にまで喧嘩するのは」

「そうだね。最後くらい、明るく見送っておくれよ」

そう告げるのと同時に、あたしは自分の身体が、黄金色の光に包まれていることに気がついた。まばゆい光がどこからともなく差し込み、少し遠くで、懐かしい声があたしの名前を呼んでいる。

「なあ佳菜子。行くなよ。ずっとうちにいりゃあいいじゃねえかよ」

「私も、それがいいと思います。厚かましいかもしれませんけど、佳菜子さんにいてほしいわ」

思いがけぬ申し出に戸惑い、あたしは目を瞬《しばたた》いた。

「あんたたち、何言ってんだい。あたしはもう三年も前に……」

「死んでたって構うもんか。お前は今も俺の女房だ。家族じゃねえか」

哲ちゃんが、強い口調で言うと、あたしの手を強く摑んだ。先程から降り注ぐ温かい光とはまた別種の、血の通った力強い腕の感触が、あたしの心を揺らす。

「……家族か。そうだね。できることならそうやって、あんたの子供の顔、見てみたかったね」

身体を包む光が、更に強まった。あたしが振りほどくまでもなく、腕を摑まれていた感触がするりと失われ、哲ちゃんの手は空を切った。

「待て……おい待てよ佳菜子。待ってくれよ！」

すがるような声を上げて、哲ちゃんが嘆く。気難しい顔が涙やら鼻汁やらで洪水を起こしていた。

「喧嘩ばかりじゃなくて、たまにはこういうのもいいね」

そっと手を伸ばし、情けない顔から涙を拭うと、指先がじんと熱くなった。あたしがこの世で最後に感じる、哲ちゃんのぬくもりだった。

ふわりと、身体を持ち上げられるような感覚を覚え、あたしはまばゆい光の中へと誘《いざな》われる。その最中、ふと視線をやると、櫛備十三と美幸があたしを見上げていた。

「櫛備先生、美幸ちゃん、ごめんんね。最後は身内の話ばかりで置いてけぼりにしちゃってさ」

「ううん、いいの。佳菜子さんの胸のつかえが取れて、私たちも安心してる」

花が咲くような笑みを浮かべて、美幸が笑う。本当に、霊にしておくにはもったいないような明るい笑顔だ。

「ありがとう。本当にすっきりしたよ」

「こちらこそすっきり――いや、ほっとしましたよ。これであなたに祟られずに済む」

櫛備は苦笑混じりに言うと、照れ隠しのように顎髭を撫でた。

束の間、死後の時間を共有した友人たちに別れを告げた後、あたしはもう一度、哲ちゃんの姿を目に焼きつける。

「いい父親になってね。あんたの夢だったんだから」

哲ちゃんはもう何も言葉を発さず、しきりにうなずいている。

「もしまた腑抜けになって家族をないがしろにしてたら、その時は――」

――また、ひっぱたきに来るからね。

最後の言葉は、果たして届いたのだろうか。そのまま、音もなく光に吸い込まれていったあたしにはわからなかった。

最後に目にした光景は、地面に突っ伏すようにして泣き崩れる哲ちゃんと、彼に寄り添い背中をさする富美加の姿。

そして、彼女が供えてくれた路肩の花が、月の光を浴びて輝いている光景だった。

5

二週間ほど過ぎてから、櫛備十三は再びこの町を訪れた。以前、除霊を頼まれた一般住宅で再び心霊現象が発生したため、再訪した帰りだった。

「櫛備先生、今日も最高の仕事ぶりでしたね！」

左右を柳の木に挟まれた川沿いの道を歩きながら、修平が興奮気味に目を輝かせる。

「そうかい？　僕はただ、事実を指摘しただけなんだがねえ」

「素晴らしかったです。それにしても驚きでしたね。前回の除霊で退治したはずの霊が甦ったのかと思ったら、浮気して追い出された父親がこっそり家に忍び入っていただけだったなんて、間の抜けた話ですよ」

「何でもかんでも霊の仕業だと決めつけたがる人々というのは、一定数いるものだからねえ。理解不能な現象が本当に心霊的なものなのかを見極めるというのは、大切なことなんだよ」

得意になって鼻を鳴らす櫛備からやや離れた位置で、美幸はあからさまに溜息をつき、

「普段、好き勝手に話をでっち上げて心霊現象を信じ込ませようとしている人間がよく言いますね」

などと皮肉った。それは櫛備にははっきりと聞こえているはずなのだが、当の本人はまるで気にした様子もなく、知らぬ顔をして上機嫌に笑っている。このところ櫛備は都合の悪いことを言われても、修平がいるのをいいことに聞こえないふりをして、美幸の追及を逃れるようになってきた。

櫛備が美幸と会話している姿はあまり、あけっぴろげにはできない。ひそひそ話をどうにかして誤魔化すのにも限度がある。それでも依頼人や調査対象者が相手ならばどうにかなっていたのだが、修平は助手として常に櫛備のそばにいるので、やはり限界があった。そのせいで、最近では櫛備と口を利く回数がめっきり減ってしまっている。

美幸はそのことを大変不満に感じているのだが、櫛備はというと、それほど気にしている様子がない。生身の人間である修平は喉が渇《かわ》けば飲み物を買いに行ってくれるし、食事をする時は席を確保してくれるし、必要以上に櫛備を持ち上げ、おべっかを言って気分よくさせてくれる。どれも美幸にはできないか、意図してやらな

いことばかりである。

　最初は何とも思っていなかったことが、近頃ではだんだんと、美幸の頭を悩ませるようになってきた。修平が助手として定着してくるにつれて、少しずつ自分の存在意義に疑問を感じ、必要とされていないのではないかという疑惑が根をおろし始めたのだった。

　美幸が櫛備に話しかける分には、普通に話しかければいいのだが、櫛備が返事を返す時には、どこか場所を変えるか、考え事をしている状態での独り言を装うしかない。これがどうにも勝手が悪かった。何しろ修平はそういった櫛備の『独り言』にも敏感に反応し、逐一話し相手として会話を始めてしまう。つまり、今まで通り自由なタイミングで櫛備と話をすることができないのだ。

　だからといって櫛備が必要以上に彼を遠ざけたりしたら、逆に怪しまれてしまうし、美幸の存在を信じてもらおうにも、こちらの姿を認識してもらう手段がない。除霊対象としての霊ではなく、助手一号としての霊がいるんだよ、と言ったところで、さすがの修平でも簡単に鵜呑《うの》みになどしないだろう。高岩小春《たかいわこはる》や立花佳菜子がしたように、強く願えば姿を視てもらえる、という状況でもないため、結局美幸は今日も『いないふり』を貫き、その副産物としての孤独感を味わっていた。

「先生、少しお腹がすきませんか？　前回立ち寄ったおでん屋台が少し先にあるんですが」

　こんな風に空腹を訴えて、食事をとろうと提案することも自分にはできない。ある種の劣等感のようなものを感じてしまうのもまた、仕方のないことだった。

「ふむ、いいねえ。この間は食べ損ねてしまったし、今日こそ食べていこうじゃあないか。しかし修平くん、すごい行列だぞ」

「任せてください。僕が並んできますから、先生はその辺りを散策していてくださ い」

　さすがは現役大学生。決断も行動も早く、パシリのように扱われても嫌な顔ひとつしない。師である櫛備に対してどこまでも従順だ。

　意気揚々と駆け出した修平が長い列の最後尾へと並んだのを確認すると、櫛備はそこで深く息をつき、

「――さて美幸ちゃん、ちょっと歩こうか」

　美幸を伴って繁華街の方へと足を進めた。

　いざ二人になっても、先程の考えが頭の中をぐるぐると回っているせいで、ろくな話題が思いつかず、美幸は依然としてもやもやした気持ちを抱えていた。

　――このまま、修平くんと二人で仕事をした方がいいんじゃないですか。

　そんな、思ってもいないような皮肉が、何度も喉元まで出かかっていた。なぜこ

んな気持ちになるのか、子供みたいに嫉妬しているとでもいうのか。

たとえるなら、夏休みなどで遠方から遊びに来た従兄弟に父親を取られてしまうような感覚だろうか。といっても、物心がつく前に父親が蒸発してしまった美幸にとって、そんな記憶はゼロに等しかったが。

「あの、先生――」

「なんだ、まだ開店前か。というより留守にしているようだねえ」

意を決して口を開いた途端、櫛備の落胆の声がかぶさってきた。

視線の先を追うと、目の前にあるのは居酒屋『たちばな』だった。

「ご主人と富美加さんの様子を見に来たんですか？」

「まあ、ついでだよ。ついで」

嘘か本当かわからないような口調で言いながら、櫛備は暖簾の出ていない『たちばな』を仰ぐ。時刻は午後六時。特別、休業という札が出ていないところを見ると、何か理由があって店を開けていないだけかもしれない。中を覗こうにも、磨《す》りガラスなので店内の様子は窺えなかった。

「どうします？　少し待ってみますか？」

「いいや、別に話がしたかったわけでもないからねえ。それに、今更僕と顔を合わせても、向こうだって困るかもしれないし」

「佳菜子さんのこと、思い出しちゃうでしょうしね」

言い終えると同時に、美幸の脳裏には立花佳菜子が旅立っていく時の光景が甦り、ふいに胸が締めつけられる。

「それにしても、佳菜子さんが一瞬でも自殺を考えていたなんて、ちょっと意外でした。ああいう豪胆な人は、そんなことなんて考えないのかと思ってましたから」

「それは違うよ美幸ちゃん。強がりばかりで他人に弱みを見せられない人ほど、一人で抱え込んで苦しんでしまうんだ。事が起きた後に冷静になって考えてみたら後ろめたさがどんどん増していって、ご主人の元へ戻りづらくなってしまったんだろうからねえ」

どことなく寂しげに苦笑する櫛備。その横顔に美幸はそっとうなずきを返す。

「いざ戻ってきたら、旦那さんは自分との思い出にしがみついて苦しんでいた。新しい奥さんがいることに嫉妬していたのも、もしかするとそういう気持ちを隠すための言い訳だったのかもしれませんね」

「どうだろうねえ。ああ見えて、佳菜子さんは繊細な人だったから、富美加さんが困っていることにもうすうす気がついていたのかもしれないよ。彼女の妊娠にもいち早く気づいたわけだしねえ。富美加さんが本当に夫を任せられる人間かどうかを見極めたかったのかもしれない」

ありうることだと思った。佳菜子は一見すると押しが強く向こう見ずなところがあるけれど、その実とても知的で思いやりのある人だった。自らの死に対し後ろめたさがあるからこそ、夫の幸せを一途に願わずにはいられなかったのかもしれない。自分が行動を起こすことで、彼と富美加の間にあるわだかまりが解消できれば、二人の関係がうまくいくと考えて。

そんなことを思うと、余計に胸が苦しくなった。

「――落語の演目に『三年目』というものがある」

突然思い出したような口調で、櫛備が言った。

「女房が夫を残してこの世を去る間際に言うんだ。自分は必ずあなたの元へ帰ってくる。だから新しい妻などめとらないでほしいと。夫はそれを了承し、妻を取らずに一年、二年と女房の帰りを待ち続ける。だがいくら待っても女房は戻ってこない。諦めかけた三年目に、女房は生前と変わらぬ姿でひょっこり戻ってくる。なぜこんなに時間がかかったのかと問うと、女房はこう言うんだ。『埋葬時の習わしで髪をそられてしまったので、伸びるまで待っていたらこんなに遅くなってしまいました』とね。死んだ後も自分の外見を気にする女房のいじらしさが際立つ、実に人間味溢れるエピソードだが、この『三年目』に登場する女房と立花佳菜子が、どうも僕には重なって見えて仕方がないんだよねえ」

からからと笑いながら、櫛備は手元の杖を弄《もてあそ》ぶ。

「外見的な理由でこそないが、夫に顔向けができないという後ろめたさから、戻ってくるのに三年もの時間がかかってしまった。強がりばかり言っておきながら、胸の内では臆病な自分と必死に戦っている。彼女のそういう不器用なところに、ご主人は愛情を抱いていたのかもしれない」

「あの二人なら、子供が出来ないっていう問題もきっと乗り越えられたと思います」

——子供より、お前といたかった。

涙ながらに語った哲也の顔が思い出され、美幸の目頭が熱くなった。

「そうそう、言い忘れていたけれど、柳原についてはしっかりと逮捕されて、三年前の件も明るみに出るようだよ。今回は、捜査が途中で中止になるようなことにはならない。たとえふざけた圧力がかかっても、今回は絶対にねじ伏せてやるって、久我くんは息巻いていたからねえ」

言い終えるのを待たず、櫛備は思い出し笑いをするみたいに噴き出した。

「前から気になってたんですけど、その久我さんって人と先生はどういう関係なんですか？　随分と親しい間柄みたいですけど」

「まあ、ある種の腐れ縁というやつだよ。彼とは心霊現象が絡む事件で一緒になったことがあってねえ。その時に救ってやった恩があるから、僕に頭が上がらないんだ」

というより、なにがしかの弱みを握られたために、渋々櫛備に協力しているという風にしか思えないのだが。

疑いの眼差しを向ける美幸を一瞥し、気を取り直すように咳払いをした櫛備は、それからすぐに表情を険しくさせて重々しい口調を放つ。

「話を戻すけど、柳原の供述によって新たな事実が発覚してねえ。これがどうにも、後味の悪いものだったよ」

苦い顔で前置きした櫛備によると、逮捕された柳原は最初こそだんまりを決め込んでいたようだが、数日も経つと徐々に話をするようになり、富美加を襲った時のことばかりか、聞いてもいない三年前の件について言及し始めた。それによると柳原の運転する車にはねられた直後、佳菜子にはまだ息があったのだという。意識を失っていた彼女を死んだものと決めつけた柳原はパニックに陥り、彼女の身体を抱えて線路のそばへ行き、電車が来るのを待った。やがて遠くにライトが見えた頃、死んだとばかり思っていた佳菜子が目を覚ました。この時、柳原の頭に救急車を呼び彼女を救うという選択肢は浮かばなかった。痛みに呻き、前後不覚で朦朧《もうろう》としている佳菜子の身体を、柳原は残酷にも投げ出した。

迫りくる電車の前へと――

「ひどい。どうしてそんなことが出来るの……」

それ以外の言葉が浮かばなかった。忘れかけていた怒りがふつふつと再燃し、握った拳が意図せず震えた。

「まったく同感だよ。あんな男のために、立花さんたちの人生が狂わされたと思うと、どうにもやりきれない。柳原の父親は長年、この町で市議会議員を務めていて、当時の圧力はそこからだったらしい。だが今回は柳原自身が自白しているわけだし、マスコミにも情報が流れている以上、罪を逃れることはできないだろう」

「でも、どうして柳原は今になって自供する気になったんでしょう？」

「僕もその点は気になっていたんだが、柳原はこの三年間、まるで呪いのように自らの行いを繰り返し夢で見続けていたそうなんだ。そのせいで人付き合いもできなくなり、まともな生活は送っていなかった。毎晩のように罪もない女性を電車の前に投げ出す夢なんか見ていたら、誰だって頭がおかしくなってしまう。そしてあの夜、不可解な現象によって手足の骨を折られるという恐ろしい目に遭った柳原は、何もかも白状する気になった。罪を認めなければ、次は命を奪われるとでも思ったんじゃあないかな」

なるほど、と納得する一方で、しかし美幸の気分は完全には晴れなかった。

「佳菜子さん、まだ生きていたのにそんな目に遭わされたなんて、怖かったでしょうね」

「霊が死の瞬間のことを忘れてしまうのはよくあることだが、それはもしかすると、ただでさえ不安定な魂をどうにかしてこの世界に留まらせるために、深層心理で行っている自己防衛手段なのかもしれない。肉体を失い、精神だけが現世と繋がる唯一の手段となった霊にとって、心の乱れは自己の喪失に大きく関係するはずだ。幼少期に虐待を受けた子供がつらい記憶に自ら蓋《ふた》をするのと同様に、霊もまた、そうやって不安定な自分を必死に保とうとしているのかもしれない」

いつになく真剣な口調で言った後、櫛備は口を結んだ。行き交う人々が通り過ぎていく中、じっとその場に立ち尽くし、『たちばな』の看板を見上げる櫛備の横顔はとても悲愴的で、声をかけるのもはばかられるほどだった。

「ギャラは入らなかったけれど、いい仕事しましたね、先生」

わざと明るい調子で言った美幸に対し、櫛備はくたびれたような笑みをこぼす。

「まったく、タダ働きもいいところだよ。へそくりを隠してあるなんていう言葉を信じたこっちがバカみたいじゃあないか」

佳菜子が消えた後、哲也からも謝礼を払うと言われ、上機嫌で『たちばな』を訪れた櫛備は、鏡台の裏に貼り付けられていた佳菜子のへそくりを確認することにした。小さな小箱の中にあったのは、立派なダイヤが嵌め込まれた古めかしい指輪だった。それは哲也の祖母の結婚指輪であるらしく、すでに他界した母から佳菜子に贈られたものでもあった。てっきり失くしたとばかり思っていたと語る哲也は、売ればそれなりの値段になると言い、櫛備に差し出したのだが、さすがの櫛備もそれを受け取ることはできなかった。いくら金に汚いとはいえ、そんなものを質に入れる気にはなれなかったのだろう。

「さて、修平くんを待たせていることだし、そろそろ戻ろうか」

そう言って踵を返し、通りの反対側に渡った所で、櫛備は不意に足を止めた。

「どうしたんですか先生？」

驚いたように立ち尽くす櫛備の視線の先を追うと、立花哲也と富美加の夫婦が、通りの反対側を歩いてくるところだった。互いに手を取りながら歩く二人。見つめ合う幸せそうな顔。なんだか、見ているこっちが照れくさくなるような光景だった。

「この先、彼の中から佳菜子さんの記憶が消えることはないかもしれない。富美加さんの罪悪感はなくならないかもしれない。だが、マイナス要素をなくすことばかりが人生ではないんだ。痛みを抱えて後悔に苦しむからこそ、本当に大切なものに気づくことができる。新たな命を迎えるために、あの二人は今度こそ、同情ではなく真心を持って互いの手を取り合えるはずだ。もちろん、この先の道のりだって決して平坦じゃあない。家族――とりわけ夫婦ってのはそれくらい、ままならないものだからねえ」

そう、しみじみと語る櫛備の横顔に、言い知れぬ痛みのような感情を垣間見《かいま》た気がして、美幸は息を呑んだ。だが、それも束の間。櫛備はすぐにその表情を取り払い、何を思ったか薄ら笑いを浮かべてこっちを向く。

「な、なんですか？　人をじろじろ見て」

「美幸ちゃんにも、そういう相手を見つけてほしいなあと思ってさ」

「え、わ、私ですか？」

思いがけず向けられた言葉につい動揺し、あたふたと問い返す。その反応が面白かったのか、櫛備は更ににやけた顔をして美幸の顔をずい、と覗き込んできた。

「当たり前じゃあないか。君はしっかりしてそうに見えて抜けているからねえ。悪い男につかまりやしないかと心配しているんだよ、僕は」

「お、大きなお世話です！　なんで先生にそんなこと心配されなきゃならないんですか」

「ふん、いいかい。気になる男がいたらまず僕に会わせるんだよ。僕の『霊視』で、そいつの何もかもを見抜いてあげるから。年収や家族構成、友人関係、職場での評判。それ以外にも趣味は何かとか、おかしな性癖がないかとか――」

「やめてくださいよもうっ！　もしそういう人ができたとしても、先生には絶っっ対に会わせたりしませんからね！」

　ふん、と口を尖らせ、そっぽを向いた美幸は、大股で歩き出す。

「おいおいおい、美幸ちゃん。何を怒ってるんだ。僕は君の霊体保護者として、おかしな虫から君を守る義務があるんだよ」

「結構です。ていうか何なんですか霊体保護者って！　意味不明ですから！」

　怒りに任せて拒否しながらも、心のどこかでは、そんな日が来るのもアリかもしれないと思った。

「こらこら、ちょっと待ちなさい。そもそも男女のお付き合いというのは保護者の理解と了承を得てだねえ……」

　大真面目な顔をして説教じみた小言を始めた櫛備がなんだかおかしくて、美幸はこらえきれずに笑みをこぼした。

第三話　地下室の哄笑

1

暗く冷たい雨が身体《からだ》中を濡らしている。

足を踏み出すと、ずちゃり、と湿った感触がした。くるぶしの辺りにまで達する泥水が逃げ場を求めるようにして靴の中に入り込んでくる。

びゅうびゅうと吹きすさぶ寒風が見えない壁のように立ちはだかり、一歩前へ踏み出すことさえ苦労する。塗りつぶしたような闇の中から、今にも何かが飛び出してきそうな気がして、男の呼吸が無様に震えた。

男は怯《おび》えていた。大丈夫。見つかるわけはないと自分に言い聞かせながら、喘《あえ》ぐような呼吸を繰り返している。

「これでいいんだよね。姉さん」

暗闇に向かって語りかけるも、答える声はなかった。それでも男は、深淵の底からなにがしかの回答を得たかのような気がした。その身と心とを覆う果てしない絶望と恐怖から、束の間解放されたような感覚だ。

「すぐに帰るから待って——」

男の言葉が不意に途切れる。背後に凄《すさ》まじい気配を感じて、彼は立ち止まった。

大地を揺るがすようなけたたましい轟音《ごうおん》。血に飢えた獣《けもの》の断末魔を思わせるその響きに、男は心底から震え上がった。

暗い闇の淵からこちらを覗《のぞ》き込む冷徹な視線。感情のない怪物の眼が男を凝視していた。


あれは……あれは……。

2

目を覚ますと、殺風景なリビングの光景が視界に飛び込んできた。

暖房が効いていないせいか、ひどく肌寒い。窓の外には鬱々《うつうつ》とした曇り空が広がっていた。

――ベッドに行く前に、ここで寝ちまったのか。

ソファから身体を起こし、ぼんやりとする頭でそんなことを思った。このところ以前にも増して生活リズムが不規則で、昨夜何時に就寝したのかすらも曖昧《あいまい》だった。

オフィスに勤めているわけでもなく、訪ねてくる友人がいるわけでもない気ままな暮らしなので、誰に迷惑をかけるわけでもないが、油断するとすぐに昼と夜が逆転してしまう。できる限り規則正しい生活を送ろうとは思うのだが、一度でも怠惰な生活を覚えてしまうと、元に戻すのは難しかった。

立ち上がり、水でも飲もうかとキッチンへ向かいかけたところでチャイムが鳴った。吹き抜けのリビングに軽やかな音が反響する。

インターホンを確認すると、画面に人影が映り込んでいた。背の高い男が軽く身を屈めるようにして、カメラをじっと覗き込んでいる。

見覚えのない顔だった。年齢は俺より少し上——四十代くらいだろうか。整えられた豊かな髪に顎《あご》の無精ひげがよく似合う、渋い顔立ちだ。

「いくら覗いたって、そっちからは見えやしねえよ」

そう毒づいて俺は鼻を鳴らした。こんな時期にここへやってくるなんて、ろくな奴じゃないに決まっている。リフォームやリノベーションを勧めるセールスマンか、保険屋といったところか。いずれにせよ、オフシーズンの別荘地にセールスに来ること自体がこの男の無能さ具合を物語っていた。

周囲の家には人っ子一人滞在していないし、この不景気で誰もが手放したがっている別荘を、わざわざリフォームしようなどという金持ちだっていない。そもそも金があるなら、もっと立地条件のいい高級別荘地に居を構えているはずである。少なくとも、湖のそばという以外なんの取り柄もない、寂れた三流別荘地など購入しないだろう。

大自然などと言えば聞こえはいいが、周囲にあるのは手入れもされず、台風でなぎ倒された倒木の散乱する雑木林や水草だらけで濁りきった湖がせいぜいだ。目を見張るような絶景が楽しめるわけではないから、飽きがくるのも早い。その証拠に、最近ではシーズン中でもここらの別荘には人の気配など微塵《みじん》もない。不動産会社はどうにかして買い手のつかない物件を売り払おうと躍起《やっき》になっているようだが、思い通りにはいかず、年々、建物が古びていくばかりだった。

もっとも、俺にとってはその方が好都合である。人気《ひとけ》のない、静かな土地での生活は、他に類を見ないほど快適だからだ。この家で何をしようが誰にも咎《とが》められることはないし、余計な奴がやってくることもない。まさに最高の環境だ。

再びチャイムの音がして、俺は物思いを断ち切った。改めてインターホンを見ると、男は「あの、誰かいませんか？　おかしいなあ」などとぼやきながら首をひねっている。

この家に人がいることを知っているかのような物言いだ。もしかすると、管理会社からこの家について聞いてやってきたのかもしれない。

三度目のチャイムが鳴った。無意識に「クソ」と悪態をついて、俺は玄関へと急いだ。そして玄関扉へと手を伸ばし、鍵を開けようとした時、サムターン錠がくるりと回転した。思わず手を引っ込め、後ずさった俺の目の前で扉が開く。

「――おお、開いた開いた。管理会社に寄って鍵を借りてきて正解だったねえ」

現れたのは、先程の男だった。持ち手に金の装飾が施《ほどこ》された杖をつき、全身を黒いスーツ――いや、喪服で固めて黒いネクタイを几帳面《きちようめん》に締めている。葬式の帰りに立ち寄ったわけでもないだろうに、どういうことなのだろう。まさかこの男、普段から喪服姿であちこちうろついている奇特な人間だとでもいうのだろうか。

そんな風に疑問を感じ立ち尽くしていると、男が俺の姿を認め、「お」と小さな声を漏らす。

「いらっしゃったんですか。てっきり不在かと思って、勝手に鍵を開けちゃいましたよ」

これは失礼、と続けて、へらへら笑いを顔に張りつけた男が軽く頭を下げた。

「あんた誰だ？　どうしてここに……」

それくらいしか言葉が出なかった。見知らぬ人物の唐突な訪問に戸惑い、自分が間の抜けた顔をしているであろうことを想像して、ひどく胸糞が悪くなった。

「おや、ご存じないですか。僕は櫛備《くしび》十三《じゆうぞう》といって、しがない霊媒師をしています。近頃じゃあテレビなんかにも出してもらって、それなりに知名度もある方なんですがねえ」

「櫛備十三？　霊媒師だと？」

　聞いたこともない名だ。というか俺はもともと、心霊だの何だのという話題には興味がないし、最近ではろくにテレビも観ないから、この男が本当に知名度のある霊媒師だとしても知る由《よし》もないとは思うが。

「なんだって霊媒師が……？」

　怪訝《けげん》に声を上げた俺に対し、櫛備と名乗った男はさらに不思議そうな顔をして小首を傾げた。

「おかしいなあ。今日お伺いすると連絡がいってるはずですが、ご存じないですか？」

「何も聞いちゃいない。どういうことなんだ？」

　声を硬くして訊ねると、櫛備は腕組みをして困ったように首をひねる。何を悩んでいるのかは知らないが、早いとこ追い出してしまわなければ。

　内心で独りごちた俺が「何も知らない。悪いが帰ってくれ」と言おうとするのを遮《さえぎ》るようなタイミングで、櫛備の背後から数名の男女が現れ、どやどやと中に入ってきた。

「いやあ櫛備先生、ここ、雰囲気たっぷりじゃないですか。さっそく撮影機材運び入れちゃいますね」

　意気揚々と言ったのは、どことなく軽い印象を受ける三十代半ばくらいの男だった。せっかちな性格なのか、残りの数名――おそらく部下なのだろう――に対し、口うるさく指示を飛ばしている。

「おい脇坂《わきさか》、さっさと機材運んで段取り決めろよ。ＡＤの仕事だろうが」

「わかってますよ。今やろうとしてるじゃないですか。口動かす暇あったら、設楽《したら》さんも運搬手伝ってください」

「あぁ？　なんだお前、生意気言うんじゃないよ。誰のおかげでこの番組が人気に――っておい、待てこの、話を聞けよ！」

　口汚く言い合いをする男女の他に、カメラを担いだ体格のいい男と、なにやら笠のようなものが付いた照明器具やガンマイクを抱えた中年の男の計四人が、俺に何の断りもなく上がり込んでは、我が物顔でリビングへと足を踏み入れた。

「おい、なんだ。どうなってるんだよこれ。あんたらいったい……」

「失礼、彼らは番組制作会社の撮影クルーです。ロケに来る時はだいたい同じメンバーでして、気心の知れた連中なんですよ。実はここだけの話、ディレクターの設楽さんとＡＤの脇坂さんは親しい関係にありましてねえ。事あるごとに喧嘩したりするのですが、あれは彼らなりのコミュニケーションでして――」

訊いてもいない情報をべらべらと喋る櫛備を遮《さえぎ》って、俺は頭を振った。

「ちょっと待て。そんなことを訊いてるんじゃないんだよ。なんで勝手に上がり込むんだと訊いてるんだ」

「はあ、勝手に、ですか……？」

「そうだよ。断りもなく上がり込んでるだろ。いいか、ここは俺の――」

「あ、いたいた先生。ここが今回の撮影場所ですか。俺、テレビなんて初めてだから緊張しちゃいますよぉ！」

必要以上に快活で大きな声が俺と櫛備の会話に割り込んだ。思わず肩をびくつかせて振り返ると、溌溂《はつらつ》とした表情の青年がかじかむ指をこすり合わせながら戸口に立っている。見た目から想像するに、大学生くらいだろうか。

「おいおいおい修平《しゅうへい》くん、撮影と言ったって、別に君が出演するわけじゃあないんだから、緊張する必要なんかないだろう」

「それもそうなんですけど、俺この番組の大ファンなんで、こうして撮影現場に立ち会えるだけでも大興奮なんです！　これだけでも先生の助手になってよかったっていうか、やっぱり感動っす！」

修平と呼ばれた青年は両手を強く握りしめ、拾われた子犬のように目を輝かせながら、全身で喜びを体現している。

「おい、おい！　くだらない話はやめろ！　いったい何人やってくるんだ！」

社会見学にでもやってきたかのようなやり取りに苛立ちを覚え、俺はついに声を荒らげた。突如として放たれた怒号に驚いたのか、修平は大きく目を見開き、それからほんの一瞬だけ俺の方に視線をやると、苦々しい笑みを浮かべた。

「それじゃあ先生、俺、先に行って準備しておきますね」

気まずさから逃れるようにして、修平はそそくさとリビングへ向かう。

「いやあ、慌ただしくしてしまって申し訳ない。お休みだったんでしょう？」

「いや、そんなことはどうでもいい。それより、これは何なんだと訊いているんだ。勝手に上がられちゃ困るんだよ」

俺が再び語気を強めると、櫛備はがりがりと頭をかいて、

「やっぱり連絡がいっていなかったようですねえ。管理会社にはしっかりと許可を取っているんですが」

「許可だって？」

何の、と続けた俺はその時、この得体の知れない霊媒師が場違いに感じられるような笑みを浮かべたのを見逃さなかった。

「もちろん、心霊番組の撮影ですよ。僕たちは、死してなおこの世に留まり、苦しみ続けている霊を救うためにやってきたのです」

よくある決まり文句のようなその言葉が、俺にはひどく不吉なものに感じられた。

3

管理会社から正式に撮影許可をもらっている。そう主張されてしまっては、俺としても無理に追い返すことはできなかった。仕方なく櫛備と共にリビングへ移動し、撮影クルーが忙《せわ》しなく行き来するなか、ソファに腰を下ろして櫛備と向かい合う。

「悪いが、お茶もコーヒーも切らしてるんだ。もてなしは出来ないぞ」

「おかまいなく。我々も仕事で来ていますから」

嫌味のつもりで言ったのだが、櫛備は頓着《とんじやく》する様子を見せずかえって俺の方が気まずい思いをしてしまった。溜息《ためいき》混じりに背もたれに身を預けた俺はむっつりと押し黙る。

それにしても、管理会社もいい加減だ。この家の管理を担当している俺に対し、何の連絡も入れないなんて。心霊番組の撮影などという如何《いかが》わしい連中をこの別荘に立ち入らせるなど、俺の耳に入れれば猛抗議されると思ったのだろうか。櫛備が言うには、家の所有者にも承諾を得ているらしく、もはや俺の独断で撮影を拒否したりできるような状況ではないらしい。なんとも不愉快な話だ。

「あなた、里見誠一《さとみせいいち》さんですよねえ？」

不意に名を呼ばれ、俺はたじろいだ。その反応を肯定と受け取ったのか、櫛備は納得したようにうなずく。

「管理会社の方に聞いたのですが、あなたはこの家に住み込みで管理を任されているそうですね」

「ああ。持ち主のじいさんは高齢だが、ここを手放したくはないらしい。それで俺が住み込んでいるんだ。家ってのは、人が住まなきゃどんどん傷んでいくからな」

「なるほど、しかしいいですねえ。こんな広い家にタダで住めてお給料まで貰えるなんて、夢のようなお仕事だ」

ねえ、と同意を求めてくる櫛備を呆れた眼差しで見据えながら、首を横に振ってやった。

「ふん、そうでもないさ。仕事とはいっても光熱費や水道代は負担しなければならないし、食費だって自腹だ。ご覧の通り、この辺りには店らしい店もないから、週に一度の配達でやりくりしなきゃならない。外食だってできないしな」

「ほう、それは不便ですねえ。厭世的《えんせいてき》で、引きこもるのが大好きな小説家でもないと息が詰まってしまいそうだ。僕みたいにおしゃべりな人間には、特に厳しそうです」

自嘲《じちょう》するような笑みを浮かべ、櫛備十三は肩をすくめた。それから改めてリビングを見回し、吹き抜けになっている二階を仰ぐ。

「そういえば里見さん、ここにはおひとりで？」

「いや、姉と二人だ」

「ほう、お姉さんが」

「姉は身体が弱くてね。決まった薬を飲んでいれば生活に支障はないから、都会にいるよりもここの方が落ち着けていいんだ」

余計な客さえ来なけりゃな、と内心で毒づいてやる。

「そんなことより、どうしてこの家で撮影なんだ？」

この辺りには、買い手のつかない空き家が掃いて捨てるほどあるし、管理の手が行き届かず、あちこちガタがきている物件を利用した方が、心霊番組ならば雰囲気が出るのではないか。

そう思って確認すると、櫛備は少しばかり考えるような表情を見せてから、

「それは単純に許可の問題ですよ。不動産会社に確認したところ、どの建物も立ち入りを断られてしまいましてねえ。担当者には、ただでさえ売れない物件なのに、

心霊番組の舞台になんかされたら余計に売れなくなると言われてしまいました。困り果てていたところ、こちらの管理会社を紹介されまして、社長さんに掛け合ってみると意外や意外、二つ返事で了承してくださいましたよ。なんでも、社長さんは僕の出演する番組を欠かさず観てくれているようでねえ」

　はっはっは、と誇らしげに胸を突き出す櫛備から目を逸《そ》らし、俺はあからさまに溜息をつく。会ったことはないが、その社長もろくな奴ではなさそうだ。

　しかしながら、社長の個人的な采配で勝手に話を進められたことに腹を立てても、意味はないだろう。会社の駒である以上、こうしろと言われれば、たとえ納得がいかなくても言うことを聞くしかない。

　わかってはいるが、気分は悪かった。

「しかし、こんな寂れた場所じゃ、幽霊がいるかどうかもわからんと思うがな」

　嫌味のつもりで言ったのだが、櫛備はまるで意に介する様子もなく、むしろ生き生きとした顔を向けてくる。

「ひょっとしてご存じないのですか？　この別荘地に、シーズンオフになると心霊現象が発生するという噂を」

「心霊現象だと？」

「ご興味がおありで？」

鋭く問われ、咄嗟《とっさ》に首を横に振る。

「馬鹿な。俺はそんなものに興味は――」

「そもそもの発端は数年前、サマーシーズン終盤のこの土地で、奇妙な失踪事件が起きたことです」

俺の発言を無視して、櫛備は暗記した台本を読み上げるように語り出す。

「友人グループとキャンプに来ていた女性が、公衆トイレを使うのが嫌で、キャンプ場と目と鼻の先にあるこの別荘地でトイレを拝借することにした。公衆トイレなんてものは不衛生ですからねえ。潔癖な人には拷問に等しいわけですから、友人グループも彼女を止めなかった。ところが、待てど暮らせど彼女は帰ってこない。一時間、二時間と過ぎてもいっこうに戻る気配のない彼女を心配し、友人グループはその女性を探すことにした」

櫛備はそこで一呼吸置き、どこかわざとらしく声を潜めた。

「それでこの女性、どうなったと思います？」

「さあ、知らんな」

こちらもわざとぶっきらぼうな調子で返してやったが、櫛備十三は動じる素振りを見せず、むしろ嬉しそうに口の端を持ち上げた。

「見つからなかったんですよ。その頃から別荘地は空き家ばかりで、人が滞在しているのも何軒かしかなかった。数少ないそれらの家を訪ねてみても、女性など来ていないと言われてしまい、友人グループは途方に暮れた。女性は結局、戻ってはこなかったのです。キャンプ場までの道は一本道で、迷うような分かれ道もない。自分から深い雑木林に足を踏み入れる理由だってないはずだ。彼女は何故消えたのか。どこへ行ったのか。その疑問は、それからきっかり一年後に氷解します」

再び言葉を切り、櫛備は沈痛な面持ちで眉間の辺りを揉んだ。

嘆かわしい出来事に心を痛めている、とでも言いたげに。

「失踪の翌年、女性の遺体がこの付近の林で発見されました。友人に隠れてこっそりいちゃつこうとしたカップルが、地面から突き出した白骨を見つけ、同時にかの女性が身に着けていたTシャツやジーンズ、つば広の帽子やアクセサリーなどが発見されて事態が発覚。その後の調べによると、女性は失踪から二か月ほど過ぎた頃に死亡し、林の中に埋められたそうです」

「へえ、それで？」

平静を装いながら、俺は先を促した。

「殺人、あるいは死体遺棄という線で警察は捜査を進めましたが、犯人は見つからなかった。そればかりか、その年の夏の終わりにはさらにもう一人、キャンプ場を訪れていた女性が失踪しました。そして翌年の春、同じように林の中で発見される。同様の手口により、これまで四人の女性の遺体が発見されています。一人目と二人目は学生、三人目はフリーター、そして四人目はシングルマザー。被害者たちにこれといった共通点はなく、埋められていた場所もバラバラでした」

「その事件なら聞いたことがあるよ。仮にもここに住んでるわけだし、有名な事件だもんな。でも、それのどこが心霊現象なんだ？」

思わず上ずりそうになる声を、意識して落ち着かせながら問いかける。櫛備は片方の眉を持ち上げて微笑し、

「四人目の遺体が発見された頃から、キャンプ場を利用した人たちの間で、奇妙な噂が広がり始めたんですよ。なんでも、夜になると無人のはずの建物から悲鳴がしたり、林の中からこちらを見つめる白い服の女性が目撃されたり、湖でボートを漕いでいると、水面から現れた腕に摑まれた、なんて話もありましてねえ」

「ありきたりな怪談話だな」

「でも、そのありきたりが、みんな大好きなんですよねえ」

苦笑する櫛備の顔から視線を外し、俺は記憶を辿る。脳裏に浮かぶのは、四人の女たちの顔だった。

誰一人として忘れるはずもない。驚愕《きょうがく》が恐怖へと転じ、やがて絶望へと至る表情の変化。命乞いをするぐしゃぐしゃの泣き顔、そして、命の灯《ともしび》が肉体を離れて

いく瞬間の、何物にもたとえようのない恍惚《こうこつ》的ともいえる眼差し。そのすべてを俺は鮮明に覚えている。思い出せる。

幽霊などというものは信じない。だが、彼女たちの残した強い『想いの力』みたいなものが、この土地に残されていて、それを誰かが目撃したということはあるのかもしれない。

この俺が、どうしてそんなことを思うのか。

決まっている。四人の女は俺が殺したからだ。

最初の女はトイレを貸してやり、用を足し帰ろうとするところを捕まえた。地下室に監禁し、二か月かけてゆっくりと衰弱させた。特別、殺そうという意志があったわけではなかったが、必要なものを手に入れてからはあっという間に弱っていき、あっさりと死んでしまった。二人目は林で迷っていたので声をかけ、三人目は彼氏と喧嘩したとかで国道をとぼとぼ歩いているところを連れ帰った。四人目は年老いた両親や子供とキャンプを楽しんでいたシングルマザーで、買い出しの帰りに泥濘《ぬかるみ》にハマって立ち往生しているところに声をかけ、一緒に工具を取りに行こうと言って車に乗せた。

どの女も、俺に襲われて地下室に監禁されてからは、見るに堪《た》えない顔で泣き喚《わめ》き、聞くに堪えない命乞いを繰り返したものだ。

いけない。こうして思い出すだけで顔が緩みそうになる。俺は意識して硬い表情を作り、こみ上げてくる笑いをかみ殺した。

それぞれの事件はメディアでも取り上げられたが、俺に警察の手が伸びることはなかった。証拠となるものは一切残さないよう気をつけていたし、こんな土地では目撃者もそうそういるものではない。監視カメラだって、三キロ先のコンビニの防犯カメラだけだ。

本当なら女たちの死体を綺麗な状態で保管しておきたかったが、生あるものはいずれ朽ちゆくものだから、処分するしかなかった。

林の中は険しく、冬になれば雪も積もる。そのうえ、似たような景色が延々と続くため、目印でもなければ、一度埋めた死体の場所を特定することはできない。それだけ鬱蒼《うっそう》とした木々に囲まれ、人の立ち入らない土地というのは、死体遺棄にはもってこいだった。

とにかくそうやって俺は、四人の女を監禁し、殺して捨てた。俺のその行為が恐ろしい殺人事件として報じられ、今はこんな風に、幽霊の目撃談として噂になっているのだというんだから、とんだお笑い種《ぐさ》だ。

「それで今回は、噂の真相を探るべく、僕が浮かばれない霊との対話に挑みに来たというわけです。撮影が何日かかるかわかりませんから、この建物を使わせてもらえてとても安心していますよ」

こっちはいい迷惑だがな。という言葉をすんでのところで飲み込み、俺はせめてもの抵抗として強く溜息をついた。もちろん、櫛備十三はそんな俺の気持ちに気づく様子もなかったが。

それにしてもこの男、よく調べたものだ。四人の女の素性や失踪時の服装に至るまで、およそ普通のニュースを見たくらいじゃわからないような情報を、いくつも口にしていた。それこそ、ただの霊媒師にしては詳しすぎるくらいに。

警察から情報を得ているのか、マスコミ関係者に情報源がいるのかもしれない。それなりに騒がれた事件だから、それくらいのことはしてもおかしくないだろう。そこにいるであろう霊と対話する、という趣旨である以上、最低限のバックボーンを理解しておく必要があると考えれば、まあ妥当な戦略でもある。

しかし、だからといって恐れる必要などない。この男はもちろんのこと、撮影クルーの中にも、この俺が女たちを殺した犯人であるということに気づいている奴はいない。ここへ来たのだって、ただの空き家と違って電気が通っているしトイレも使えるからだ。他に特別な理由などあるはずがない。

霊媒師などとのたまっているが、そういう奴は大抵がイカサマに決まっている。心霊番組だってほとんどヤラセじゃないか。そんな連中に真実が見抜けるはずがない。櫛備十三が本物の霊媒師で、俺が殺した女どもの霊に詳しい事情を聞きでもしない限り、真相に辿り着くのは不可能なのだ。

——だから、動揺する必要はない。

機材を設置し、段取りを確認する撮影クルーや、整然としたリビングを興味深げに見回している修平を横目で見ながら、俺は自分にそう言い聞かせた。

大丈夫だ。撮影さえ終われば、こいつらはここからいなくなる。そうすれば、また元の生活に戻れる。だからそれまでは、注意深く目を向けていなければならない。もし、こいつらが地下室のことに気づきでもしたら、そこですべてが終わってしまう。それだけは何としても避けなくては。

自ら緊張を解きほぐすようにして、俺は深く息をついた。

「おや、どうかされましたか？　なんだか顔色がすぐれないようですが」

「いや、なんでもない。家の中が騒がしくて落ち着かないだけだ」

「なるほど、それは失礼。ですがご心配はいりませんよ。撮影が終われば、すぐに退散しますから」

櫛備はそう言って立ち上がると、やや離れた位置にいる助手の方へと歩いていった。杖をつき、片足を引きずるような独特の歩き方をする櫛備の背中をじっと見据えながら、俺は心中で呟《つぶや》く。

――気づかれてはいけない。

それを半ば、自分への戒めのように、決して破ってはならない戒律のように、心に直接鎖を巻くような感覚で強く繰り返す。

――地下室に監禁している五人目の女のことは、絶対に気づかれてはいけない。

4

助手と話し終えた後、ディレクターだという小奇麗な身なりをした男――設楽とかいったか――に何やら耳打ちして、櫛備は再び俺の向かいに腰を落ち着けた。

「それで、撮影というのはいつ始めるんだ？」

別に興味があるわけではないが、訊かずにはいられなかった。

「今から始めますよ。でもお気になさらず。里見さんはそのまま、そこにいてください」

「――なに？」

それだと、俺の姿がカメラに映り込んでしまう。そのことを危惧《きぐ》して腰を浮かせようとする俺を、櫛備はまあまあ、と両手で制した。

「少しインタビューをさせていただきたいのですよ。もちろんこのことも、社長さんの了解を得ています。顔も声も加工しますから、素顔がさらされることはありませんよ」

「いや、しかし……」

食い下がろうとする俺をよそに、櫛備は設楽へと目で合図を送り、彼のキューによって照明やマイク、そしてカメラが用意された。

それからすぐに撮影が開始される。途端に、なんとも言い難い緊迫した空気がリビングに漂《ただよ》い、俺は思わず息を詰まらせた。

「まずはリラックスしてください。緊張しなくて大丈夫ですから」

穏やかに告げた櫛備の顔に視線を戻した瞬間、ぞくりとした。締まりのないへらへら笑いを浮かべる一方で、じっと俺を見据える二つの目は、ちっとも笑っていない。その眼差しは底の見えない洞穴のように虚《うつ》ろで、油断すると吸い込まれてしまうのではないかという、得体の知れない感覚を抱かされた。

ごくり、と意図せず喉が鳴った。

「さて、さっきの話の続きですが、噂の真相を確かめるほかにもう一つ、我々には目的がありましてねえ」

「目的?」

馬鹿みたいにおうむ返しをして、俺は眉を寄せた。櫛備は一つうなずき、

「毎年同じ時期に人が消えているということは、きっと今年も同じことが起きているんじゃあないかと思いましてねえ。知り合いの警察関係者に問い合わせてみたんですよ。そしたら案の定、今年も一人の女性が行方不明になっていました」

どくん、と。心臓が大きく跳ねる。

「残念ながら、その女性はもう亡くなっていると僕は思っているんですよ」

「ど、どうしてそう思うんだ？　生きているかもしれないじゃないか」

「そう思いたいのは、やまやまなんですがねえ。これまでのパターンで行けば、この土地で失踪した人物は十中八九、生きては帰れない。仮に生きていたとしても、居場所を探し当てるのは難しいでしょう」

自信たっぷりに断言する櫛備に対し、俺は失笑気味に首をひねった。

「あんた霊媒師なんだろう？　だったら霊に聞くとかそういうことをして居場所を探せないのか？　ほら、海外のドラマとかでよくあるだろう。ＦＢＩの超能力捜査官とか心霊捜査官みたいなやつさ」

「ああいったものはどれもドラマ用に作られたフィクションですよ。実際のＦＢＩには、そういった捜査官は存在しないそうです。それに、霊に話を聞くことなら、ここへ来る前にやっていますす」

「なんだって？　どういうことだ？」

気づけば無意識に問い返していた。櫛備は軽く肩をすくめると、わざとらしい、ゆっくりとした口調で、

「ですから、話は聞いたんですよ。被害に遭った四人の女性の霊たちからねえ」

俺と奴との間に、わずかな沈黙が降りた。しばらくの間、じっと押し黙っていたが、やがて笑いをこらえきれなくなって、俺は盛大に噴き出した。

「そうか、そうだったな。あんたは霊媒師だ。被害者の霊に話を聞けば誰が犯人かもわかる。そうだろ？」

半ばおちょくるような口調で問いかけてやると、櫛備は曖昧な表情をして、何やらばつが悪そうに苦笑いをした。

思った通り、こいつは偽物だ。こんな話は嘘に決まっている。もし本当に霊から話を聞いたのなら、ここにいる俺こそが犯人で、女たちがこの屋敷の地下に監禁されていたことを知っているはずだ。なのに、そのことについて一切触れないのは、この男の言うことが嘘っぱちだという何よりの証拠ではないか。

喪服なんか着込んで雰囲気を出しているつもりだろうが、俺にはそんなものは通用しない。こいつは偽物……まがいものの霊媒師なんだ。

そう、偽物はいけない。まがいものはダメだ。そこには嘘しかないからだ。嘘は空っぽだ。それはいけない。中身がないのは、何よりいけないことだ。

——嘘ばかりついているとね、その人はいつか、中身を失くして空っぽになってしまうの。

姉さんはいつも、俺にそう言い聞かせてくれた。だから軽々しく嘘をついてはいけない。それが姉さんの口癖だった。俺は姉さんの語る『空っぽ』が怖かった。

忘れもしないあの雨の日、母さんのいない夜、あいつに組み敷かれて呆然と天井を見上げていた姉さんの目——あの空っぽの目が、俺は今でも恐ろしい。

だから絶対に、偽物はダメなんだ。

「なあ櫛備さん。話を聞いたんだろ？　被害者たちは何と言っていたんだ？　教えてくれよ」

腹の中で相手を嘲《あざけ》りながら、更に突っ込んだ質問をしてみる。すると櫛備は苦笑混じりにこめかみの辺りをかきながら、

「それが、彼女たちの魂はひどく傷ついていましてねえ。ほとんど存在が消えかかっていたのですよ。ご遺族にお願いして遺品なんかを見せてもらいまして、なんとかコンタクトを取ってみたのですが、うまくいかないのです。悲惨な殺され方をしていますから、この世に未練を残していますし、俗な言い方をするなら成仏できていない状態でした。しかしその一方で、生前の記憶はほとんど失われている。ともすれば自分が誰なのか、どうして殺されたのかすらも覚えていない。そんな状態で

すから、話をしても、ただただ自身の受けた苦しみを反芻《はんすう》し、犯人に対する呪詛《じゅそ》を繰り返すばかり。肝心なことはほとんど聞き出すことができませんでした」

徐々に熱がこもり始めた櫛備の言葉に、気づけば俺は聞き入っていた。

「彼女たちは一様に、犯人に対する復讐心によって、かろうじて自身の存在を保っている状態です。霊というのは基本的に、誰かに対し怒りを感じていることが多いですから、そういう意味では僕も慣れているんですよ。しかし今回に限っては、ちょっとうすら寒さすら感じるほどでしてねえ。正直なところ、さっさとこの件は終わりにしたいと思っているんです。ここだけの話、霊との対話を適当にでっち上げて、死体はもう見つからないとかなんとか、それっぽい理由をつけて終わらせてしまおうかとさえ考えていまして」

口の横に手を当てた櫛備が、声を潜めるようにして言った。

「だったら、そうすればいいじゃないか」

そうして、さっさと出ていってくれるなら、俺としても安心だ。そんな言葉が喉元まで出かかった。

「しかしねえ、彼女たちがそれを許してはくれないんですよ」

「どういうことだ?」

「ですから、ついてきちゃってるんですよ。彼女たち」

「なに？」

訳がわからずに問い返すと、櫛備は上着のポケットから何かを取り出しテーブルに広げた。刑事ドラマなんかでよく見る小さめのビニール袋に入れられたアクセサリーやハンカチ。女物と思われるそれら小物が合計四つ。

「これはいったい――」

口にしかけた言葉が、不意に途切れる。

貝殻を象《かたど》った銀のピアス。赤い石のついたペンダントトップ。恋人の名前が刻印されたブレスレット。ブランド物のハンカチ。

――まさか、これは……。

「被害者たちの遺品です。ご遺族に許可をもらって借りてきました」

次の瞬間、俺は弾かれたように立ち上がっていた。怒りとも驚きともつかぬ感情が瞬く間に膨れ上がり、心臓が早鐘を打つ。

「ふざけるな！　お前、こんなもの持ってきてどういうつもりだ！」

叫ぶ声が無様に引《ひ》き攣《つ》った。櫛備を指差し、怒号をたたきつけるも、当の本人は動じる素振りをまるで見せず、不思議そうに首をひねっては、「おや、どうかしたんですか」などとのたまっている。

「何をそんなに慌てているんです？　僕はただ、事件の被害者の無念を晴らそうと、遺品と共に彼女たちの魂を……」

「うるさい！　そっちの事情なんてどうでもいいんだよ。死んだ人間の物を他人の家に持ち込むなんて、非常識じゃないのかと言ってるんだ。あんたも大人なら、常識でものを考えろよ！」

「ふむ、言われてみればそうかもしれませんねえ。いや、失礼しました。では、これはしまっておきましょう」

　櫛備はそう言って、机に広げた遺品類をいそいそと上着のポケットに戻していく。

「ああ、そういえば」

　その作業の傍ら、櫛備はふと思い立ったように声を上げた。

「今度は何だ？」

「四人の女性の霊ですが、殺害される前の断片的な記憶は語ってくれたんですよ。そこで僕は、犯人の特徴がわからないなら、せめて家の特徴だけでも教えてくれと言ったんです。しかし残念ながら返ってきたのは、やれ三角屋根だったとか、外壁の色が茶色かっただとか、地下室があっただとか、あまり頼りにならないような情報ばかりでして。だってそうでしょう？　そんな建物なら、この辺りにはごまんとありますからねえ」

どこか含みのある言い方をして、櫛備は顎の無精ひげを撫《な》でた。

「そういえば、この家も三角屋根ですよねえ。外壁の色も茶色だ。それに、玄関ポーチにアーチのついた屋根があるとも言っていたなあ。こちらの玄関ポーチにも、アーチってありましたっけ？」

「……ああ、ある」

生唾を飲み下しながら、俺はうなずいた。

「なるほど。ここも一応、霊たちの証言に一致する物件ではあるということか」

櫛備は自ら確認するような口ぶりで何度も首肯した。

「……地下室」

「え？　なんですか？」

「この家に地下室はない。だから、あんたの言う条件には当てはまらないんじゃないのか？」

「なるほど、地下室ですか……」

一度は納得したようにうなずいておきながら、それを撤回するみたいに頭を振って、櫛備は気の抜けた笑みを浮かべる。

「しかしまあ、それくらいは誤差の範囲内ですよ。これだけ条件が合致していれば、可能性は十分にあります」

「おい、何が言いたいんだ。まさかこの家が怪しいとでも思っているのか？」

「いいえ、僕はそんなことは言ってませんよ。ただ条件が合うと言っているだけです」

　両手をひらひらさせながら、櫛備は諭《さと》すように言った。その白々しい態度が余計に俺の神経を逆なでする。

「言ってるようなものじゃないか！　いいか、俺はただの管理人で、この家を所有しているのはどこぞの会社の会長だ。ここが怪しいと思うなら、俺なんかよりもまずそのじいさんを疑ったらどうなんだ？　こんな風に、回りくどいやり方で探りを入れられるのは不愉快なんだよ」

　一息に言い切り、肩で呼吸をする。俺の剣幕に驚いたのか、櫛備は口を半開きにして、ややたじろいだ様子で頭をかいた。

「いや、そんなつもりはないんですがねえ。弱ったなあ。どうして疑われているなんて思うんです？　僕はただ、ありのままに被害者たちの証言をお話ししただけなんですが」

　さも困り果てたような顔をして、櫛備は頭をかいた。この期に及んでまだ、すっとぼけるつもりらしい。

「里見さん、もしかして本当に死体を隠してたりします？」

「そんなわけがあるか！　もういい加減にしろ。さっさと帰ってくれ！」

「いやいやいや、冗談ですよ。あはは、困ったなあ。申し訳ありません。おふざけが過ぎましたねえ。撮影は始めたばかりですし、もう少しお願いします」

首を横に振り、その顔に張りつけたへらへら笑いでもって櫛備は低姿勢に謝罪してきた。深々と下げられた彼の後頭部を見下ろしていると、自分が必要以上に腹を立てているような気がしてしまい、徐々に頭が冷えていく。

はっきりと「殺人犯はお前だ」と言われたわけでもないのに、こんな風に怒りを露《あら》わにしてしまうと、余計に怪しく思われるのではないか。そんな風に思いながら周囲を見回すと、櫛備の助手や撮影クルーは硬い表情をして櫛備と俺の会話に聞き入っていた。彼らもまた俺を疑っているのだろうか。その表情からはすぐに判断することはできない。

どちらにせよ、ここは冷静に、どっしり構えておくべきだ。そう思い直し、俺はソファに腰を落ち着けた。

大丈夫だ。証拠は何もない。櫛備が死者の話を聞いたなどという戯言《ざれごと》が事実でもない限り、この家が事件現場だという確証だってないのだ。この家を管理している俺は、いつだってこいつらを追い出せる。いざとなれば本気で退去を命じればいいだけだ。

いのさ。

——そうさ。何も問題はない。おかしなヘマさえしなければバレる心配なんてな

内心で強く自分に言い聞かせながら深呼吸を繰り返していると、少しずつ冷静さを取り戻すことができた。胸の鼓動がゆっくりとしたリズムに戻ってゆく。

だがその時。こと、という微かな物音がどこからともなく聞こえた。俺も櫛備も押し黙っていたせいで、リビング内は静寂に包まれており、普通なら気にならないような物音が、やけに大きく響いた。

「——何か聞こえましたねえ」

言いながら、櫛備は周囲に視線を巡らせる。

「お、俺には何も聞こえなかったが」

無意識に声が震えた。努めて平静を装いながらも、内心では口から心臓が飛び出しそうなほど動揺していた。せっかく取り戻しかけていた冷静さは、どこかへ吹き飛んでしまっている。

「たしかに聞こえましたよ。でもどこからだろう。二階からかなあ?」

櫛備は吹き抜けを見上げて首をひねる。

「そういえば、お姉さんとご一緒に暮らしているとおっしゃっていましたね。こうしてお邪魔しているわけですから、一言、ご挨拶でもしておきましょうか」

「いや、結構だ。姉は人見知りで、滅多に他人とは会わないんだ。悪いが遠慮してくれ」

「ふむ、そうですか。そういうことなら、仕方がないですねえ」

しつこく食い下がってくるかと思ったが、こちらが拍子抜けするほど、櫛備はあっさりと引き下がった。

まあいい。たとえ二階で撮影をするとしても、姉の部屋には鍵をかけてあるから、立ち入ることはできない。それに姉さんは誰にも会わない。会う必要がない。姉と顔を合わせるのは俺一人で十分だ。話をするのも、手を取り合うのも、俺だけに許されたことだ。姉さんだってそれを望んでいるはずだ。

それよりも今、気にするべき問題は地下室の方だ。また物音がして、万が一にも地下室にいる女のことを気づかれては具合が悪い。少し様子を見てくるべきだろうか。

「インタビューはもういいのか？　終わりなら俺は失礼するが」

「おっと、そうでした。もう少しお話を――」

言いかけた櫛備の言葉に重なって、今度はどすん、と何かが落ちたような音がした。それと同時に、わずかな振動がリビングの床を通して伝わる。

「また、聞こえましたねえ」

言い逃れはできそうになかった。気のせいで済ませるにはあまりにも大きな音だ。しかも物音は二階からではなく、俺たちの足元からしたのだ。

「き、きっと姉が部屋の片付けでもしているんだ。几帳面な人だからな」

「そうですかねえ。しかし今の音は上からではないような気が……」

「この家は音が反響しやすいんだ。そ、それよりインタビューはどうなったんだ。さっさとやってしまおうじゃないか」

自分でも苦しい言い訳と自覚しながら、撮影の進行を強引に促す。そんな俺をよそに、櫛備はしきりに首をひねっていた。

「なんだか奇妙だなあ。里見さん、つかぬことを伺いますが、地下室には何があるんですか。よければ拝見したいのですが」

「ち、地下室には何もない！　悪いがそれは遠慮してくれ」

腰を浮かせようとした櫛備をいさめるようにして、俺は言った。

その瞬間、櫛備の目がきらりと光る。

「――ほう。ということは、地下室はあるのですね」

しまった。と内心で俺は毒づいた。

「『地下室には何もない』ということは、地下室そのものはあるということになる。あなた、さっきは地下室なんてないと言ったが、嘘だったんですねえ」

うぐ、と無様な呻《うめ》き声が喉から漏れる。

「そんなこと……言った記憶はないな。あんたの聞き間違いじゃないのか」

「いいや、それはない。何なら、撮影した映像を確認しましょうか？」

皮肉たっぷりに言われ、俺は押し黙った。じっとこちらを見つめる櫛備の目に、嬉々とした色が浮かぶ。まるで、ドラマで犯人を追いつめる刑事のように、挑戦的な光を宿した瞳だった。

「三角屋根、茶色い外壁、玄関ポーチにアーチ屋根、そして地下室とくれば、被害者の霊たちが話す建物の特徴に百パーセント一致する。さあどうなんです。地下室、本当はあるんでしょう？」

「地下室なんてない。さっきのは言葉のあやだ」

声を硬くしてそう訴えた後、俺はむっつりと黙り込んだ。気づけば左足が激しく貧乏ゆすりをしている。いらいらした時についやってしまう癖だ。よく、姉さんにやめなさいと言われた悪い癖。

追いつめられているとでもいうのか。警察からもマークされていない俺が、こんなインチキ臭い霊媒師に？

ありえない。そう内心で叫びながらも、俺は今、目の前のこの男に言い知れぬ感覚――恐怖に似た苦々しい感情を抱き始めていた。

被害者についての情報だったら、公にされているものもあるし、警察関係者に知り合いでもいれば、手に入れることは不可能じゃない。だが、被害者がどんな家に監禁されていたかということについては、警察ですらも突き止められてはいない。本人の言う通り、死んだ女たちの霊にでも聞かない限りわからないことだ。

俺を怪しんでカマをかけるにしても、櫛備が事前に得ていた情報はあまりにも正確だった。

——まさか、本当に霊が？

はっとして視線を上げると、まばたきもせずに俺を見据えていた櫛備と目が合った。その途端、彼はにんまりと口角を持ち上げ、不敵に笑う。いかにも怪しげな中年男の笑みはこの時、他のどんなものよりも俺を震え上がらせた。

知っているぞ、とでも言いたげに細められた眼から、逃げるように視線を外し、俺は周囲を見回した。修平とかいう若造や、撮影クルーも含め、ここにいる全員が俺を殺人犯だと疑っているのではないかという危機感に冷や汗が止まらなかった。

——そもそもこいつら、本当にテレビの撮影隊なのか？

そんな、詮ない疑問までもが頭をよぎる。

「大丈夫ですか、顔色が悪いですねえ。お水でも飲みますか？」

「……いや、結構だ」

今にも玄関ドアを蹴破って、大勢の警察官がなだれ込んでくるのではないかという妄想を必死に振り払い、俺は深く息を吐き出した。

もういい。限界だ。こいつらを家から追い出そう。そして、地下室の女を始末する。この家に残るのは俺と姉さんだけだ。二人の静かな暮らしさえ確保できれば、後のことはどうとでもなる。『交換』が必要になったら、ほとぼりが冷めるのを待って、また別の女を捕まえればいいのだから。

いくら他人の物とはいえ、この家の管理を任されている以上、俺にはこいつらを追い出す権利があるはずだ。オーナーのじいさんや管理会社の社長が何を言おうが関係ない。さっさとこいつらを――

だして

吸い込んだ息が喉につかえて、ひゅっと音を立てた。凄まじいまでの怖気《おぞけ》が身体中を駆け巡り、あっという間に体温を奪っていく。

「おや、これは……」

同じものを聞きつけた櫛備が視線を巡らせ、鋭く引き絞った眼をゆっくりと、床の一部へと定めた。

だして

もう一度。さっきと同じ声がする。ひどくくぐもっていて聞き取りづらいが、必死に助けを求める女の声がはっきりと聞こえた。

心臓がどんどん鼓動を速めていく。押し寄せる焦燥感にいても立ってもいられず、俺の左足は凄まじい速度で小刻みに揺れていた。

女が目を覚ましている。助けを求められるということは、さるぐつわが外れてしまったのだろうか。かなり衰弱しているはずだが、まだ声を上げる力は残っていたようだ。

助手や撮影クルーは、櫛備の反応を見て、何かが起きたことを察している。どうやら、女の声は彼らには聞こえなかったらしい。

「――今度は、声が聞こえましたねえ」

「これは……その……姉の……」

「いやいやいや、お姉さんの声ではなさそうですよ。だって、お姉さんは二階にいるんでしょう？　我々の足下から聞こえてくるというのはどう考えてもおかしい。ねえ里見さん、いい加減教えてくれませんか。地下には誰がいるんです？」

櫛備の表情が一瞬、感情を忘れてしまったみたいに色を失い、次の瞬間には世界中のあらゆる存在をも嘲笑するかのような、忌々《いまいま》しい笑みが浮かんだ。

邪悪。その言葉がやたらと頭の中を占めていた。何人もの女を殺した俺が言うのもおかしいかもしれない。だが、この時の櫛備には、俺にそう思わせるだけの迫力があった。全能の神の御前に裸で引きずり出されてしまったかのような威圧感を前に、俺はただただ首を横に振るしかできなかった。

「ち……ちがう……」

「何が違うんです？　この期に及んでもまだ、白状してくれないんですか？」

「うるさい……黙れ！」

叫ぶと同時に立ち上がり、俺は駆け出した。リビングの戸口に立つ修平に向かって「どけ！」と怒号を放つ。

全速力で向かってくる俺に驚いたのか、修平は反射的に肩をびくつかせ、半歩横に退いて道を空けた。俺はそのまま廊下に飛び出し、階段脇にある物置へと駆け込む。そして、暗闇の中にひっそりと佇《たたず》む地下室への階段を転げるように下りていった。

5

階段を下りた先、冷たいコンクリートの壁に囲まれた踊り場に閉ざされた扉があった。その鋼鉄製の扉の前で立ち止まり、俺は荒い呼吸を繰り返す。

まずい。どうする。そんな問いかけが頭の中で渦を巻いていた。

中にいる女の存在を櫛備たちに気づかれてしまった。もはや誤魔化すことは不可能だ。奴らはきっと、この部屋の中を確かめようとするだろう。中にいるのが失踪した五人目の被害者であることにも気づいているのだから。

だが、まだ終わったわけではない。地下室には庭へと通じる明り採り用の窓がある。女を殺してそこから外に運び出せば、まだどうにか――

「ほほう、こんな所に地下への階段が隠されていたんですねえ」

声と共に、頭上で光が瞬《またた》いた。備え付けられた照明が点灯し、土埃にまみれた木材や使われなくなった雑多なものが散乱する、かび臭い踊り場を照らした。

かつ、という耳慣れない音に俺は振り返った。杖の音を響かせながら、櫛備十三がゆっくりと階段を下りてくる。

「しかし里見さん、随分慌てていたようですが、どうされたんですか？」

「べ、別に俺は……」

それ以上、言葉は出てこなかった。下唇を噛みしめ、この身に満ち満ちた怒りをそのままぶつけるかのように櫛備を睨《にら》みつける。そうすることで、この男の眉間を撃ち抜くことができたならどんなによかっただろう。

「その扉の奥には、何があるんですか？」

「ここは、ただの物置だ」

「物置？　しかし誰かの声がしましたよ」

「そんなはずはない。あんたの聞き間違いだ」

ふふん、と得意げに鼻を鳴らし、櫛備は肩をすくめた。

「だったらどうして、そんなに慌てているんです。何か、見られたくないものを必死に隠しているからじゃあないんですか？」

ダメだ。これ以上は誤魔化せない。この得体の知れない霊媒師は、まぎれもない確信のもとに俺を追いつめようとしている。逃げ場は完全に塞がれてしまったのだ。

喉の奥から飢えた子羊のような呻き声を漏らし、俺は言葉を失った。

「まあ、言いたくなければ無理にとは言いません。だが、真実は明らかにすべきだ。未だ浮かばれぬ霊を解放するためにはねえ」

櫛備の言っていることがまともに頭に入ってこない。どうする。どうするという問いかけばかりが頭を占めていた。

この男、見た感じ腕っぷしに自信があるようには見えない。片足が悪いこともあるし、暴れる俺を拘束することができるとは思えなかった。だが上には何人もの撮影クルーがいる。助手の若者だって頭は悪そうだが、背が高くて体力もありそうだ。彼らの追っ手を振り切って、この屋敷から逃げおおせるのは不可能に近い。

「とにかく中を見せてもらいましょうか。話はそれからだ」

「おい、待っ……！」

考え込む俺をよそに、櫛備は有無を言わさずそう言った。思いがけず素早い動きで俺の脇をすり抜け、扉に取りつく。櫛備がノブを回すと、鍵をかけていたはずの扉は何の抵抗もなくがちゃりと開いた。

――見られた。もう、終わりだ。

開いたままの戸口に立ち尽くす櫛備十三の背中を呆然と見つめながら、俺は内心で嘆いた。

女はかろうじて生きている。元の半分ほどの体重に痩せ細り、ひどく衰弱してはいるが、致命傷は負っていない。病院で手当てを受ければ回復するだろう。そうすれば証言だってできるはずだ。それが決め手となり、俺は若い女ばかりを狙う猟奇殺人犯として裁かれる。

もしそうなったら、俺と姉さんは離れ離れにされてしまう。話をすることも、触れ合うこともできず、下手をすれば二度と会えなくなる。

それだけは我慢ならなかった。

――殺すしかない。

俺は踊り場の隅の方に乱雑に投げ出された角材へと視線をやった。

まずこの男を殺す。そして死体を地下室に運び入れる。この男が戻ってこなければ、助手や他の連中が様子を見に来るだろう。そこを一人ずつ捕まえて殺すのもいいし、不意を突いて一気にというのも悪くない。

地下室はもちろん、二階にいる姉さんに危害を加えられる前に、全員を処分しなければならない。何人《なんぴと》たりとも、俺と姉さんの生活を邪魔する権利などないのだから。

密かに決意を固め、俺は櫛備の背中に視線を定めたまま角材に手を伸ばす。この男さえいなければ、俺の平穏が崩されることはなかった。何もかも、こいつのせいだ。

胸を埋め尽くす黒い感情に後押しされ、俺の手が角材を掴もうとしたまさにその瞬間、櫛備十三は肩越しにこちらを振り返り、およそ理解できない、意味不明な発言をした。

「おかしいなあ。誰もいませんねえ」

「……な、なに？」

阿呆のように問い返し、俺は中腰のまま伸ばしていた手を引っ込めた。そのままの姿勢で櫛備の言葉の意味をはかりかねているうちに、彼は室内へと足を踏み入れていった。その後を追って地下室へと駆け込んだ俺は、そこで再び「なんだ、これ……」と間の抜けた声を上げた。

地下室に女の姿はなかった。そればかりか、女を寝かせていたベッドも、そこに繋ぐための手錠も、糞尿を溜めていたバケツすらも綺麗に片付けられ、投げ出されていた女の衣服や持ち物をはじめとする、一切の物が消え失せていた。

部屋の中ほどで立ち尽くす俺の周囲には、四隅を闇に覆われた殺風景な空間が広がっている。

「どう、なってるんだ……」

呆然と呟く俺をよそに、櫛備は室内をきょろきょろと見回して、

「おおい、美幸《みゆき》ちゃん。ご苦労だったねえ。出てきてくれて構わないよ」

誰もいない空間へ向かって呼びかけた。すると次の瞬間、開かれたままの扉の陰から、音もなく一人の若い女が姿を現した。

「あんな感じで良かったんですか、先生？」

「ばっちりだよ。彼の顔を見てごらんよ。驚いて言葉もないという感じだ」

櫛備に促され、美幸と呼ばれた若い女が感情の喪失した白い目を俺に向ける。薄汚れたゴミムシでも見るような視線を無遠慮に注がれ、俺はたじろいだ。

会話の内容から、さっきの呻き声のようなものが、この女の仕業だということは察しがついた。だが、そもそもの疑問は全く解消されていない。

何がどうなっているのかと考え込む俺の姿が滑稽《こっけい》に見えたのだろう。櫛備はどこか困ったような顔をして俺の顔を覗き込んだ。その視線に哀れみのような色が含まれているのを感じ取り、俺は全身の毛が逆立つような苛立ちを覚えた。

「不思議で仕方がない、といった表情をしていますねえ。ここに女性を監禁していたはずなのに、どこへ行ったのかとでも言いたげだ」

「……ふざけるな。ちゃんと説明しろ」

俺の放った要求に、櫛備はおどけた様子で肩をすくめたが、拒否する姿勢は見せなかった。手品を披露する奇術師《マジシャン》のように両手を広げ、殺風景な地下室をぐるりと示す。

「端的に言えば、あなたが監禁していた五人目の被害者はもう死んでいるのですよ。あなたに殺されて、ここではないどこかへ埋められているはずです」

何をバカな、と口を挟もうとした俺の先回りをして、櫛備は手を掲げた。それから人差し指をぴんと立て、まっすぐに俺を指す。

「もちろん被害女性だけじゃあなく、あなたも死んでいますが」

「……な、なんだって？」

素《す》っ頓狂《とんきょう》な声が出た。

——俺が、死んでる？　こいつ、何を言ってるんだ？

突飛で意味不明な発言を笑い飛ばそうとする一方で、俺は耐えがたい異和感のようなものを感じていた。

何かがおかしい。そんな感覚が秒ごとに凄まじい速度で膨れ上がっている。これまでは存在すらも感じなかった自らの認識と世界の認識との間に生じる確かなズレが、今は明確なものとなって俺をわし摑みにしていた。

「全部、芝居だったんですよ。偶然を装ってこの家にお邪魔したのも、インタビューをしながらあなたを犯人ではないかと疑ってみせたのもねえ。時折聞こえた物音や地下室から聞こえる声だって、この美幸ちゃんに演じてもらいました。彼女は訳あって肉体と魂が乖離《かいり》した状態の、いわゆる霊体でしてねえ。あなたと同様に、上にいる人たちには姿は視えないのですが、同じ霊体であるあなたにははっきりと姿が視えるし、声も聞こえるというわけです」

櫛備の視線を受け、美幸と呼ばれた女が得意げに顎を持ち上げた。その顔には依然として燃え盛るような敵意が浮いており、長く直視することは憚《はばか》られた。

「――最初から、俺を騙す気でここへ来たっていうのか？」

「心苦しいですが、そういうことになります」

言葉とは裏腹に、櫛備はまるで悪びれる様子もなく、その眼差しには、俺に対する侮蔑《ぶべつ》の色がありありと浮かんでいた。

「心霊番組の撮影というのも嘘なのか？」

「それは本当です。あなたへのインタビューという企画も本物ですよ。だが、撮影クルーにあなたの姿は視えていないし、声も聞こえていない。傍目《はため》には、僕が一人で霊と対話しているように見えていたはずだ。まあそれでも、きちんとした筋書きがあれば、視聴者というものは満足してくれるんですよ」

筋書き。それが何のことを示しているのかがわからずに困惑していると、櫛備は俺の考えを見透かしたように溜息をついた。

「まだわかりませんか？　意外と鈍いんですねえ。つまりこういうことですよ。この家で五人もの女性を監禁し、そして殺害した殺人犯の霊に直撃取材をし、未だ発見されていない五人目の女性の遺体の在処《ありか》を探し出す。それが今回の撮影の目的です。これでも僕はファンの間じゃあ『今世紀最強の霊媒師』なんて呼ばれていましてねえ」

　はっはっは、と呑気《のんき》に笑い、櫛備は誇らしげに胸を逸らす。すると、すぐさま美幸が「先生、余計な話はいいんですよ」と釘を刺す。

　この二人の関係がどうなっているのかはわからないし興味もないが、櫛備は美幸のその一言に素直に応じ、こほん、と咳払いを一つ。

「さて、里見誠一さん。そろそろ思い出しましたか？　ご自分が亡くなってしまったことを」

　単刀直入に問われ、俺は無意識に一歩後ろへと退いていた。

「な、何を言ってるのかわからない。俺が……死んだなんて……そんな……」

「本当ですよ。今から一年と少し前、強い嵐の夜、あなたはこの別荘地へと通じる国道でトラックにはねられて死亡しました。視界が悪く、運転手はあなたの姿がよく見えなかった。何かに接触したことには気づいたが、野生動物だと思い、わざわざ確認しなかった。そのせいであなたは瀕死の重傷を負い、六時間ほど苦しみ続けた末に息を引き取った。泥水の中に沈み、孤独のうちに命を落としたあなたが発見されたのは、それから二日後のことでした」

　降りしきる雨。ぬかるんだ地面。トラック。ひき逃げ。それらを脳内に繰り返すうち、一度は忘れたはずのおぞましい記憶が、暗闇の奥底から這い上がってくる。

違う、違うと繰り返しながら何度も首を横に振る。けれども『あの夜』に感じたこの身を引き裂かれるような痛みと苦しみは、今や鮮明に甦《よみがえ》ってきていた。

「嘘だ。俺が死んでるっていうなら、ここにいる俺はいったい何なんだよ？」

「あなたは魂だけの状態でこの世にしがみついている亡霊だ。普通、霊というものは未練や恨みなんかに縛られてこの世に留まるが、あなたの場合は強い執着によって自分の死をも認識することなく、生前の暮らしを続けようとしていた。死後もこの場所に女性を監禁し拷問するという邪悪な『幻想』を繰り返している。今夜のあなたの行動が、それを証明しているんですよ」

そこで言葉を切り、櫛備は深く息をついた。直視できないほどの醜悪な存在を前に、言葉もないといった様子である。

「あなたの死後、この家の二階で発見された『あれ』が、あなたが猟奇殺人犯であるという事実を決定づけ、徹底的な捜査の手が入った。だが五人目の女性の遺体は、まだ発見されていない。ご遺族の元には女性の衣服や持ち物だけが届けられ、未だに遺体が届けられていないんだ。ご両親はそれがどうにも心残りで、今回僕に依頼をしたというわけですよ」

五人目の女は二十代後半の独身女で、何の前触れもなく突然、この家を訪ねてきた。なんでも、静かな土地で暮らしたいという両親のためにこの辺りの家を購入することを検討しており、実際に暮らしている俺の所へやってきて、住み心地はどうかとか、不便はないかとか、そういったことを訊いてきた。ショートカットの似合う、よく笑う女だった。俺は気さくに質問に答え、よかったら家の中を見ていかないかと誘った。

女は最初、警戒したようだが、姉が二階にいるという話を聞いて安心したらしく、あっさりと中に入った。軽くお茶を飲ませた後、後頭部をハンマーで殴りつけてから地下室へ運び、それからは他の四人と同様に必要なものを手に入れてから衰弱死させた。

女は最後の瞬間まで、両親への言葉を口にしていた。お父さん、お母さん、ごめんなさい。そのフレーズを耳にタコができるほど繰り返していたのだ。女の名前など覚えちゃいないが、そのことだけははっきりと覚えている。

「霊というのは大抵、肉体の眠る場所に現れる。だが火葬されてしまった後は、思い入れのある人や土地といったものに執着するんだ。四人の女性たちと違い、まだ肉体がこの世に残っている五人目の女性とは、僕も話ができていない。そもそもの居場所がわからないんだから、こればかりはどうしようもない。だからこうして、あなたに会いに来たというわけです。そうでもなければ、いくら僕が霊媒師だからといって、殺人犯の霊なんかと話したくはありませんからねえ」

櫛備はそう、自嘲的に言ってから、改めて俺を見据えた。

こんな荒唐《こうとう》無稽《むけい》な話、到底信じられるものではない。だが、今となっては、櫛備の話が嘘であるという疑いを持てなくなっていた。

どうやら、俺は死んでしまったらしい。それは櫛備の言葉などではなく、俺自身の記憶が証明していた。暗く、冷たい道端の泥水に身体を突っ込み、ゆっくりと長い時間をかけて命の灯が尽きていく体験。思い出すのもおぞましいその記憶はたしかに俺の脳に刻まれている。そしてそれが、逃れようのない事実であることも受け入れなければならないらしい。

「……姉さんは、どうなったんだ？」

「姉さん？　君の義理のお姉さんなら十九年前に死亡しているはずだが？」

無情にも告げられた櫛備の言葉に、俺はもはや、反論する気力も湧かなかった。

「……ああ、そうだったな。姉さんは死んだ。あいつに殺された」

「あいつ、というのは、君の父親のことだな」

うなずく代わりに乾いた笑みを浮かべ、俺はがっくりとうなだれた。

「そうさ。再婚した女の連れ子だった姉さんの部屋に、あいつは毎晩のように入っていった。まだ中学生だった姉さんはそのことを母親に言えず苦しんでいた。でもあの女も、知っててわざと気づかないふりをしてたのさ。あの家は腐りきってた。

耐えきれなくなった姉さんが親父を刺し殺して、自分の母親もろとも家に火をつけたことで、姉さんはようやく地獄から解放されたんだ」

残された俺は一人で生きることになった。親戚の間をたらい回しにされた挙句、施設に入れられ、里親の元を転々とする。どこへ行っても居場所などなかった俺の唯一の心の支えは、優しくしてくれた姉さんとの思い出だった。姉さんに会いたい。もう一度姉さんに抱きしめてほしい。その一心で、俺は姉さんを『作る』ことにした。新しく俺の姉さんになってくれる女を探し、監禁し、調教した。けれど満足のいく女は現れなかった。少なくとも五人の中の誰一人として、姉さんのような優しさも、美しさも、温かさも持ち合わせちゃいなかった。

たとえ、顔や身体のパーツに似ている部分があったとしても、中身は姉さんじゃない。誰も姉さんにはなれない。

そんなこと、わかってたはずなのに、何度失敗を繰り返してもやめられなかった。

「二階の部屋にあった『あれ』はつまり、お姉さんの代わりだったようだねえ。捕まえた女性たちが言うことを聞かないから、自分の手でお姉さんを作ろうとした。そうなんだろう？」

無言のままで、俺はうなずいた。

「僕も捜査資料を見せてもらったが、現場は世にもおぞましい光景だったよ。当時、担当した刑事の話じゃあ、この世の地獄を垣間《かいま》見た気分だったそうだ。切り落とした四肢や乳房をマネキン人形にくっつけて、お姉さんのお気に入りのワンピースを着せたお粗末なアゾート。切り取られた被害者たちの肉には虫がたかり、腐敗臭が家中に充満していた。五人目の女性の左手首からはまだ血が滴《したた》っていたそうだ。そんな状況で君は平然と——いや、架空の姉との暮らしを楽しんでさえいた。これは明らかに常軌《じょうき》を逸した異常な行為だ」

櫛備の声には、容赦のない侮蔑の色が込められていた。これ以上、話をするのも汚らわしいという嫌悪感がビシバシ伝わってくる。

敵意と不快感に満ちた眼差しを一身に受けながら、その一方で俺は、この男に対し強い関心を抱きつつあった。

——こいつ、やっぱり本物だったのか。

最初に現れた時の、胡散臭いペテン師のような雰囲気にまんまとしてやられた。やる気のない態度やいい加減な言動に惑わされ、能なしのイカサマ霊媒師と決めつけた俺が間違っていた。いや、こいつはそれすらも計算の上で俺を誘導し、こちらの追及をのらりくらりと躱《かわ》しながら、撮影クルーや美幸とかいう奇妙な女と共に俺を追いつめ、否応なしに現実を理解させようとしていたんだ。

こいつは、本当に死者と対話ができる本物の霊媒師だった。その力を利用し、最後の被害者の遺体の在処を聞き出すために、こんな手の込んだことをして俺を……。

ぎり、と奥歯が鳴った。握りしめた拳が無様に震えている。それは果たして怒りからくるものなのか、それとも強い敗北感からくるものなのか、今の俺には判断がつかなかった。

「さて、やっと現実を受け入れたところで、そろそろ教えてくれないか。五人目の被害者をどこに埋めた？」

シベリアの凍土のように冷えきった表情をいくばくか和らげて櫛備が問いかけてきた。俺が無言を貫いていると、彼は困ったように苦笑し、

「言いたくないかい？　すっかり騙されてしまったせいで、僕のことが憎くなったかな？」

どこか挑発的にとれる視線を向けられ、神経がひりついた。わざと誘いに乗るような心地で、俺はうなずく。

「ああ、ごめんだね。あんたみたいなクソ野郎に教えてやる気になれねえな」

「ふふん、そう思うのも無理はない。当然の気持ちだと思うよ」

櫛備はおどけた調子で肩をすくめ、曖昧に笑う。だが、目だけはちっとも笑って

いなかった。一縷の隙も見出せぬようなその眼差しに、思わず背筋がぞっとする。

「僕だって大人だ。魚心あればなんとやらって言うからねえ。タダで教えてくれだなんて言わないさ。ここは平等に、交換条件を提示しようじゃあないか」

「交換条件だと？　笑わせるな。俺はもう死んでるんだろ。死人相手に何をしてくれるっていうんだよ。線香でも上げてくれるのか」

「そういう即物的なことを言ってるんじゃあないんだよ。僕が言っているのは、霊となってこの家に留まっている君に本当の平穏を与える方法だ。つまりは、君の旅立ちを助けるということだねえ」

「旅立ち……？」

一瞬、何のことを言っているのか理解できず、おうむ返しにした俺を、櫛備はどことなく慈悲深い目で見つめていた。

そうか。そういうことかと、俺はすぐにピンときた。霊媒師である櫛備は、俺がこの場所から解放され、あの世に旅立つ手助けをしてくれると言っているのだ。

自分がすでに死んでいることに気づいていなければ、ここに留まるのも悪くはなかっただろう。だが、真実を知ってしまった今となっては、これ以上ここに居続ける理由も見当たらない。地下室に五人目の女がいると思い込んでいたが、実際はここには存在しないわけだし、警察の手が入った時点で姉さんもいなくなってしまった。だからここにはもう、俺が求めるものなど何もない。櫛備の申し出は受けるに値するもののように感じられた。

「わかったよ。女を埋めた場所を言えばいいんだな？　そうすれば、俺をここから解放してくれるんだろ？」

「ふむ、解放するという言い方には少しばかり語弊がある。そもそも僕だって死んだ経験なんかないからねえ。何をどうしたら霊が正しく旅立てるかなんてわからないよ。でもまあ、これまでの経験を踏まえた助言ならできる。少なくとも君よりはずっとこういうことに詳しいつもりだから、信頼してくれていい」

なんだか奥歯に物が挟まったような言い回しだが、ここでこの男を疑い、申し出を断ったところで、他に頼れる相手なんていない。いけ好かないおっさんだが、その道のプロであることは間違いないだろう。

「いいぜ。あんたを信じるよ」

「それは光栄だ。嬉しいよ」

再びおどけたような口ぶりで、櫛備は口角を持ち上げた。そのすぐ後ろに控える美幸はというと、終始ぶすっとして押し黙り、櫛備が俺に対して手を差し伸べようとしていることが気に入らない様子だった。

――お高くとまりやがって。クソ女が。

内心で毒づく一方、よく見てみるとこの女、意外と悪くない見た目をしている。顔立ちは整っているし、肌は健康的、すらりと長い手足に程よい肉づきで、サンダル履きの素足にまで若々しさが満ちている。

俺は無意識に舌なめずりをしていた。もしお互い生きた状態で出会っていたら、この女を姉さんの代わりにするというのも悪くなかったかもしれない。

「──どうかしたのかな？」

「ん、ああ。なんでもねえよ」

不意に問いかけられ、思わず飛び上がりそうになる。内心を悟られぬように櫛備を見ると、彼は一瞬、ヒヤリとするような冷徹な表情を見せた。まるで、俺の考えていることなどお見通しだとも言いたげなその表情が俺の心をざわつかせる。

「ではお聞きしましょうか。五人目の被害者の遺体はどこへ埋めたんです？」

「湖のそばの林の中だ。遊泳禁止の看板の辺りから入ってしばらく進むと大きな倒木があって、その先のモミの木の根元に埋めた」

雨風が降りしきる嵐の夜の記憶を辿りながら告げると、櫛備はしばし硬直した。それから何事か考え込むような仕草を見せた後、傍らの美幸と目配せをして唐突に踵を返す。そのまま地下室を後にしようとする櫛備の背中へと、俺は追いすがるように声をかけた。

「おい、ちょっと待ってくれよ！　これで終わりか？　手助けしてくれるんじゃなかったのかよ。俺はどうしたらいいんだ」

　立ち止まった櫛備は、ゆっくりと肩越しに振り返る。

「助言するとは言ったけれど、僕はなにも君の未練を断ち切って、ご親切にも旅立ちの手助けをするためにここへ来たわけじゃあないんだよ。さっきも言ったように、君は未練というより強烈な執着心でこの世に留まっているだけだ。放っておいてもいずれ自分を失って何に執着していたかも忘れ、勝手に消滅するはずさ」

　何でもないことのように、感情の籠らぬ口調で言われ、俺は面食らった。

　こいつ、さっきまでと言ってることがまるで違う。そんな当惑が脳内を占め、半ばパニックに陥りながら、俺は声を荒らげて食い下がった。

「何だよそれ。また俺を騙したのか？　旅立つための助言って何なんだよ！」

「ああ、それはねえ……」

　くるりとこちらを振り返った櫛備は、上着のポケットから、先程のビニール袋を取り出した。貝殻を象ったピアス、赤い石のついたペンダントトップ、恋人の名前が刻印されたブレスレット、ブランド物のハンカチ。そしてもう一つ、五人目の女が嵌めていたピンキーリングが追加された五つの遺品。櫛備はそれらを白い埃の層が堆積《たいせき》するスチール棚の上にそっと並べた。

「たとえ肉体が滅びたからといって、背負った業《ごう》が消えるわけじゃあない。魂だけの存在になったからこその、ふさわしい終わり方というものが、ちゃあんと用意されているんだよ。特に君のような下衆《げす》野郎は生半可な終わり方はできない」

ぞくりと寒気がするような口調だった。名状しがたい圧倒的なまでの怒りを、音として吐き出したかのようである。

無言の圧力とでも言うのだろうか。櫛備から放たれる重圧に耐えきれず、俺は数歩後ずさりしていた。強い焦りに駆られ、返す言葉すらも失った俺は、しかしそこでハタと気づいた。きつく引き絞るような櫛備の眼差しが、俺自身ではなく、俺の背後に向けられていることに。

「――え」

声を漏らした瞬間、櫛備に対して抱いた恐怖など比較にならない、およそ言葉にできないほどの邪悪な気配を背後に感じ、俺は凍りついた。

――なんだ……？　何かが、後ろに……。

背中に刃を突きつけられたかのような鋭い敵意に見舞われ、振り返ることが躊躇《ためら》われた。ピクリと身じろぎしただけで、その刃に串刺しにされるのではないかという危機感が全身を這いまわっている。だがそれでも、確かめずにはいられなかった。

俺はゆっくりと首を巡らせて肩越しに背後を振り返る。古びて殺風景な地下室の壁際に、三人の裸の女が肩を並べて立っていた。

見まがうはずもない。俺が殺した女たちだった。

一人は右腕を失い、一人は乳房を切り取られ、一人は頭の皮をはぎ取られていた。それぞれの欠損した身体の部位から流れ出したどす黒い血が、見る間に床を染めていく。

「ひっ……！」

反射的に悲鳴を上げ後ずさろうとするのだが、何故か足が動かない。咄嗟《とっさ》に下を見ると、下半身を失った女が床を這いつくばり、俺の足にしがみついていた。

「ひぃやああ！」

女たちは笑っている。揃いも揃って、この世のものとは思えぬような不気味で甲《かん》高い笑い声が幾重にも折り重なり、俺の鼓膜《こまく》を震わせている。

足から力が抜け、俺はその場に尻もちをついた。手を使って後退する。だがすぐに背中に何かがぶつかり、それ以上進むことができなかった。

ふぅ、と。耳元に吐息を感じて俺は息を止める。視界の端から、ぬぅっと現れた女の顔――蛇のような笑みを浮かべた五人目の女の顔が、ぬらりと笑いかけてきた。

「うわあああ！　やめろ！　来るなっ……」

気づけば、最初に現れた三人も俺を取り囲み、けたたましい笑い声を上げながらこっちを見下ろしている。それぞれ、身体の一部分を欠損した五人の女たちが、俺の左腕や足、肩や首筋に白い指先をからめ、ゆっくりと覆いかぶさってきた。

「たす……け……助け……」

唯一、自由のきく右腕を部屋の入口へと伸ばして助けを求めた。

かつかつと非情な杖の音を響かせながら、櫛備と美幸は迷いのない足取りで扉の向こうへと歩いていく。そして、扉が閉められる瞬間、その陰に佇んでいた何者かの姿が露《あら》わになった。

艶のある黒髪、雪のように白い肌、そして、あの花柄のワンピース。

それは在りし日の、姉さんの姿に違いなかった。

「姉さ……」

思わずその名を呼ぼうとした次の瞬間、姉さんの胸に、腹部に、赤い染みがじわりと広がった。艶のある黒髪からも粘ついた血が音を立てて滴り、床を赤く濡らしていく。

俺に群がる女たちと同様に、こちらを見下ろす姉さんの顔は、強い怒りと憎しみによって醜《みにく》く歪《ゆが》み、大きく開かれたその口からは、耳をつんざくほどの哄笑が——

6

里見誠一の霊が示した場所へ向かうと、目印となる倒木やモミの木は簡単に見つかった。その根元を注意深く観察してみると、一部分だけ、一度掘ってまた埋め直したような不自然な盛り上がりが確認でき、修平がそこを掘り返してみたところ、人間のものであろう白骨が出てきた。

すぐに警察へ通報し、撮影は終了。今回の撮影も大満足といった調子で、設楽をはじめとする撮影クルーは諸手を上げて喜びを露わにした。

櫛備十三による行方不明者の捜索。設楽がその企画を櫛備の元へ持ち込んできた時、彼はひどく辟易《へきえき》していたが、それぞれの遺族から話を聞き、更に番組へと手紙を出してくれた五人目の被害者の両親が涙ながらに娘の居場所を探してほしいと訴える姿を見て、彼の顔つきは明らかに変わった。

キャンプ場を訪れた客たちの間で囁かれる噂話を元に、櫛備はこの家に里見誠一の霊が留まっているのではないかという仮説を立てた。そして、そのことを実証するためにこの家での撮影を計画したのだった。

里見の死後もこの家はオーナーの意向で最低限生活できる状態を保たれていた。

週に一度出入りする清掃業者に話を聞くと、彼らはこの家での仕事がとにかく苦痛で仕方ないという心情を吐露した。この家に一歩足を踏み入れた途端、まとわりつくような視線を感じたり、そばに誰もいないのに、囁くような声で「出ていけ」と繰り返されたり、特定の部屋に入ろうとすると鍵もかかっていないのにドアが開かなくなったり、逆に物置から出られなくなったりということが、頻繁《ひんぱん》に起きるのだという。

その話を聞いて、櫛備は確信を得た様子だった。設楽と打ち合わせて『里見誠一の霊と対話し、五人目の被害者を埋めた場所を聞き出す』というプランのもと、撮影は開始された。

結果的に櫛備十三は遺族の願いを叶え、そして先の四人を加えた被害者たちの無念をも晴らすことに成功した。警察の聴取を終えた後、再びこの別荘に戻ってきた櫛備は、地下室に置いてきた女性たちの遺品を回収。その際、どれだけ注意深く気配を探っても、里見の存在は感じられなかったという。

生前、彼の歪んだ欲望の餌食《えじき》となり、無念の死を遂げた彼女たちによって、里見は暗闇の底へと連れ去られたのか。復讐を遂げた彼女たちは暖かい光の差す場所へと旅立てたのか。

それはたぶん、櫛備自身にもわからないことなのだろう。

「それじゃあ櫛備先生、我々はこれで撤収します。今回も最高の画《え》が撮れましたよ。これで大反響間違いなしです」

「そうですか。それはよかった」

にやにや笑いの止まらない設楽は、満足げに握手を求める。それに応じる櫛備は少々困ったような顔で苦笑い。

「それにしても先生、今日もすごかったですねぇー。誰もいないのに、まるで本当にそこに霊がいるかのような臨場感っていうんですか。あ、いやもちろん、実際に霊がいるのはわかってますよ。でもあいにく、俺たちには見えやしないので、どうしたって先生の動きや言葉から状況を推測するしかありませんからね」

ばつの悪さを隠すようにして、設楽は咳払いを一つ。

「しかし今回ばかりは難しいと思ってましたが、本当に遺体を発見しちゃうんだから、先生には頭が上がりませんよ。これでまた人気も上がっちゃいますね。そうそう、局のお偉方が一度先生にご挨拶したいらしいんで、スケジュールを空けておいてくださいね」

お偉方、という単語に、櫛備の目がきらりと光る。

「いつもお世話になっている設楽さんの顔を潰すわけにはいきませんねえ。予定はびっしり詰まっているのですが、どうにかして空けておきましょう」

平静を装ってはいるものの、櫛備の口元は不自然に震えている。にやけ面を一生懸命抑え込んでいるのだろう。

「よろしくお願いしますよ。うまくいけば、地上波ゴールデン枠だって夢じゃありません。櫛備十三の快進撃はまだまだ続きますからね！」

そう熱く語った設楽は最後に軽く会釈をして、撮影クルーと共にバンに乗り込んでいった。土埃を立て、路肩に停められた警察車両をよけて走り去っていくのを見送りながら、櫛備は何事か考え込むようにして無精ひげを撫でる。

「どうかしたんですか、先生。浮かない顔してますね」

美幸は思ったままを口にして訊ねる。櫛備は彼女を一瞥《いちべつ》し、それから少々、重苦しい顔で嘆息した。

「ここ最近、ずっと気になっていたことがあったんだが、どうやら僕の思った通りのようでねえ」

「気になっていたこと？」

そうそう、といつもの軽い調子で相槌《あいづち》を打った櫛備が何気なく視線をやると、警察官との話を終えた修平が、小走りにこちらへやってくるところだった。

「悪いが美幸ちゃん、僕が合図したら、僕と彼の間に素早く割って入ってくれないか」

「え、どうしてですか？」

問い返したのも束の間、答える暇などないとばかりに、櫛備は「今だ！」と鋭い口調で言い放った。美幸は反射的に足を踏み出し、櫛備と修平の間――というより、修平の目の前に飛び出す。

「わっ！　あぶっ……」

突然、修平が足を止め、不自然な体勢でたたらを踏んだ。まるで、目の前に飛び出してきた美幸との衝突を、慌てて回避しようとするみたいに。

「おや、どうしたんだい修平くん。幽霊でも見たような顔だねえ」

くくく、と含み笑いを浮かべながら、櫛備はからかうように言った。

「……いや、別に……」

立ち止まり、そう応じたものの、修平は櫛備と目を合わせようとせず、俯《うつむ》いた状態で険しい表情を浮かべている。

「心配しなくても、美幸ちゃんは霊体だから、滅多なことでもない限りぶつかったりはしないよ。まあ優しい君のことだから、それがわかっていても、つい避けざるを得なかったんだろうけど」

「な、何の話ですか。僕はただ……」

咄嗟に否定しようとする修平を、櫛備は首を横に振って遮った。

「本当は視えているんだろう？　里見誠一に『どけ』と言われた時だって、反射的に道を空けていたよねえ」

修平は口惜しそうに息を呑み、今度こそ完全に沈黙した。

二人のやり取りを見て、美幸は頭に疑問符を浮かべる。

「先生、どういうことですか？　私のことが視えてるって……」

「言葉の通りだよ。修平くんには君の姿も、これまで接してきた霊の姿もきちんと視えていた。声だって聞こえていたはずだ。けれど彼はあえて視えないふり、聞こえないふりを通していたんだよ」

「なんでそんなことを？」

率直な疑問だった。櫛備は大きく首を縦に振り、強い同意を示す。

「僕もそれが知りたいんだよ。色々と推測するのも悪くないが、修平くんにはもうとっくに僕の手口を知られている。カマをかけて通じるとも思えないからね。こうやって、話すしかないような状況を作ってしまおうと思ったんだ」

その状況作りに美幸は利用され、修平は彼のやり口にまんまとしてやられたというわけか。文句を言いたい気がしないでもないが、今はそれよりも、修平の真意をはかることの方が先決だった。彼はさっきから変わらず、自身のつま先を見下ろし、思い詰めたような顔をして押し黙っている。

「ねえ、修平くん。本当に私が視えてるの？　声も聞こえてる？」

美幸が問いかけると、修平はわずかに顔を上げてこっちを見た。互いの視線がしっかりと重なり合う。

どうやら本当らしい。視えているし、聞こえてもいるようだ。

「どうして秘密になんか……。先生の助手をするなら、むしろ視えている方が都合がいいはずなのに」

美幸にとっても、その方が余計な気を遣わなくて済んだのだ。ここしばらくは、修平が櫛備と一緒にいることが多く、会話が制限されてしまうことが多かった。そのせいで余計な気を回してしまったり、悩まなくていいことで悩んでしまったりと散々だった。だが修平は、そんな風に四苦八苦する美幸の姿をもしっかりと視ていたことになる。

思い返してみると、なんだか急に気恥ずかしくなって、美幸はがりがりと頭をかいた。

「――助手になったのは櫛備さんに近づくためだった」

突然、そう切り出した修平は、溜め込んだ鬱憤《うっぷん》を吐き出すようにして先を続けた。

「視えないふりをしていたのは、その方が都合がいいと思ったからだ」

「都合がいいって、何に？」

「決まってるだろ。この人の化けの皮を剝《は》いでやることさ」

突然、糾弾するかのような口調で言い放ち、修平は櫛備を睨みつけた。ついさっきまで先生、先生と親しみを込めて呼んでいた人間とは思えぬような豹変ぶりに、美幸は驚きを隠せなかった。

怒りなのか、それとも憎しみなのかはわからない。とにかく強い感情をありありと浮かべて櫛備を見据える彼の鋭い表情。そこにはもはや、美幸の知る瀬戸《せと》修平の面影はなかった。

「あなたが本当に優秀な霊媒師なのか、テレビなんかじゃわからないその実態を俺は知りたかった。助手になってあなたのそばで仕事ぶりを見た結果、あなたが本物だってことはよくわかりました。でも、俺はあなたを絶対に許せない」

許せない。その言葉に、美幸は言い知れぬ恐ろしさを感じた。そのたった一言に込められた修平の強い執念が、音となって顕現《けんげん》したかのようであった。

「こんな風に、霊の無念を晴らして除霊をするのは立派なことかもしれない。でも、それは哀れな魂に寄り添うための献身でも、正義を果たし悪をくじくための善行でもない。あなたがしていることは、自らが犯した罪に対する『贖罪』だ」

「……贖罪？」

思いがけぬ言葉が登場し、美幸は口中で繰り返す。

「どういうこと？　先生が何をしたっていうの？」

問いかけてみても、修平は答えない。助けを求めるようにして櫛備を見ても、返答はなかった。再び沈黙に陥るのを避けようとでもするかのように、修平は更なる追撃の刃を放つ。

「自分が犯した罪の許しを求めて、自分とは無関係の霊を鎮める。それであなたは満足かもしれないけど、俺は絶対に認めない」

全身から立ち上るような凄まじい怒りを発散させながら、修平は強く言い切った。尋常ではない感情の昂りを見せる彼に圧倒されながらも、美幸は強い疑問を抱いていた。

美幸の知る櫛備十三は、ものぐさで何事に対しても腰が重く、困っている霊を前にしても、そう簡単に手を貸そうとはしない。お世辞にも聖人君子とは言えない人物だが、だからといって誰かに恨みを抱かれるような人間でもないはずだった。必要以上に他人に踏み込まず、干渉もしない。全く関わりを持たないわけではなく、それなりの社交性を持ち合わせてはいる。つまりは要領がいいということだ。そのことを嫌味に感じる人間はいるかもしれないし、立ち居振る舞いから滲《にじ》み出る胡散臭さやうろんな性格を好きになれないという人もいるのだろう。けれど、それが修平のような人間にここまで恨まれることにつながるのだろうか。

もっと別の、根深い問題がこの二人の間にはあるのではないか。美幸がそんなことを考え始めた矢先、

「――その子にしたってそうですよ」

不意に、修平の鋭い視線が美幸へと注がれた。思わず息を呑み、目をしばたたく。

「身体が眠ったまま、生霊《いきりょう》としてこの世を彷徨《さまよ》う彼女を保護し、助手のような役割を与えて面倒を見ている。彼女の方もそれを求めているのかもしれないが、はっきり言ってあなたたちの関係は異常だ。どうかしているとしか思えない」

「な、何よそれ！　誰が異常――」

即座に反論しようとする美幸をさっといさめて、櫛備が口を開いた。

「異常かどうかは別として、僕と美幸ちゃんはそれなりにうまくやっているんだよ。後から来た君がどう感じたとしても、とやかく言う権利はないように思うけどねえ」

いつもと変わらぬ、飄々《ひょうひょう》とした態度と物言いで櫛備は反論した。そのことに安《あん》堵《ど》した美幸だったが、次に修平が口にした言葉を聞いた瞬間、櫛備の表情は明らか

に凍りついた。

「——梓《あずさ》ちゃんの代わりのつもりですか？」

櫛備は口を半開きにしたまま言葉を失っていた。そのままの姿勢で二秒、三秒と、時間が止まったように静止していた櫛備十三は、やがて息を吹き返すように我に返ると、無言のままで頭を振った。

「……さあ、どうだろうねえ」

「ちゃんと答えてください。彼女は梓ちゃんの身代わりなんですか？」

しつこく追及する修平を普段の調子で軽くいなし、肩をすくめた櫛備は一方的に会話を断ち切って踵《きびす》を返した。

「どこへ行くんですか。話はまだ……」

「いいや、終わりだよ。これ以上話すことなど、何もない」

ぴしゃりと叩きつけるように言い放った櫛備はそのまま、乾いた杖の音を響かせて歩き出す。その背中に向けて、修平は依然として怒りに満ちた眼差しを向けていた。彼の心の中に宿る怒りの正体を確かめたい衝動に駆られながらも、美幸は櫛備の後を追おうとする。

「——軀田《むくろだ》美幸さん」

不意に呼び止められ振り返ると、修平は瞬き一つせずに美幸を見つめていた。さっきまでの怒りに満ちた表情から一転し、どことなく物悲しさを滲ませる眼差しが、ひどく印象的だった。

理由《わけ》もわからず胸を打たれたような心地に陥っていると、修平は少々言いづらそうにしながら話を切り出した。

「君はいつまで、そんな状態で先生に取り憑いているつもりなんだ？」

「私……私は……」

すぐに返答することができず、言葉が喉の奥でつっかえた。それでも、自分たちのことを勝手に決めつけて、定められた枠にはめようとする修平の物言いには、同意することなどできなかった。

「私はただ、先生のそばで色々なことを見たり聞いたりしたいだけだよ。正しいとか正しくないとか、そんなことはわからないし、考えたこともない」

美幸の毅然《きぜん》とした口調に対し、修平は痛みをこらえるような、どこか悲痛な表情を浮かべる。そんな顔を見せられたら、こっちまで息が詰まりそうになった。

「でも、君はまだ知らない。知っていたら、そんな風に落ち着いてなどいられないはずだ」

「知らないって、何を？」

問い返した瞬間、修平はおもむろに美幸から視線を外して言いよどんだ。わずかな沈黙が二人の間に横たわり、いくばくかの空白をもたらす。

「——櫛備十三が人殺しだってことさ」

思いがけぬ方向から、思いがけぬ形で放たれたその言葉は、美幸の脳に深く突き刺さり、けたたましく反響し、巨大なうねりとなって思考をかき乱した。

——先生が、人を……？

激しい耳鳴りがして、思わずしゃがみ込みそうになる。身体は遠く離れた場所にあるはずなのに、胸の鼓動が痛いほど感じられた。

前後不覚の状態に陥りながら振り返った先には、徐々に遠ざかっていく櫛備の姿があった。

見慣れた背中を見つめながら、美幸は内心で叫ぶように問いかける。

——本当なの、先生？

第四話　鏡の中の追憶

1　亀岡

　こつ、とマグカップがデスクに置かれ、私は期末試験の答案から顔を上げた。

「一息つきませんか、亀岡《かめおか》先生」

「おや教頭先生、これはどうも」

　礼を言うと、教頭の畠山晶《はたけやまあきら》は少々、困ったような顔をして眉根を寄せた。

「教頭だなんて、そんな他人行儀な呼び方やめてくださいよ」

「しかし、教頭先生は教頭先生だろう？」

　少々、からかうような私の口調に、畠山は頑固そうな顔をして首を横に振る。

「今は我々しかいないんですから、畠山でいいじゃないですか。亀岡先生に教頭なんて呼ばれるのは、どうしても慣れないんですよ」

　そういうことなら、と苦笑する私に笑みを向けながら、畠山は自身のデスクに腰を下ろした。その姿を横目に腕時計を確認すると、すでに時刻は午後九時を回っている。

「おっと、もうこんな時間だ。畠山くん、本当に帰らないつもりかい？」

　熱いコーヒーを啜《すす》りながら問いかけると、「もちろんですよ」と強い口調が返ってきた。

「亀岡先生一人に何もかも押しつけるなんてことはできません。私もお供します」

「うーん、しかしなあ……」

「それにしても非常識ですよね。子供たちの学び舎《や》たる学校で撮影だなんて。しかも、その内容がオカルトとは、今どき時代錯誤も甚《はなは》だしいですよ。最近じゃあ教師の残業が問題になっているのに、こんな下らないことに駆り出されるなんて」

食い下がろうとする私を遮《さえぎ》るようにまくしたてて、畠山は鼻息を荒くした。我々の勤務する私立月ケ谷《つきがや》高等学校でテレビ番組——しかも心霊番組の撮影が行われると最初に聞かされた時から、畠山は一貫して反対の姿勢を通してきた。神聖なる学びの場でそのような如何《いかが》わしい番組を撮影するなど言語道断。霊だの呪いだのと騒ぎ立てて、ただでさえ多感な年頃の生徒たちに悪影響があったらどうするのか。そのようなことを職員会議でも訴えていたが、理事長の意向とあっては逆らえるわけもなく、結局は撮影の運びとなったのである。

撮影が行われるからには、学校側の誰かが監督者として立ち会わなければならないということで、現場の最年長者である私が校長から指名された。私としては一人でも問題なかったのだが、畠山はもし何かあったら困るから、と譲らず、こうして二人で立ち合いをすることになった。

もうすぐ六十歳を迎え、定年を間近にした私に無理をさせたくないという配慮からか、あるいは単に老兵を頼りなく思う気持ちからなのか。いずれにせよ、畠山がいらぬ気を回しているのは間違いなかった。

私が教師としてこの学校にやってきた時、畠山はここの生徒であった。学生の頃から真面目で一本気な性格は変わらず、そのせいで周囲との関係に悩むことが多かった畠山を、私は常に気にかけ、相談に乗ったりもした。厳格な母親が女手ひとつで育てたということもあってか、父親のような年代の私を信頼し、心を開いてくれたことは素直に嬉しかったし、私自身の教師人生においても大切な経験となった。

——亀岡先生のような教師になりたいんです！

そんな台詞《セリフ》を恥ずかしげもなく口にしていた若者が、本当に教師となってこの学校に戻ってきてくれた時は、言葉には言い表せないような喜びを感じたものである。

互いに教師として二十年余り共に働くなかで、畠山は徐々に周囲に認められていき、今年の春には教頭に就任した。まだ四十代半ばだというのに、私や他の年長の教師たちを押しのけての大抜擢《だいばってき》だった。生来のお堅い性格は変わらず、生徒や父母と衝突することもしばしばだが、その実、他の誰よりも深い思いやりをもって生徒と接する、そんな心根の優しさが、周囲の信頼を集める最大の要因なのだろう。

「理事長も勝手ですよ。こんなこと、亀岡先生のプライベートの時間を削ってまでやる価値のあるものなんですかね」

私と二人だからだろう。普段は口にしないような愚痴《ぐち》をこぼし、不機嫌さを隠そうともしない畠山の横顔は、まだあどけない高校生だった頃と何も変わらなく見え、私の心を一時和ませてくれる。

「まあ私は家に帰っても、待っている人間なんていないからね」

謙遜《けんそん》気味に言うと、畠山はぶるぶると勢いよく頭を振り、

「だとしても、亀岡先生はもうご無理がきくほど若くもないんですよ。家に帰ってゆっくり休まないと、体調を崩してしまうことだってあるじゃないですか」

そんな小言を苦笑混じりに聞き流しながら、私は少し冷めたコーヒーに口をつける。畠山の言うことはもっともかもしれないが、二人の子供はすでに家を出ているし、妻は昨年くも膜下出血で倒れ、そのままぽっくり逝《い》ってしまった。家で帰りを待つ者がいない以上、早く帰ったところで虚《むな》しさが増すだけである。人の声のある場所にいた方が、まだ寂しさがまぎれるというものだった。

「ところで亀岡先生、例の噂、本当だと思いますか？」

ふと、思い出したような口調で畠山は話題を変えた。

「噂というと？」

「ほら、『鏡の幽霊』の噂ですよ。今回の撮影も、その調査をしに来るということですよね」

ああ、と相槌《あいづち》を打ち、私はこめかみの辺りをかいた。

『鏡の幽霊』の噂。それは今や、この学校に通う者なら知らぬ者はいない怪談話である。

月ヶ谷高校の校舎一階、東側廊下の突き当たりの壁には巨大な姿見が設置されている。夜、誰もいない校舎でその鏡を覗《のぞ》き込むとおかしなものが映り込むというもので、それは黒い人影だったり、自殺した女子生徒だったりと、語る者によって展開はまちまちなのだが、結末はどれも一緒だった。鏡の中に現れた人影に取《と》り憑《つ》かれると、その人物の身に不幸が訪れるというのである。

いわゆる学校の怪談とでもいうべきこの手の話題は、普通は小学生、遅くても中学生ぐらいには卒業するはずなのだが、どういうわけか、わが校の生徒たちの間では、現実のものとしてもちきりなのだという。

「馬鹿馬鹿しい、と言ってしまいたいところだが、ここまで騒ぎが大きくなってしまうと、それも難しいな。理事会の方では、心霊番組の撮影を行うことで逆に学校の知名度を上げるチャンスだなんていう意見もあるらしいが」

「それじゃ、まるで見世物じゃないですか」

畠山がまたしても不満げに声を漏らす。その点に関しては私も同じ気持ちである。聞くところによると、今回撮影にやってくるのは世間でも名の知れた霊媒師で、件《くだん》の鏡に取り憑いた霊を祓うのが目的だという。もし番組内で除霊が成功すれば、学校としては悪い噂もなくなり、知名度も上がって一石二鳥。そんな幼稚とも言える結果を理事長も理事会も大真面目に期待しているらしい。考えていることが高校生と同等か、それ以下としか思えない連中である。

一方で、これがただの噂であれば、とっくに収束していたはずなのだが、どうにも、そうとは片付けられない事態が、わが校ではいくつか起きていた。

噂が広まり始めた当初は、真に受けた生徒が夜間、肝試し気分で校舎に侵入して警備員に追いかけられたりするだけだったのだが、そのうち、不可解な怪我を負う者が現れ始めた。その大半は軽症だったが、奇妙なのは彼らの証言だ。

『鏡の中の自分に襲われた』

それが、怪我人たちに共通する証言である。警察はもちろん、我々教師にもそんな馬鹿げた話を真に受ける者はなく、せいぜい警備員に追われる時に転倒したり、階段を踏み外したりして怪我を負ったのだろうと決めつけられた。

この件について、何か対策を立てるべきだという声も上がったが、悪趣味な噂など、そのうち生徒たちも飽きて下火になるだろうと考えられ、しばらくは様子見の状態が続いていた。

　ところが先週になって事態は一変。夜間の警備に当たっていた警備員が頭から血を流し、鏡の前で倒れているのを発見されたのだ。警備員はすぐに病院へ搬送され処置を受けたが、未だ意識は戻っていない。彼は六十過ぎの嘱託職員で、勤務態度は真面目で同僚との諍《いさか》いもなかったというから、恨みを買うような人物ではなさそうだった。おまけに事件当時は、校舎のセキュリティに異常はなく、建物内が荒らされたり何かを盗られたりという被害もなかった。いったい誰が、何のために彼に危害を加えたのか。その謎は依然として解けぬまま今に至っている。

　この件があってからというもの、噂は下火になるどころかますます勢いを強め、生徒だけでなく教師たちの間にも、『鏡の幽霊』の噂は本物だと信じる者が多くなったという。

　一方でこの噂を、いつ、どこの誰が流し始めたのかについては不明だった。生徒たちにそれとなく訊いてみても「友達から聞いた」だの、「みんな話してる」だのという曖昧《あいまい》な証言ばかりで、噂の発信源には辿《たど》り着けなかった。

　また、噂の勢いが激しくなるにつれて、学校に来ることを嫌がる生徒が出たり、保護者からの問い合わせが増え始めた。理事長以下経営陣も、これを無視することはできなかったらしく、早急な事態の解明を我々に打診してきた。

だが、そうは言っても、出所も不明な怪談話である。本当に存在するのかすらもわからないものに対処のしようなどなく、結局は手をこまねいて、時間が解決してくれるのを待つしかない状態だった。

とあるテレビ局のプロデューサーを名乗る人物から学校宛に連絡が来たのは、そんな時だった。

「畠山くんは、鏡の噂を信じているのかい？」

何気ない私の質問に対し、畠山は神経質そうに眉を寄せつつ、頭を振った。

「とても信じられませんね。幽霊だとか呪いだとか、そういう現実的じゃないものは信用なりません」

いかにも現実主義者らしい顔で、畠山は眼鏡の奥の瞳を光らせる。

「実に君らしい意見だな」

「当然です。今夜の撮影にしても、あまりにも低俗で下品なものであれば、理事長に直談判してでも放送は取りやめてもらうつもりです。無粋な番組のせいで、わが校の名誉を貶《おとし》めるわけにはいきませんからね」

再び、鼻息を荒くする畠山に苦笑しながら立ち上がった私は、軽く伸びをしながら窓の外に目をやった。ちょうど、見慣れぬバンが一台と、その後ろに連なった夕クシーが一台。スピードを落として敷地内に入ってくるところだった。

「おや、来たようだね」

「仕方ありませんね。行きましょうか」

我々は揃《そろ》って職員室を後にした。夜間のため所々にしか灯りのついていない廊下を進み、階段を下りて正面玄関に辿り着いた時、機材を抱えた一団は白い息を吐きながら中の様子を窺っていた。畠山が壁に設置された操作盤で玄関扉の電子錠を解除し、責任者だというディレクターと挨拶を交わした後、彼を含めて五名となる撮影クルーに一階の視聴覚室を荷物置き場に使うようにと指示をする。

「校内は夜間、セキュリティが作動しており、すべての窓と扉が開かなくなります。玄関の電子錠を開けられるのも、我々か警備員だけですので、外に出る際はお声がけください」

畠山が説明を終えた頃、再び玄関扉が開き二つの影が現れた。一人は大学生ほどに見える若い男。短い髪を茶色に染めた背の高い人物で、ダウンジャケットを着て両手をジーンズのポケットに押し込み、物珍しそうに校舎内を見回している。そしてもう一人は全身を黒のスーツ――いや、喪服で固めた四十代くらいの男だった。綺麗に整えられた黒い髪に顎《あご》の無精ひげ、そして気の抜けたような眼差しが相まって、どことなく気だるい印象を受ける。持ち手に金の装飾が施《ほどこ》された杖をつきながら、片方の足を引きずるようにしてゆっくりと歩みを進め、こちらにやってくる。

男は軽く会釈をすると、

「こんばんは。月ヶ谷高校の方ですね」

「はあ、どうも……」

虚を衝《つ》かれたように会釈を返す畠山をじっと見据え、それから私へと視線を移した男は、無遠慮に私を観察した後、再び畠山の方を向いた。

「あなたが教頭先生ですね。撮影の立ち会いはお二人で？」

その一言に、私と畠山は揃って目を見張る。

「どうして……」

驚いたように呟《つぶや》く畠山をさっと手で遮り、男は言った。

「何の説明もしていないのに、どうしてあなたが教頭先生だとわかったか、ですね？　ええ、いいですよ。お答えしましょう」

こっちは何も言っていないのに、男は勝手に会話を成立させ、まくしたてるように先を続けた。

「疑問に思うのも当然です。一見すれば、お年を召しているこちらの方が教頭だと誰もが思うことでしょう。しかし今の世の中、年齢だけですべてが決定するものではない。現に警察なんかでも、年下の署長にこき使われる古参のたたき上げ刑事みたいな人がたくさんいましてねえ。僕の友人にも一人いるんですよ。うだつの上がらない、万年係長止まりの警察官が。おかげで話をするたびに仕事の愚痴を聞かされるのですから、僕もいい迷惑でしてねえ――」

そこまで言って、男は「おっと失礼、つい無関係な話を」などと咳払いをする。

「何か理由があるのですか？　それとも、単なる当てずっぽうですか？」

急かすような口調の畠山に対し、男はにぃっと意味深な笑みを浮かべながら肩をすくめた。そして、おもむろに私の方へと視線を向ける。

「そちらのあなた、かなりお疲れのようだ。細かい事務作業……いや、テストの採点で忙しいのでしょう。昼間は授業をこなし、放課後は部活動の指導なんかをして、残務処理をしたら帰るのはいつも八時や九時を回ってしまう。そのうえ、今は期末試験の時期だ。忙しさに拍車がかかっている頃でしょう。家に帰っても食事が用意されているわけでもないから、つい外食で済ませたりコンビニ弁当に頼らざるを得ない。栄養バランスが崩れ、疲れが抜けず、睡眠の質も下がる。最近、胃腸の調子も悪いのではないですか？　離れて暮らしているお子さんも心配しているはずだ」

「……ど、どうしてそれを……」

一気呵成《いっきかせい》にまくしたてられ、圧倒される一方で、私は驚きを禁じ得なかった。この男の言っていることは、すべて的を射ている。この間の健康診断では胃腸が荒れていると言われたし、つい先日は息子が電話をしてきて、定年したら同居しないかとやんわり訊かれた。一人で暮らしている私を心配し、気遣ってくれているらしい。

　そういったことを、まるで見てきたかのように言い当てるこの男に、私は得体の知れなさを感じると同時に強い興味を惹かれた。そんな私の心中を見透かすように、男は更に続ける。

「以上のことから、あなたは担任を持つ教師であることがわかります。ディレクターの設楽《したら》さんから、教頭先生が立ち会いをなさるという話は聞いていましたので、消去法的に、そちらのお若い方が教頭先生であることを導き出した次第ですよ」

「れ、霊視したというのですか？　亀岡先生のことを……？」

　唖然《あぜん》として訊ねる畠山を一瞥《いちべつ》し、男は平然とうなずいてその質問を肯定した。

「申し遅れました。僕は櫛備《くしび》十三《じゅうぞう》といいます。こう見えても霊媒師をしておりまして、今夜はこちらの学校の『鏡の幽霊』の噂について調査しに参りました」

　買い物のついでに寄ったとでも言いたげな軽々しい口調で告げると、櫛備十三は再び、間の抜けたような笑みを浮かべた。

2　美幸

「うわぁ、懐かしいー！」

記憶に新しい廊下を歩きながら、美幸《みゆき》は思わず声を漏らした。

校門を抜けてからずっと、美幸の胸は懐かしさに躍っていた。うっすら雪の積もった白転車置き場、ずらりと並んだ下駄箱、早々にパンが売り切れてしまう購買。部活動関係の楯や賞状、優勝カップが収められたガラスケース。どこまで進んでも同じような景色が続く教室前の廊下。何もかもがあの頃のままだった。

「よし、次は懐かしの我が教室に行ってみよ」

私立月ヶ谷高等学校。美幸はこの学校の卒業生である。ほんの数年前まで通っていたはずなのに、今では何もかもが遠く、そして別世界のものであるかのように感じられた。

毎日、友人と自転車を漕いで通い、眠気と戦いながら授業を受け、園芸部に所属して草花と戯《たわむ》れ、クラスメイトたちとはたわいのない会話に夢中になり、それなりに恋もした。美幸の人生において、青春という言葉が最も似合うのは、他でもない高校時代だったと言える。体育祭や文化祭では、ぶっ倒れるのではないかというくらいはしゃいだし、卒業式には人目を憚《はばか》らず泣き、笑い、そしてまた泣いた。

その青春の大舞台である学び舎に久しぶりに戻ってきたのが、櫛備の出演する心霊特番のロケで、しかも肉体を失った状態というのが玉に瑕《きず》だが、それを差し引いても、美幸にとって今夜ここへ来られたのは喜ばしいことだった。

直接話はできなかったけれど、畠山の元気な姿を見られたことも嬉しかった。美幸が高校二、三年生の時、担任だったのが畠山で、母子家庭という事情から大学進学を諦めていた美幸に、奨学金制度や入学金一部免除の特待生制度など、色々な選択肢を教えてくれた。さほど興味もなかった園芸部を最後まで続けていられたのも、畠山が顧問だったからだ。

できることなら、顔を見て話がしたかった。先生のおかげで元気でやっているよと、大学へ進んで就職もうまくいきそうだよと一言伝えたかった。だがそんな思いはすぐに霧散《むさん》し、美幸は現実に引き戻される。すでに大学三年の夏は終わり、冬が訪れている。このままいくと、四年に進級することはできないだろう。そんな現状を話す気にはなれないし、ましてや霊媒師の助手をしているなどとは口が裂けても言えない気がした。だから今の自分の姿が恩師に視えないことは、ある意味では都合がいいのかもしれないと自虐気味に納得したのだった。

一方で、見たくもない顔にも再会してしまった。それが亀岡だ。美幸が在学中は現代文の教科担任で、厳格を絵にかいたようなこの教師は、とにかく口うるさく、目をつけた生徒にはどこまでも厳しいことで有名だった。大抵は素行の悪い生徒が対象なのだが、どういうわけか亀岡は美幸に対し人一倍厳しい態度で接してきた。授業中、少しぼーっとしていただけで「おい軀田《むくろだ》、聞いているのか」と名指しされたり、テストの点が悪かった時はクラス全員の前で「もっとしっかりやらないと志望校には行けないぞ」などとわかりきったことを注意されたりした。美幸よりも成績の悪い生徒などたくさんいたはずなのに、自分ばかりが小言を言われることに強い反感を抱いたものだ。友人たちも「亀岡はとにかく美幸に目をつけてるからね」と同情してくれた。周りが口をそろえて言うのだから、単なる思い過ごしなどではなかった。自分では優等生の部類に入ると思っていた美幸に対し、亀岡のしつこい『指導』は卒業まで続いた。今でも顔を合わせたら何を言われるかわからない。こちらの姿が向こうに視えていないのは、やはり幸運だったのだろう。

美幸の存在になど気づきもしない亀岡は、撮影クルーや櫛備に控室を指示し、撮影の進行や段取りなどを確認していた。挨拶を交わした櫛備に対しては、傍目《はため》にもわかるくらいに訝《いぶか》しげな眼差しを向けていたが、彼の『霊視』を目の当たりにしたせいか、必要以上に疑いの目を向けてはいない様子だった。

着々と撮影の準備が進められる一方で、美幸が何故櫛備のそばを離れ、一人で校舎を散策しているのか。それについては、単に懐かしさに浸りたいという理由だけではなかった。そもそもの発端は数日前の、猟奇殺人犯の霊と対峙し、殺害された女性の遺体の在処《ありか》を探すという依頼にあった。その一件において、櫛備は修平《しゅうへい》にまつわるとある事実を明らかにした。彼が、霊を目視することができるという事実である。

修平は何故、そのことを隠したまま櫛備の助手をしていたのか。櫛備や美幸を騙すような行動をとっていたのか。それらのことについては未だ、はっきりとした回答を得られていない。

――梓《あずさ》ちゃんの代わりのつもりですか？

修平が口にした言葉が不意に頭をよぎる。その口調から、『梓』なる人物が櫛備の関係者だということは察しがついた。美幸を引き合いに出すくらいだから、きっと若い女性だ。もしかすると娘かもしれない……。

推測の答えを確かめようかとも思ったけれど、その名を聞いた途端に櫛備は話を一方的に切り上げてしまったし、その後も触れてはいけないようなピリピリとした空気を漂《ただよ》わせていたため、気軽に質問する気にはなれなかった。強引にでも確かめたいという欲求はあるのに、それができないことが悔しく、同時に、自分が櫛備について何も知らないことを改めて思い知らされた気がした。

修平は櫛備にとってよほど触れられたくない過去を知っている。いや、その過去に関係している人物なのかもしれない。そうでなければ、あんな風に燃え滾《たぎ》るような怒りを抱えている人間が、櫛備を慕うふりをして近づき、助手を務めようとなんてしないはずだ。よほどの執念がそうさせるのか、あるいは的外れな怒りの執着ゆえか。いずれにせよ、その答えは見つけられていない。

厄介なのは、当事者同士が互いの距離を計りかねているような節があることだった。あの一件以来、数日ぶりに顔を合わせても二人は目も合わせようとせず、不機嫌そうにむっつりと黙り込んでいた。月ヶ谷高校へ向かうタクシーの車内でも、後部座席で美幸を間に挟み、互いに窓の外を見たまま黙り込んだ二人の醸し出す重々しい雰囲気に息が詰まりそうだった。

てっきり、修平は前回の件を機に櫛備の助手を辞めるつもりなのだと思っていた。そんな美幸の予想に反し、彼はさも当然のように今夜の除霊にも参加している。櫛備に対する敵意を隠そうともせず、まだ目的を果たしていないとでも言いたげな強い意志をその眼差しに秘めて。

美幸が気を遣って何か言っても、櫛備は「美幸ちゃん。僕たちが堂々と話をしちゃあ、運転手さんがどきどきしちゃうじゃあないか。少し黙っていてくれよ」とすげない反応。そう言われたから黙っていると、今度は修平から「美幸さん、なんだか空気が重いんで、しりとりでもしましょうか。俺からいきますよ。『いきりょう』」などと、反応に困る発言をされる。

終始そんな調子だったから、学校に着いてタクシーを降りた時には深い溜息《ためいき》が漏れた。久しぶりに母校に足を踏み入れた高揚感と、不機嫌な二人の男の板挟みにされる息苦しさからの解放感が相まって、半ば無意識に櫛備たちから離れ、ひとり懐かしい学び舎を見て回ることにしたのだった。

「なんだか静かすぎて不気味だな。校舎だって、こんなに古かったっけ」

誰に向けたものでもない声が漏れる。ろくに灯りのついていない校舎内は、異様な静けさに包まれていた。誰にも姿を見られない安心感からか、両手を広げミュージカル女優よろしくスキップしながら廊下を駆けていた美幸も、昼間とは違って見える校内の様子に寒気のようなものを覚えて立ち止まり、後ろを振り返る。廊下の先でぽっかりと口を開けている暗闇から、今にも何かが飛び出してくるような妄想が膨らみ、身震いがした。

「まあ、普通の人が見たら、私の方が幽霊に見えるんだろうけどね」

自嘲的に呟き、肩をすくめて再び歩き出す。

掲示板に掲げられた壁新聞や、誰も見ないであろう生徒会の案内、吹奏楽部の演奏会の案内、各部活動の勧誘などなど、雑多に埋め尽くされたそれらを横目に階段を上り三階へ。更にひんやりとした印象を受ける廊下を歩きながら、そこに自らの足音すらもないことを思い出し、美幸は物思いにふける。

考えるのは、やはり、修平が口にした言葉だ。

――君はいつまで、そんな状態で先生に取り憑いているつもりなんだ？

あの時から、折に触れて頭に浮かぶその問いかけに対し、明確な回答は未だ得られていなかった。

「……取り憑いている、か」

他人が見れば、そういう風に映るのだろう。いや実際のところ、その表現が正しいということは自分でも理解している。身体が残っているかいないかの違いはあれど、自分は霊として櫛備に取り憑き、ゆく先々で行動を共にしている。助手としての仕事を果たすことで、自分がまだ誰かに必要とされていることを実感し、この世界に留まっていていいのだという安心感を得ている。それが櫛備に頼りきりの、人任せで無責任な行為であることにも美幸は気がついていた。自分の存在を認識し、声をかけてくれる櫛備に依存することで、自らの不安を解消するという、身勝手な行動であることも重々承知している。

けれどそうまでしてでも、美幸はこの世界に留まりたかった。目覚めるのを待ってくれている母のためにも、いつかこの日々に終わりを告げ、自分の人生を生きるという強い意志も抱《いだ》いている。そのこと自体が悪いことだとは思っていない。どんな人間だって、生に執着するのは当然だ。それに、何故自分がこんな状況に陥ったのかもわかっていない。誰が、何のために自分をこんな目に遭わせたのか。そこに、どんな意味があったのか。それらを解き明かすまでは、消えてしまうわけにはいかないのだ。たとえそんな自分の存在が櫛備の重荷になってしまっているとしても、やめるつもりはなかった。そして、そうならないためにも助手としての仕事を続けたいと思っている。

そりゃあたしかに、櫛備の助手になるのは自分なんかよりも生きた人間の方がいいに決まっている。そのうえで霊を視て対話ができる人間なら尚更だ。そういう意味では、修平を羨ましいと感じたのも事実だし、どんな事情を抱えているにしても、今の修平が助手ならば櫛備の負担が大きく減るのも事実だろう。

けれど今、修平に櫛備の助手を続けていこうという気持ちは見られない。彼を支えるどころか、敵意を剝《む》き出しにしているこんな状態では、下手をすると除霊だってうまくいかないかもしれない。今回の仕事に臨むにあたって、美幸はそんな一抹の不安を拭《ぬぐ》いきれずにいた。

「大丈夫なのかな……」

思わず声が漏れる。たとえ今日を乗り切ったとしても、修平との問題が解決しない限り、このもやもやは晴れることはないのだろう。

それに、と重々しい息をつき、美幸はあえて目を逸らしていた気がかりな問題に意識を向ける。

――櫛備十三が人殺しだってことさ。

強く見開かれた修平の目を脳裏に浮かべ、美幸はたまらず頭を振った。何よりも美幸の胸に重くのしかかっている問題。いや、疑惑と言った方がいいだろうか。修平の驚くべき発言を受け、真っ先に美幸が抱いたのは馬鹿馬鹿しいという感情だった。あの櫛備に限って、人を殺すなんてありえない。それこそ、絶対にと言い切ることだってできる。だがその一方で、心のどこかでは、そうとは限らないのではないかという疑惑《ぎわく》がしこりのように固まっているのだ。

自覚している通り、美幸は櫛備について、詳しいことは何も知らない。既婚者であることや、以前は普通の会社員として霊現象とは無縁な生活を送っていたこと以外、プライベートについては何も聞いたことがなかった。だから、彼が何故霊媒師をしているのかという詳しい事情も、美幸は知り得ない。

もしかするとそこには、自分なんかの想像をはるかに超える、壮絶な過去が秘められていて、その頃の櫛備十三は、美幸が知るような人間とは違った一面があったのかもしれない。それこそ、修平の恨みを買うような行いをしていた可能性だってあるのだ。

そう思うと、もはやいてもたってもいられなかった。すぐにそのことを確かめたい。そう思うのに、それでも美幸は、櫛備に対してあと一歩踏み込むことができなかった。余計な詮索をして櫛備に嫌われることが怖いわけじゃない。強いて言うなら、自らが思い浮かべる最悪の結末が現実になるのが怖かったからだ。

けれどもっと嫌なのは、なんだかんだ言い訳をして、櫛備にぶつかっていく意気地のない自分だった。櫛備にとって過去は特別重大な意味を持つものなのだろう。少なくとも、彼が生半可な動機で霊媒師をしているわけでないことは、美幸にも理解できる。そして、だからこそ彼がその動機となる出来事をひた隠し、自分に話してくれないのは、櫛備にとって美幸がその程度の関係であるということを証明している気がしてならなかった。櫛備に本当のことを問い質《ただ》して、もしそのことを思い知らされるようなことを言われたら。言葉の端々に彼の本心が垣間《かいま》見えてしまったら……。

きっと自分は、彼の助手ではいられなくなる。修平に向けられた言葉を聞き流すこともできなくなるだろう。そんなことになるはずがないと、百パーセントの気持ちで言い切ることが、美幸にはどうしてもできなかった。何故なら自分が櫛備の重荷になっていることは、変えようのない事実なのだから。

「もう、どうしたらいいのかな……」

ついネガティブな発言が口を突いて出る。こんな悩みを相談できる相手がいるわけもないので、こんな風にして吐き出すしかないのだ。

あれこれ考えているうち、気づけば美幸は三年二組の教室の前に来ていた。掲げられたプレートを見上げ、そこがかつて自分が通っていた教室だと確かめた途端、鬱屈《うっくつ》した気分のせいで忘れていた懐かしさが再びこみ上げてくる。

「——あれ」

その懐かしさとは無関係に、間の抜けた声が出た。教室の前方にあたる戸が、少しだけ開いている。ちょうど人一人が通れるくらいの隙間。

こんな時間に誰かいるのだろうか。そう思ったものの、すぐにそんなはずはないと思い直した。今夜、この校舎で心霊番組のロケが行われることは学校関係者に周知されているはずだし、もし仮に撮影を盗み見ようとして生徒が侵入していたとしても、撮影場所となる一階東側廊下とこの教室とはかなりの距離がある。こんな所にいても、撮影を見物できるはずもない。

——だったら、いったい誰が？

内心で問いかけながら、美幸はそっと教室内を覗き込んだ。澄んだ冬の空に浮かぶ眩《まばゆ》い月の光によって、教室内はそこそこ明るい。その光に照らされた窓際に、制服姿でこちらに背を向け、校庭を見下ろしている少女の姿があった。

「やっぱり、誰かいたんだ」

美幸が思わずそう呟《つぶや》いた瞬間、窓辺に立つ制服姿の少女が突然振り返った。白く透き通るような肌に垂れ気味の優しい目。二つ縛りにした長い髪。すらりと細い体《たい》躯《く》が印象的な、か弱い少女といった風情の女の子だった。

「――誰？」

咎《とが》めるような声で言われ、美幸は思わず息を呑む。だが更に驚いたのは、その少女がしっかりと美幸の姿を捉えていることだった。

美幸はそっと足を踏み出し、教室に入る。ゆっくりと歩を進めるその間にも、少女は美幸から目を離さなかった。

「私の姿が、視えてるの？」

少女はうなずく。そこで美幸は更にはっとした。少女は月明かりを背にしているが、その影は教室内に見当たらない。そのうえ、月の光に溶け込むかのように、制服や肌がほんのりと透き通っているのだ。

「まさかあなた、幽霊？」

少女は再び、うなずいた。遅れて気がついたけれど、冬だというのに彼女が着ているブラウスは半袖だった。よほどの暑がりでもない限り、彼女がまともな人間でないことは明らかである。

美幸は生唾《なまつば》を飲み下し、緊張の眼差しで相手を見据えた。同じようにこちらを見つめる少女の眼差しは相変わらず鋭かったが、表情に敵意は感じられない。突然襲いかかられるようなことはなさそうだ。

「そう、実は私も似たようなものでね。あなたの姿が視えるのもきっと――」

「うん、なんとなくわかる」

少女はやや食い気味に言って、ふっと笑みをこぼす。思いがけず柔らかな笑顔を向けられた瞬間、美幸は何故か、胸を締めつけられるような切なさを感じた。

この気持ちが何なのかを美幸が理解するよりも早く、少女は言った。

「久しぶりだね。美幸ちゃん」

「久しぶりって……あなた、私を……」

知っているの？　そう訊こうとした美幸は、しかし寸前で言葉を切った。そして気づく。少女が誰なのか。何故自分を知っているのか。

「――理絵《りえ》ちゃん？　理絵ちゃんだよね？」

「うん、そうだよ。覚えててくれたんだ」

「当たり前じゃない！　うわあ懐かしい！」

美幸は叫ぶように声を上げながら理絵に駆け寄る。理絵もまた同じように、泣き出しそうな顔をして何度もうなずいた。

「ホント懐かしいね。会えて嬉しいよ！」

「私だってそうだよ。ああもう、どうしてすぐに気づかなかったんだろ。自分の記憶力の弱さにうんざりしちゃう」

　自嘲気味に嘆いた美幸に、理絵は苦笑混じりの笑みを浮かべる。

「そんなことないよ。ちゃんと思い出してくれたじゃない」

「でもどうして？　理絵ちゃんは高三の夏に――」

　美幸はそこで言いよどんだ。その先を、理絵が引き継ぐ。

「そう。死んでるよ。だからこの通り、幽霊になっちゃったみたい」

　両手を広げ、半袖の夏服をアピールする。美幸は口中でやっぱり、などと呟きながら、呆《ほう》けたような心地でうなずき返した。

　溝口《みぞぐち》理絵は、高校三年生の夏に校舎の屋上から飛び降りて自殺した。生前の彼女はこんな風に明るく笑顔を浮かべるようなタイプではなく、どちらかというと、教室の端っこでいつも退屈そうに窓の外を見ているような大人しい生徒だった。特別仲がいいわけでもなかったけれど、たまに会話をする間柄ではあった。

　そんな理絵がある男性教師と付き合っているという噂が校内に流れ始めたのは、美幸たちが三年に進学してすぐのことだった。広瀬敏和《ひろせとしかず》というその教師は大学を卒業し、月ヶ谷高校に赴任して二年足らずの若手教師だった。噂が広まり、校長らに事実関係を追及された彼が逃げるように学校を去った結果、噂は周知の事実として認識され、残された理絵が周囲から白い目で見られるようになった。

誰かが表立って彼女を虐《いじ》めたわけではない。ただ周囲の人間が皆、彼女についての噂を耳にしたせいで、腫《は》れ物に触るような態度をとるようになり、自然と会話する者がいなくなった。何を隠そう、美幸もそのうちの一人で、周囲との間に壁を作ってしまった理絵に対し、どう接したらいいのかがわからず、無意識に彼女を避けるようになってしまっていた。

数年が経った今となっては、普通に接していればよかったと後悔している。何も気にせず、たわいのない話をしておけばよかったのだと。しかし当時はそれができなかった。彼女との関係が噂された広瀬という教師が、その整った顔立ちや兄貴肌な人柄のせいもあって、男女問わず人気者だったことも大いに関係しているだろう。特に女子生徒からは人気絶大で、ラブレターやバレンタインデーのプレゼントを渡す生徒も少なくなかった。

かくいう美幸も一度、ほのかな恋心をしたためた手紙を広瀬の下駄箱に忍ばせたことがある。もちろん、そのことについて本人から返答などあるはずもなく、一人寂しく枕を濡らしたのだが、そんな若気の至りも今となってはいい思い出である。

そんなごくありふれた高校時代の思い出に、今も小さなしこりとなって残っているのが理絵の自殺だった。夏休み直前の蒸し暑い日。いつものように登校した美幸は、人だかりのできた正面玄関脇の自転車置き場の通路にべったりと広がった大量の血痕を見た。後になって、学校側からはその日の早朝に理絵が屋上から飛び降りたと知らされた。自殺の動機は説明されなかったが、疑問を呈する者はいなかった。理由など、誰の目にも明らかだったからだ。

「美幸ちゃんはどうして……？」

不意に問いかけられ、美幸は物思いから立ち返った。理絵は遠慮がちな眼差しをこちらに向け、最後まで口にするのを躊躇《ためら》っている。

「ああ、これはね、ちょっと説明が難しいんだけど……」

美幸はこれまで自分の身に起きたことをかいつまんで説明する。目の前にいる同級生が、命を落としたわけではなく、一時的に肉体から離れている状態であることを理解した理絵は「そうなんだ」と安堵《あんど》の声を出し、朗らかに笑った。

「それにしても驚いた。理絵ちゃん、あなたもしかして、あの夏からずっとここにいるの？」

「どうなのかな。よくわからないけど、気がついたのはたぶん美幸ちゃんたちが卒業してからだと思う。目を覚ます時はいつも夜で、校舎からは出られないけど、外の風景を見ていると何となくの季節はわかるから」

「最初に目覚めた時は、自殺した頃の季節とは違ってたんだね？」

「うん、多分春だった。入学式のシーズンっていうのかな。入学おめでとうみたいな垂れ幕がかかってたし、桜も咲いてたから」

つまり、自殺した翌年以降の春に、彼女は霊として現れるようになったということだ。

「ねえ、どうして自殺なんか……」

ずっと気になっていたことを言いかけて、美幸は口をつぐんだ。今更そんなことを訊いてどうするのか。好奇心から相手のデリケートな部分に踏み込もうとする自分を内心で叱りつけ、頭を下げて理絵に謝罪した。

「ごめん。無神経だったね。つい、いつもの癖でつい訊いちゃった」

気にしないで、と言ってから、理絵は小首を傾げた。

「いつもの癖って？」

「さっき、私を助けてくれた霊媒師の話をしたでしょ。その人の助手になって、色々な霊と話をしてきたから、理絵ちゃんのことも気になっちゃって」

「なるほど、それで今夜ここに来たんだね」

理絵は合点《がてん》がいったようにうなずく。

「そういうこと。理絵ちゃんはこの学校の『鏡の幽霊』の噂って知ってる？」

「うん、大体のことはね。この間も、警備員さんが怪我をしたって騒ぎになってたから」

「その噂って、本当なのかな？」

「っていうと？」

理絵は不思議そうな顔をして首をひねった。そんな彼女に対し、美幸はまくしたてるように言葉を紡いでいく。

「だって、私たちが在学中にそんな噂はなかったじゃない？　せいぜい、中庭の桜の木の下に好きな人の持ち物を埋めると両想いになれるとか、逆に嫌いな人の持ち物を埋めると不幸にさせられるとか、そんな程度だった。東側廊下の突き当たりは開かずの間とか言われてたけどただの物置だったし、そこを塞ぐように鏡が置かれたからって、何かおかしなことが起こるとも思えないんだよね。それに、被害に遭った人は『鏡の中の自分に襲われた』って言ってるらしいんだけど、それって霊がどうのってより、単なる錯覚とか見間違いとかじゃないかなって思うんだ」

腕組みをして苦笑しながら、美幸は率直な意見を述べた。理絵もまた同様に腕組みをして考えるような仕草を見せ、

「それを確かめるために、美幸ちゃんたちが来たんでしょ？」

「まあ、そうなんだけどね。でもうちの先生はすごくいい加減な人だから『鏡の幽霊』の噂が本当であれ嘘であれ、適当にでっち上げたストーリーで番組を盛り上げて、除霊したってことでまとめちゃうつもりだから。噂の真相を確かめるっていうのとは、少し違うかもしれないんだよね」

「それは……すごい人なんだね……」

感心する以上に、驚きを隠しきれないといった調子で、理絵は苦笑いする。

「そうなの。とにかくものぐさで腰が重くて、隙あらばさぼろうとするダメな大人の典型みたいな人だから、ちゃんと仕事をさせるだけでも一苦労だよ」

ついつい日頃の鬱憤《うっぷん》が噴出し、愚痴が止まらない。その後もひとしきり榊備に対する不満を口にした美幸がふと気づくと、理絵はどことなく重々しい表情をして俯《うつむ》いていた。

「どうしたの、理絵ちゃん？」

理絵はしばらくの間、俯いたままで何も言わなかった。が、やがて決心したようにゆっくりと顔を上げ、

「――噂は本当だよ。私見たから」

「見たって、何を……？」

問い返す声がわずかに震えた。美幸は息を呑み理絵の答えを待つ。

理絵は窓の外――やけに大きく、青々とした光を放つ月を見つめながら、どこか苦しげに、呻《うめ》くような口調で言う。

「怪我をした警備員さんが鏡の中の自分に襲われるところ――ううん、自分で自分の頭を殴るところを見ちゃったから」

どこからともなく吹いた冷たい風が身体をすり抜けていく。死肉から漂うような生臭さを感じさせるその風に、美幸は強い怖気《おぞけ》を感じた。

3　亀岡

「みなさん、ご覧くださぁい。こちらが私立月ヶ谷高等学校にある『霊の映り込む鏡』でぇす。こうして見るとただの鏡にしか見えませんが、世にも恐ろしい悪霊が取り憑いているそうですぅ」

いやぁん、こわーい。とわざとらしい声を出して、レポーターを務める女性が両手を頬の辺りに添え、ぷるぷると頭を振る。それから、隣にいる櫛備十三へとマイクを向けて「どうですかぁ？　櫛備せんせぇ、何か感じますかぁ？」と問いかけた。櫛備は廊下の突き当たりに設置された縦二百センチ、横百八十センチの大きな姿見をじっと見据え、数秒のタメを作ってから重々しく口を開く。

「ええ、感じます。この鏡に塗り込められた死者の怨念《おんねん》を」

「し、死者の怨念！　ひぇえええ！　どうしよう、こわいですぅー！」

仲塚英玲奈《なかつかえれな》とかいうこの女性レポーター、元はグラビアアイドルをしていたらしく、コートの下は薄手のブラウスにミニスカートという格好で、見ているこっちが寒くなるほど胸元がはだけている。抜群のスタイルと過剰なまでのリアクションを武器に撮影を盛り上げようとしているようだが、その演技がどうにもわざとらしく感じられ、私は鼻をつまみたくなる衝動を必死にこらえていた。隣に立つ畠山も、茶番じみたわざとらしいやり取りを前に、退屈そうな溜息を漏らす。

だが、そんな我々の反応などいざ知らず、櫛備十三は大真面目な顔で鏡に手を触れ、そこにある何かを見出そうとするみたいにじろじろと眺めまわしている。

「鏡というのは古《いにしえ》より、霊的なエネルギーを持つアイテムとして重宝されてきました。霊の通り道とされていたり、あの世とこの世の境界を繋ぐ役割があったり、そうかと思えば、『浄玻璃《じょうはり》の鏡』のように、善悪を見極めて人の罪を暴くこともある。ゆえにこの鏡は扉の役目を果たし、多くの霊を学校内に呼び寄せているのです」

「鏡に映った自分が襲ってくるというのは？」

英玲奈が身を乗り出し、マイクを更に近づける。

「それはおそらく、霊と接触したことによる影響で幻覚を見たのでしょう。悪質な霊と接すれば、人はしばしば、そういう幻を見ることがある」

すらすらと、まるで用意された台本を読み上げるかのように語る櫛備。彼の発言が本当かどうかなど私には判断のしようがないが、どうにもこの胡散臭《うさんくさ》い、作り物めいた雰囲気には辟易《へきえき》してしまう。

「鏡の世界にいる怪物が人間を引きずり込む、なんてことはありませんかぁ？」

英玲奈の質問に、櫛備はやや呆れた様子で頭を振った。

「それはないでしょうねえ。そもそも鏡の世界なんてもの自体、存在するのかが私には疑問です。鏡というのは光の屈折によってそこにあるものを映し出すわけですから、たとえば霊が何らかの拍子にその屈折に紛れて映り込むことはあっても、鏡の中に入り込むなんてことはありえないのです。鏡の世界や鏡の国などという概念は、それこそアニメや漫画の世界でのみ通用するものでしょう」

自信たっぷりに言い放った櫛備に、英玲奈は感嘆の声を漏らす。そんな二人の背後から、カメラが姿見を煽《あお》るようにズームアップしたところで「カット」の声が上がった。ディレクターの設楽耕太郎《こうたろう》の合図で休憩が挟まれたのだった。

張りつめていた空気がすっと弛緩し、和やかなムードが流れた。ＡＤの脇坂詩織《しおり》をはじめとする撮影クルーは二階へと続く階段に腰を下ろし、各々、飲み物を飲んだりスマホをいじったりしながら一息入れ始める。

「畠山くん、ここは私が見ておくから、君は職員室へ戻るといい」

「そんな、亀岡先生がここにいらっしゃるのに私だけ戻るわけには……」

いつもの調子で私に気を遣っているのだろう。食い下がろうとする畠山を手で制し、私はゆるゆると首を横に振った。

「気を遣う必要はないよ。ここにいて彼らの撮影を眺めているだけでは退屈だろうし、先月のいじめ問題に関する意識調査アンケートを集計して理事会に報告しなくてはならないんだろう？　教頭としての仕事を代わってやることはできないからね。こっちは私に任せて、まずはそちらを片付けてしまいなさい」

畠山は後ろ髪をひかれるような顔をして、どうするべきか考え込んでいたが、

「亀岡先生がそうおっしゃるなら、お言葉に甘えて……」

と、申し訳なさそうに一礼して踵《きびす》を返した。かつかつと高い音を響かせながら、畠山が階段を上っていく。夜の静寂に響き渡る靴音を聞くともなしに聞きながら、私は小さく息をつき、改めて周囲を見回した。

ああは言ったが、このまま撮影について回り、さほど興味も湧かない番組の撮影を眺めているというのは正直言って苦痛だった。ディレクターの設楽は見た目は少

しばかり軽々しい印象を受けるが、礼儀正しい仕事人のようだし、他のクルーにしても悪さをするような連中には思えない。目を離しても、こちらが困るようなことはしないだろう。私も適当なところで区切りをつけて職員室に戻り、残っている仕事を片付けてしまおう。

そんなことを考えながら、何気なく視線を巡らせると、廊下の壁に背中をもたれかけ、腕組みをしている青年と目が合った。修平、と呼ばれていた櫛備の助手だ。若く快活な見た目とは裏腹に、彼が湛《たた》える雰囲気はひどく陰鬱《いんうつ》で、何かに強い怒りを抱いているかのようである。視線の先には、何事か考え込むようにして窓の外に浮かぶ青い月を見上げている櫛備の姿があった。

そういえば、と私は内心で疑問を抱く。この青年は櫛備の助手であるはずなのに、この校舎に入ってきてからというもの、二人が話をしているところを見ていない。ここへ来るまでの間に喧嘩でもしたのか、あるいはもともと彼らの関係はそんな風に冷えきっているのだろうか。

色々と想像を巡らせてみたものの、わざわざ確認するようなことでもないし、そもそも私が気に病むようなことでもない。彼らには彼らの事情があるわけだし、他人がむやみに首を突っ込むべきでもないのだろうから。

内心で独りごち、くるりと踵を返した私は、廊下の先へとあてどなく歩き出す。

そのまま歩を進めた私の目の前には、件の鏡があった。

鏡は壁のほとんど一面を塞ぐような形で設置されていて、正面に立つと見上げるほどの大きさがある。基本的に校内の清掃は教職員や生徒が行うという名目はあるが、それだけではとても賄えるものではないため、清掃業者に委託してあった。この鏡も同様に、業者の手によって磨き込まれているのか、一点の曇りも見られなかった。

鏡に映り込んだ自分と対峙し、しばし眺めてみる。噂が流行してからは、何度もこの場所に足を運んでいるし、鏡に自分の姿を映すのも初めてではない。だが、わざわざこんな夜に足を運んだことはなかった。幼稚な怪談話など信じていないし、何が起きるわけでもないと頭ではわかっているのだが、いざこうして鏡に自分の姿が映り込んでいるのを前にすると、なにやら落ち着かない気持ちになってくる。

馬鹿馬鹿しい、と口中に毒づき、年輪を重ねた自分の顔を改めて見つめる。すると今度は自分があまりにも疲れた顔をしていることに気がつき、つい嘆きたくなった。まだまだ若い者には負けないと思っていたが、いつの間にか目には力がなく、表情に覇気を感じられない。身体は縮み肩も丸まった。もはや老人ではないかと自分で自分が哀れに思えてくる。

教師になって早三十年余り。気づけばこんなにも年を取っていたのか。思い返してみれば色々なことがあった。若者にものを教えるという仕事は楽しい。だが楽しいばかりではやってこられなかった。悔しい思いもした。生徒と本気でぶつかり合い、時には恨まれることもあった。しかし、それ以上に彼らの人生の一場面に関わり、強く歩み出していく背中を見送ることができたのは幸せなことだと思っている。彼らにとって私など、長い人生の中でほんの一瞬関わっただけの面倒な教師でしかない。しかしそれでも、何か一つでも彼らの人生の役に立つことができていたのなら、教師になった甲斐があったというものだ。

そんな感傷に浸る一方で、私の胸には、ずっと引っかかっている一つの苦々しい記憶があった。あの時もし違う選択をしていたら、あんな悲劇は起こらなかったのではないか。そんな疑問を何度自分に繰り返しただろう。考えても詮ないことではあるが、考えずにはいられなかった。ずっと忘れていたはずなのに、この『鏡の幽霊』の噂が広まり始めてからというもの、折に触れてそのことを考えてしまう。

いや、実際のところ鏡は関係ない。私が気にかけているのは、この学校に現れるという女子生徒の幽霊の方で……。

その時、視界の端で何かが動いた。正確に言えば鏡の中で、である。

思わず目をしばたたき、後方を振り返る。特にさっきと変わった様子はない。視線を戻し、ぐっと目を凝らして鏡の中を——そこに映った自分の姿を見つめる。何の変化もない、くたびれた中年の姿があるだけだ。単なる気のせいか。もしかすると疲れているのかもしれない。半分安心、半分落胆したような複雑な気持ちで、私は息をついた。

そういえば最近、季節の変わり目で身体が冷えて、よく眠れていない気がする。やはり暖房の効いた職員室に戻ってコーヒーでも飲んでこようか。そんなことを考えながら再び踵を返そうとした私は、そこではたと動きを止めた。

何か、強烈な違和感が心中に広がっていく。

――なんだ、今のは……。

ほんの一瞬、何かが視界を横切った。信じられない思いで鏡に目を凝らすと、再び何か、黒い影のようなものが、私の背後をひゅっと通り過ぎていく。

「なん……あ……」

自分でも理解不能な声が出た。明らかに不自然な『何か』が鏡の中を何度も行き来して、鏡に映る私の背後や足元に見え隠れしている。その黒い『何か』はやがて、背後から私の身体を覆い隠すように大きく膨れ上がった。

次の瞬間、全身をがっちりと摑まれたみたいに自由が利かなくなった。そして、二の腕のあたりにわずかな痛みが走ったかと思えば、自分の意志とは無関係に、右腕がゆっくりと持ち上がっていく。

「あ……う……」

すぐそばにいる櫛備や撮影クルーに助けを求めようとしても、言葉が出てこない。まるで喉に真綿を詰められたみたいな圧迫感があり、呼吸すらもうまくできなかった。どうなっているんだという自分の声が頭の中に虚しく響く。

あの黒い『何か』によって、私の身体は完全に支配されていた。鏡の中の自分の意のままに、望まぬ動きを強いられている。まさしく鏡の中の自分に身体を支配されるという、馬鹿げた妄想が現実味を帯びて襲いかかってきた瞬間であった。己の身に起きたその事実が、とにかく不気味で恐ろしかった。

どれくらいの時間、私は恐怖に慄《おのの》いていたのだろう。背後から私を拘束している黒い『何か』はその触手めいた指先を伸ばし、私の手を上着の内ポケットへと運んで、取り出した万年筆のキャップを指で弾くようにして外す。かつん、という高い音がして、キャップが床を転がった。どれだけやめろと念じたところで身体は言うことをきかない。黒い『何か』によって完全に支配された私の手は万年筆を逆手に持ち、先端を右目とこめかみの間に当てがった。

「やめ……や……め……」

声を絞り出し、必死に抵抗しようとするも思い通りにはいかなかった。鋭く尖った筆先がブスリと皮膚を破る。痛みを感じるのと同時に流れ出した血が頬を伝って落ちていった。

「や……め……たす……」

かろうじて発した言葉も虚しく、右手に込められた力がさらに増していく。ずぶずぶと嫌な音を立てて筆先が皮膚の中へと入り込むたび、激痛に呻《うめ》き声が漏れた。血がとめどなく溢れては顎を伝ってシャツを赤く染めていく。ぶるぶると震える左腕に更なる力が加えられ、筆先はやがて眼球へと向かい――

「やめろ！」

一瞬、何が起きたのかわからなかった。気づけば私は両手を摑まれ、壁に押しつけられていた。体格のいいカメラマンが私の左腕を押さえ、設楽が右腕を押さえている。そして、一足遅れてやってきた櫛備が、私の手から血にまみれた万年筆を奪い取った。

「亀岡先生、何をなさっているんですか？」

「いや、私はその……」

ぎこちなく応じた後で、私は自分が言葉を発していることに気づく。同時に、彼らに押さえられた身体が自由を取り戻していることにも。

「違うんだ。これは私じゃなくて鏡の中に……」

説明しようとする私の声を、しかし甲高《かんだか》い悲鳴がかき消した。少し離れた位置で、ＡＤの詩織とレポーターの英玲奈が身を寄せ合うようにして何事か叫んでいる。彼女たちのすぐそば、水飲み場の鏡の前では、照明係の男性が、逆手にしたカッターナイフを高く掲げ、自らに向けていた。

「おい、何やってんだ！」

設楽が叫ぶ。しかし、この位置からすぐに照明係の所へは駆けつけられず、悲痛な叫びが夜の校舎に響くばかりだった。

ナイフが振り下ろされ、切っ先が照明係の首筋へと突き立てられようかというまさにその瞬間、素早く駆け寄った修平が、体当たりよろしく照明係の男性へと突進した。もんどりうって倒れ込む二人の身体。からからと床を滑っていくカッターナイフ。あおむけに倒れ、修平に両手を押さえられた照明係は「違う！　俺じゃない！　鏡……鏡が……」と意味不明な言葉を発している。

この時、他の誰にも理解できないであろう彼の発言を、しかし私ははっきりと理解していた。あの照明係は私と同じように、鏡の中に現れた黒い『何か』によって身体を支配され、己の身に刃を突き立てようとしたのだと。

「何が起きているんですか櫛備先生。これは霊の仕業なんですか？」

設楽の鋭い質問に対し、櫛備はすぐに返答をしなかった。彼は手にした私の万年筆と、床に倒れて修平に押さえ込まれた照明係、そして水飲み場の鏡と、廊下の突き当たりにある巨大な姿見を順繰りに見据えながら、小さく頭を振った。

「霊の仕業ねえ。もしそうだとしたら、話は簡単なんですが」

「どういう意味です、それは？」

設楽が頭に疑問符を浮かべている。要領を得ない櫛備の返答に苛立ってもいる様子だった。

「きちんと答えてください。これは霊の仕業なんですよね？　鏡に取り憑いた霊が俺たちを……」

「――違う。そうじゃない」

きっぱりと、よどみのない口調で否定したのは修平だった。思わぬ方向から言葉を返され、設楽は困惑がちに修平を見やる。

修平は照明係が身体の自由を取り戻したことを察し、彼から手を離して立ち上がった。さっきまでの憮然とした表情は影を潜め、代わりに強い意志の光をその目に宿している。

「俺には霊の姿なんて視えなかった。櫛備さんだってそうですよね」

確認しながら修平は櫛備を見た。それに対し、櫛備は目だけでうなずきを返す。

「そのようだねえ。僕にも霊の姿なんて視えなかったけど、ほんの一瞬だけ鏡の中に写り込んだ黒いものは見えた。亀岡先生も照明の青柳《あおやぎ》さんも、自分の意志ではなく、その黒い『何か』によって危害を及ぼされたのだとしたら、『鏡の幽霊』の噂が本当であることを認めないわけにはいかないようだね」

櫛備は力なく笑いながら、隙のない眼差しを突き当たりの姿見へと向けていた。

「……そうなんだ。私は……身体が勝手に……」

自分の身に起きたことを彼らに伝えなければならない。そう思って言葉を絞り出していたのだが、うまく口が回らなかった。それどころか最後まで言いきるより先に、私は強い眩暈《めまい》を感じてたたらを踏んだ。痛みのせいで右目はほとんど開かず、左目だけで周囲を窺う。櫛備と修平、そして撮影クルーの驚いた顔が私に集中している。

いた。傷口から流れる血が焼けるように熱く、濡れたシャツが肌に張りついている。

「亀岡先生！」

誰かが私を呼ぶ声がした。それが誰かという考えに至る前に、私の意識は急速に暗転し、そして、ぶつりと途切れた。

4　修平

保健室の扉を開いて、俺は中を窺う。確認するまでもないが、室内には誰もいなかった。

「さあ、こっちに」

部屋の奥にあるカーテンをしゃっと開けて、ベッドの毛布をよけた。設楽とカメラマンの西島《にしじま》が二人がかりで亀岡をその上に寝かせる。

「これで傷口を押さえましょう」

ＡＤの詩織が保健室内にあったタオルで亀岡先生の顔の傷を押さえた。

「出血は多いが、眼球を潰されてはいないようだから、大事には至らないだろう。けれどまあ、早めに病院に行った方がいいのは間違いないな」

そう言って、櫛備十三は小さく息をついた。

「病院もそうだけど、さっさとここから出るのが先じゃないかしら？　なんかいつもの撮影と違って、かなりやばい感じがするんだけど……」

不安そうに声を彷徨《さまよ》わせたのは英玲奈だった。その意見には俺も同感だ。こんなことが起きてしまった以上、ロケなどしている場合じゃない。すぐに救急車を呼んで亀岡を搬送してもらうべきだろう。

「それはそうかもしれないんだけどねえ。ちょっと難しいんじゃあないかな」

「難しいって、なんで……？」

問いかけた英玲奈は、そこではっとする。彼女の眼差しは保健室の窓を見据えており、その窓の向こうは、どういうわけか、白く澱《よど》んだ闇に覆われ、外の様子が全くと言っていいほど見通せなかった。

「なにこれ、霧？　来た時はこんなじゃなかったのに……」

「ただの霧にしちゃあ、随分と濃くないか？　窓の外が真っ白だぞ」

「おい、どうなってんだよこれ。この窓開かないぞ」

撮影クルーが、口々に困惑を露《あら》わにする。俺も自分で試してみたが、彼らの言う通り窓はびくともせず、白く濁った霧のようなもののせいで外の様子も全くわからない。まるで、この校舎だけが現実の世界から切り離され、白い霧で満たされた異空間に浮かんでいるような奇妙な感覚。その不気味な状況を前に、身体中の毛が逆立つ思いがした。

「試してみなければ確かなことはわからないが、十中八九、ここの窓だけじゃなく、廊下の窓や玄関なんかも、開かなくなっているだろうねえ」

「まさか、閉じ込められたってことですか？　やっぱりここは鏡の中の世界なんじゃあ……？」

信じられないとばかりに声を上げた設楽に対し、櫛備は冷静に頭を振る。

「さっきも言いましたが、鏡の世界などというものは存在しませんよ。この奇妙な霧はともかく、我々を校舎の中に閉じ込めているものがあるとするなら、それは霊なんかではなく、セキュリティ会社のシステムだ」

　櫛備はそう言って、窓の一部分を指差した。本来、鍵が設置してあるであろう部分には、小さな黒い箱のような装置が取り付けられ、赤いランプが発光している。スマホのライトで照らしてよく見ると、その機械には有名なセキュリティ会社のロゴマークが刻印されていた。

「そういえば、教頭先生が言ってたよな。校内にはセキュリティシステムが作動しているから、出入りする際は申し出るようにって」と設楽。

「だったら、そのシステムを解除すれば外に出られるのよねぇ？」

　すがるような声で英玲奈が言う。

「職員室にいるであろう教頭先生か警備員室に言えば可能だろうけど……内線電話も夜間は使えないみたいだねえ」

　内線電話の受話器を摑んで耳に当てた櫛備は、短い溜息の後に受話器を戻した。

「畠山先生に直接電話してみたらどうですか？　亀岡先生なら同僚だし、連絡先くらい知ってるかもしれませんよ」

　言いながら自身のスマホを取り出した設楽は、そこで表情を固める。

「圏外……かよ……」

　彼の落胆した一言に、一同の表情が更に曇った。

「警備システムが電波まで遮断するというのは考えにくいから、そっちはおそらく、この怪異の影響でしょうねぇ」

　結局は怪異が関係しているということらしい。こんな状況にありながら、我関せずとばかりに平然としている櫛備に、俺は苛立ちを募らせるばかりだった。

「外に出たとしても、この霧じゃあ校門の所までも進めないいんじゃないですか？」

　詩織の冷静な一言に、設楽はいよいよ言葉をなくし、頭を抱えてしまう。

「本当に鏡の世界じゃないのよね？」

　しつこく確かめようとする英玲奈に対し、櫛備はさもおかしそうに笑った。

「それはありえない。古くから伝わる由緒正しき青銅鏡ならまだしも、あの姿見は近代的かつ一般的な『鏡』そのものだ。ガラスと銀の薄い膜で作られた板が対象を反射させて像を結んでいるだけで、その中に世界などあるわけがないのですよ」

「だったら、どうしてこんなことになっているとお考えですか？」

　やや強い口調で割って入った俺の質問に、櫛備は一瞬、戸惑うように沈黙した。しかしすぐに肩をすくめ、顎の無精ひげを撫でる。

「そうだねえ。やはり鏡が霊的なものの『通り道』になっていると考えるのが妥当じゃあないかな。『合わせ鏡』の怪談話もあるわけだし、そういった類のものが悪さをしているんだろうねえ」

「それって、合わせ鏡の何番目かに悪魔が覗くっていう怪談ですよね。小学生の頃に聞いた覚えがあります」

詩織が記憶を辿るようにして言った。櫛備は杖の先で彼女を指して肯定し、

「鏡が霊的な扉の役割を果たし、この世ならざる何かを呼び寄せた。それが、あの鏡に映った人間に危害を加えているという説なら、ありえない話じゃあないということだよ」

「扉の役割を……」

半ば無意識に繰り返しながら、俺は内心で膝を打っていた。つまりは、もともとこの校舎に存在した霊的な何かが、あの場所に鏡が置かれたことで外部に影響を及ぼすようになったと、そういうことなのか。

「さっき、亀岡先生や青柳さんがおかしな行動をとったのも、それが原因なの？鏡から出てきた何かに操られたってこと？」

英玲奈の質問に、照明係の青柳がゆるゆるとうなずく。

「たぶんそうだ。あの時、鏡を見たら、何か黒いものが横切った気がして、そしたら次の瞬間、金縛りみたいに身体が動かなくなって……」

自分の身に起きたことを思い返しながら、青柳はぶるる、とその身を震わせた。

おそらくは亀岡も同じ状況に陥ったのだろう。自らの意思とは無関係に、鏡の中に

現れた黒い『何か』によって、自分自身に危害を加えてしまった。しかし、姿を映した人間を操り自傷行為に走らせるというその存在は、何が目的でそんなことをするのか。もしそれが幽霊なのだとしたら、俺や櫛備がその姿をはっきりと視認できなかったことが不可解でならない。鏡に映り込んだ黒い影のようなものを、ほんの一瞬目にしただけだ。以前、櫛備は霊を異空間に閉じ込めてしまう不可思議な屋敷での除霊案件があったことを話してくれたが、あの鏡もそういう役割を果たしているのだろうか。仮にそうだとして、異空間に存在する霊が生きた人間に干渉し、身体の自由を奪うことなどできるものなのだろうか。

――あるいは、全く別の何かが……？

だめだ。考えれば考えるほどわからない。こういう時は、現象や周囲の環境などを過去の経験と照らし合わせて推理するしか、怪異の詳細を解き明かす方法はない。けれど俺にはその経験が圧倒的に足りていない。ずっと、『視える』という己の体質から目を逸らし続けて生きてきた俺には、この状況を打開する方法を導き出すためのノウハウが皆無なのだ。

ずるずると思考の沼にハマりそうになっていた時、不意に櫛備と目が合った。じっとこちらを見つめる櫛備の眼差しは、思いのほか俺を敵視してはおらず、その表情には微かな笑みすら浮かんでいた。

「何がおかしいんですか。こんな状況で笑っていられるなんて」

とげとげしい言葉を向けても、やはり櫛備は機嫌を損ねることなく、出来の悪い生徒を見守るような慈愛に満ちた表情を浮かべている。

「変わらないねえ君は。あの頃と同じだよ。一見気さくそうに見えて、実は他人との間に壁を作り本音を語らない。きっと、家族に対してもそうだったんだろうねえ」

「な、何を……」

反論しようとした言葉が、不意に途切れた。まっすぐに向けられた櫛備の視線は、なおも俺を捉えて離さない。

「心を許したのは、梓《あずさ》だけだった。そうなんだろう?」

言葉が喉につっかえたみたいに何も言い返せなかった。一方、櫛備は俺が沈黙したことによって、心に抱えていた疑惑の答えを得たようだった。だがそのことに対して得意になるでも喜ぶでもなく、ただただ合点がいったという様子で何度もうなずいている。

何の話をしているのかと首をひねる撮影クルーを横目に、櫛備は手近にあった養護教諭のデスクの椅子を引いて腰を下ろした。

「……覚えていたんですか、俺のこと」

「いいや、忘れていたさ。君の顔を見ても、名前を聞いても、はじめは思い出せなかった。何しろ、最後に会ったのは十年近く前のことだからねえ」

十年。改めて告げられると、もうそんなに経つのかと驚いてしまう。

何か言い返すのも忘れて、俺の意識は彼女と初めて出会った日のことを振り返っていた。


小学四年の夏、俺が住んでいたマンションの隣室に櫛備十三とその家族が引っ越してきた。

その日、友達と一緒に近所の畑で蛙をとって帰ってきた俺は、マンションの入口に停まった引っ越し業者のトラックと、見慣れない車の後部座席から降りてきた一人の少女を見た。ややウェーブのかかった栗色の長い髪を肩に垂らし、少し日焼けした肌とくりっとした大きな瞳が印象的な少女だった。

目が合った瞬間、俺はきっと恋に落ちたんだと思う。すぐに目を逸らし、興味のないふりをしていたけれど、後日その少女が隣のクラスに転入したことを知って、俺は飛び上がらんほどに喜んだ。どうにかして仲良くなりたいと思ったけれど、クラスが違えば話す機会もない。だからしばらくは遠巻きに見ているだけだった。そんな俺と彼女との距離が近づいたのは、俺たちが住んでいたマンションで囁かれる奇妙な噂がきっかけだった。

当時、マンションのエレベーターには、夕方になると決まって現れる男がいた。といっても、生きた人間ではない。半年前に飛び降り自殺をした二十代の青年の霊だった。その青年は、大学受験に失敗して二浪した挙句引きこもりになり、やがて家族に暴力を振るうようになって、最終的には自室の窓から飛び降りた。だが、彼の部屋は四階で、一発で死ぬには高さが足りなかった。落下直後、頭蓋骨が陥没し、左手が複雑骨折した状態でありながらも彼は立ち上がり、エレベーターに乗って地上八階の屋上へ上がってから、改めてその身を投げた。夕暮れ時の、人の往来が多い時間帯で、その場に居合わせた多くの者が『飛び降り直す』彼を目撃していたという。

以来、夕方になると現れるようになったその青年の霊が怖くて、俺はエレベーターには乗らないようにしていた。俺の部屋は六階で、階段で上り下りするのはつらかったけど、潰れた頭から血を流し、おかしな方向に折れ曲がった腕をぶら下げた青年の姿を見るよりはずっとマシだった。

けれどその日は、いつもと事情が違っていた。クラスの友人とつまらないことで喧嘩し、いじけて帰ってきた俺は、エレベーターホールに佇《たたず》む櫛備梓を見つけた。向こうも俺を見て、何か言いたげに、それでいて何を言えばいいかわからないような顔をして、互いに視線をじっと交わしていた。

やがてエレベーターが降りてきて扉が開く。当たり前のように乗り込もうとする彼女を俺は思わず引き留めた。

「乗らないほうがいいよ」

「どうして？」

「だって……」

それ以上の言葉は続かなかった。外を見ると、彼方に沈みかけた太陽が逢魔《おうま》が刻《とき》を告げていて、ホールには闇が凝《こご》りつつあった。エレベーター内に視線をやると、彼女の斜め後ろに、虚《うつ》ろな眼差しをしたあの青年の霊が立っていた。その目が、いつこちらに向くかと考えただけで、当時の俺は震えるくらい怖かった。

けれどその時、彼女は俺の視線を追って背後を振り返り、すぐに視線を俺に戻した後でこう言った。

「大丈夫だよ。何にもしてこないから」

俺は雷に打たれたような衝撃を受けた。それこそ、脳天から足の先まで、数万ボルトの電流が駆け抜けたかのような凄《すさ》まじい衝撃。自分以外にあの青年の姿が視える人間がいたこともちろんだが、それ以上に、密かに憧れていた櫛備梓が、俺と同じものを——霊の姿を視ているということに驚きを隠せなかった。

彼女は軽く手招きをして俺をエレベーターの中に誘《いざな》った。彼女の言う通り、青年の霊は俺たちになど見向きもしなかった。六階で降り、屋上へと向かうエレベーターを見送った後、梓は俺を自分の部屋に招いてくれた。小学生に似合わず簡素で殺風景な部屋には、シックな色合いの学習机、シンプルなデザインの木のベッド、タンスやクローゼットが置かれ、本棚には、超常現象や心霊現象がらみの本が並んでいた。

幼い頃から、なんとなく霊が視えていたという彼女は、そのことを両親には話していないと言った。話したところで現実主義者の両親には理解されない。とりわけ父親は、そういったものをいっさい容認しない堅い人だからと苦笑していた。

霊が視えるという体質に対する彼女の捉え方は、当時の俺に大きな影響を与えた。彼女のおかげで心が救われたし、仲間がいるという安心感も得られた。何より、この体質との正しい向き合い方を教わった。

視えることは決して悪いことじゃない。怖いのはきっと相手も同じ。そう、どこか悲しげに語った彼女の顔を今でも鮮明に覚えている。

その日以来、俺の中で何かが変わった。俯きがちだった心に一本『芯』が通ったように、顔を上げて生きられるようになった。エレベーターの青年も、交通事故現場に佇む中年女性も、スーパーの休憩所でベンチに座ったままうなだれている老人も、みんな怖くなくなった。

――霊はそれぞれが未練を抱え、この世界に執着している。

それは、櫛備梓の口癖であった。

「何かしてあげられないかな」

いつもそんな風に言って、霊のことをじっと見つめていた彼女の横顔を、今もはっきりと覚えている。彼女ならいつか、本当に霊を助けることができるのではないかと思った。冗談ではなく、本気でそう思ったんだ。

けれど、そんな日が来ることはなかった。

何故なら、櫛備梓は……。


「大丈夫かい、修平くん？」

不意に声をかけられ、我に返った。顔を上げると、一同の注目を一身に集めていることに気づく。

「……教えてくれませんか、櫛備さん」

あえて先生と呼ばないのは、情けない俺の精いっぱいの抵抗。あの頃、霊の存在に怯《おび》えながら、誰にも助けを求められないでいた時と同じように、他人へ怒りを向けることで自分を守ろうとする臆病者《おくびょうもの》の虚勢でもあった。

「梓ちゃんの身に何が起きたのか。俺は本当のことを知りたいんです」

「ふぅむ、何のことだろうねえ。僕には見当もつかないが」

櫛備は軽口をたたくようにして曖昧に肩をすくめる。彼のその発言が、都合の悪いことから逃げようとする自衛の策であることは、わかりきっていた。

「あなたは何故、自分の娘を救えなかったんですか？」

続けて放った質問に対し、櫛備は何も言わなかった。最初から俺の声など聞こえていないかのように、涼しげな顔をして窓の外へと視線をやり、持ち手に金の装飾が施《ほどこ》された杖を手持ち無沙汰に弄《もてあそ》ぶ。そうすることで、見たくもない過去に蓋《ふた》をするみたいに。

それっきり櫛備は黙り込み、俺もまたそれ以上の追及をしなかった。水を打ったような静けさに、耳鳴りがする。

「――あの、何の話かよくわからないんですが、これからどうするおつもりですか、先生？」

息が詰まるような沈黙を恐れたのか、あるいは俺たちの話が平行線であることを察したのか、設楽が割って入ってきた。

「このままここでじっとしているのも悪くはないと思うんですが、それじゃあロケが滞ってしまいます。先生がもし、この状況から抜け出すために行動を起こすのであれば、俺たちはそれを見届けなくてはなりません」

「設楽さん、それは危険です。『鏡の幽霊』に関する謎が解明されていない以上、また誰かが身体を操られる可能性は大いにある。それこそ、今度は怪我じゃあ済まないかもしれない」

櫛備の返答に室内の空気がきんと冷えた。誰もが自分の身を案じ、身を焦がすような恐怖を必死にこらえている。そんな感じだった。

「――それでも、我々はプロなんです。これまでだって何度も、危険を顧みずに、最前列で櫛備先生の除霊を見届けてきました」

強い口調で言ったのは、ＡＤの詩織だった。思いがけぬ人物の思いがけぬ発言に、櫛備は驚いたように目をしばたたいている。

「私たちの心配なんてしてる暇があるなら、さっさと打開策を考えてください。得意のインチキでも何でもいいから、いつもみたいに除霊してくださいよ。多くの視聴者が櫛備先生にはそれができるって信じているし、私たちは、そういう画《え》を撮りに来たんです。ねえ、設楽さん？」

「お、おう。そうだよな。櫛備先生は今世紀最強の霊媒師なんだ。あんな鏡一枚に手こずったりなんてするわけねえよ」

撮影クルーは互いにうなずき合い、同調し、そして強い信頼の眼差しを櫛備へと向けた。そういう気持ちを彼らに抱かせるのは、これまで幾度となく心霊現象を目の当たりにし、その都度、櫛備が死者の無念を晴らす場面を目撃してきた経験があるからに違いなかった。

「ちょ、ちょっと何なのよみんな。どうしちゃったの？　あたしは普通に怖いんだけど……」

ただ一人、英玲奈だけはこの空気に乗り切れないらしく、率直な意見を呟いている。そんな彼女を一瞥し、わずかに苦笑した櫛備は、軽く咳払いをして立ち上がった。

「そういうことでしたら、ロケは続けなきゃあいけませんねえ」

決意を新たに告げた櫛備を、クルーが熱い眼差しで見つめている。そうして今後の段取りについて話合おうとした矢先、「うう……」という低い呻き声と共に、亀岡が目を覚ました。彼は右目の辺りを覆っているタオルに手を当て、それからゆっくりと室内に視線を巡らせて、自分が置かれた状況を確認する。

「亀岡先生、大丈夫ですか？」

問いかけた櫛備を焦点の合わない瞳で見上げながら、亀岡は微かにうなずく。

「私は、気を失ってしまったのか」

「怪我をしているんです。さほど深くはないが、急には動かない方がいい」

櫛備の助言にうなずきながら、亀岡はゆっくりと上体を起こした。タオルを外すと、血はほとんど止まっていた。右目は半分くらいしか開いていないが、櫛備の言う通り、眼球は傷つけられてはいない様子である。

「ゆっくり寝ていてくださいと言いたいところですが、亀岡先生にはお聞きしたいことがいくつかあります」

「私に、ですか？」

まだ朦朧《もうろう》とする意識をどうにか繋ぎ止めるようにして、亀岡は問い返す。

「あの鏡が設置された背景について、もう少し詳しい話をお聞きしたいんですよ。もしかすると、きっかけはずっと前にあったのかもしれない」

淡々と告げる一方で、櫛備は亀岡から視線を外し、

「そのためには、君にも協力してもらわないといけない。頼めるかな修平くん？」

「でも、俺はもうあなたの助手を……」

言いかけた俺を遮るように頭を振り、櫛備は更に言葉をかぶせてきた。

「――すべて終わったら、君の知りたいことを話すよ」

それならどうだ、と。無言で訴えかけてくる櫛備を前に、俺はすぐに反応を返すことができなかった。嘘をついているようには思えない。口調とは裏腹に真剣な櫛備の眼差しを瞬きもせずに見返し、俺は意を決してうなずいた。

「わかりました。約束ですよ」

　櫛備は視線だけでうなずき、それから口元を歪《ゆが》めるようにして不敵に笑った。

「そうだ。それともう一つ……」

　今思いついたように声を上げ、不自然に言葉を切った櫛備は、斜め上を見上げるようにして顎の無精ひげをそっと撫でる。

「美幸ちゃんの助けも借りないとねえ」

5　美幸

「『鏡の幽霊』の噂は本当。でもね、それはあの鏡に幽霊が取り憑いているとか、そういう話じゃないの」

　理絵は思い詰めた様子で眉を寄せた。

「どういうこと？　あの鏡のせいで大怪我をした人がいるんだよね？」

「うん、それは間違いないよ。鏡に映り込んだ『何か』が警備員のおじさんに危害を加えたのは事実」

　どこか回りくどい言い回しに、美幸はただただ首をひねり、疑問符を浮かべた。

「よくわからないよ。どういうことなの？　理絵ちゃんは何を知ってるの？」

　一瞬、彼女こそが鏡に取り憑いた霊ではないかという疑いを抱きそうになったが、美幸はすぐにそれを否定した。もしそうだったら、インチキとはいえ霊媒師である櫛備がやってきたと聞いて、悠長にしていられるはずなどないからだ。

「あの鏡が設置される前、あそこには開かずの間って呼ばれる物置があった。そしてその更に向こうには中庭があって、桜の木の下に嫌いな相手の持ち物を埋めると、その人は不幸になるっていう噂もあった」

「うん、でもそんな噂、ほとんどの人が笑い話にしてたよ」

　かくいう美幸も、当時はそんな幼稚なものに興味など示さなかった。誰が言い出したのかもわからない迷信を信じ、相手の不幸を願うような真似はしたくなかったし、高校生にもなってそんな噂を鵜呑《うの》みにしていたら、それこそいい笑いものになってしまう。

「美幸ちゃん、今、おまじないなんて誰もしない。そんな子供だましなんて誰も信じてなかったって思ったでしょ？」

「え、うん。そうだけど……」

　思いがけず図星を指され、美幸は目をしばたたいた。理絵は「やっぱりね」とでも言いたげな顔をして、あの頃と変わらぬ微笑みを浮かべている。

「逆だよ。誰も信じないような、馬鹿馬鹿しい噂だからこそ、みんな軽い気持ちで実践しちゃうんだよ。殺したいほど憎い相手じゃない。ちょっといけ好かないとか、喧嘩したとか、気になっている子と仲良くしてたとか、そんな程度の理由で面白半分に実行しちゃう。それがおまじないってものだし、学校っていうのも多分、そういう所なんだよ」

一人で納得するような理絵の口調が、妙に印象に残った。

「もしかして理絵ちゃん、そういう場面を見たとか？」

「うん、たくさんね。中庭には桜の木が何本も植えられてるでしょ。そのほとんどの下に、何かしら埋められてる。そういう『悪い気』みたいなのが、あそこには吹きだまっているの」

言いながら、理絵は教室を出て、廊下の突き当たりにある窓に近づいていく。そこから見下ろした中庭で、件の桜の木々が葉を散らせ、うっすらと雪化粧をしている様が見て取れた。

「美幸ちゃんにも視える？」

促され、美幸は窓の下を覗き込む。中庭はそこそこの広さを有し、中央の花壇を囲むようにして桜の木が計八本植えられている。じっと見下ろしていると、徐々に理絵の言う『悪い気』の気配が濃くなっていく気がした。こうしている間にも少しずつ陰りを見せ、うっすらとした闇だまりがどんどん深まっていく。膨れ上がった闇がグラスの淵から溢れ出そうとしているかのようなおぞましさに、美幸は全身がぞっとした。

「怖いでしょう？　ものすごく」

思わず後ずさった美幸に寄り添うようにして、理絵は言った。

「どうして、そんなことをするの？　いくら手軽だからって、簡単に誰かを呪うなんて……」

「その理由がわからないのはきっと、美幸ちゃんが普通に愛されていたからだよ」

急に突き放す声が耳朶《じだ》を打つ。理絵を見ると、彼女はじっとりと湿った虚ろな眼差しを、依然として窓の外に向けていた。

「つらいこと、苦しいことがあっても話を聞いてくれる人がいる。誰かと対立しても味方がいるし、少し時間が経てばわだかまりも解けて元通りの関係に戻れる。そんな周囲との絆を、美幸ちゃんは持ってたんだと思う。そういう人はたとえ一時、誰かを憎んだとしても、その感情に呑まれることはないんだよ。悲惨なのは、誰にも何も言えない人。誰にも話を聞いてもらえない人。つらい時苦しい時、鏡の中の自分に話しかけるしかないような人。そういう人がすがらずにはいられないのが、おまじないなんだよ」

これまで理絵に感じていた親しみや懐かしさは、すっかり影を潜めていた。ひどく苦しそうなその横顔を見て、美幸は思わず口元を手で覆った。

――ああ、そうだった。

美幸は内心でそう呟く。あの頃の理絵は、ちょうどこんな表情をしていた。毎日、誰と話をするわけでもなく無言で席に着いたまま、死んだ魚のような目を黒板に向けていた。世界のすべてに失望したかのような、諦めを受け入れた瞳。絶望に打ちひしがれ、あらゆる感情をシャットアウトしてモノクロと化した表情。美幸が最後に目にした『溝口理絵』とは、こういう顔をした女の子だったと思い出す。

「そういう、人が抱える『悪い気』が凝縮されていたのが『開かずの間』だった。あの場所に鏡が置かれることで、何かが変わったんだと思う。ほら、よく言うでしょ。鏡は霊界と通じているとか、霊の通り道だとかね。だからきっと、あの鏡は『扉』になったんだよ」

「一つ一つの小さなおまじないが積もり積もって悪いものになって、鏡に映り込んだ人に危害を加えるようになったってこと？」

「それだけじゃないよ。おまじないによって生じた『悪い気』が、開かずの間に集まるようになったのには、それなりの理由がないといけない。そうでしょ？」

流されるように首を縦に振りながら、美幸は己の不甲斐なさを強く実感していた。櫛備の助手として少しは経験を積んできたはずなのに、理絵の語る鏡についての仮説に対し、ただうなずくことしかできない。そんな自分の体《てい》たらくぶりに心底いらいらする。

「美幸ちゃん？　大丈夫？」

「え、あ、うん。大丈夫だよ。ちょっと考え込んじゃって……」

ははは、と力なく笑ってから、美幸は気を取り直して問いかける。

「もしかして、その理由っていうのにも、理絵ちゃんは心当たりがあるの？」

「まあ、ね……」

曖昧にうなずいて、理絵は言葉を濁した。さっきまでの勢いは影を潜め、胸の辺りで握りしめた白い指先を不安そうに震わせている。

「もしかして、あなたの自殺と何か関係があるの？」

思い切って訊ねると、理絵はまたしても沈黙した。だが、今度はその沈黙こそが質問に対する答えを雄弁に語っていた。

「――あの頃、本当は何があったの？」

更に踏み込んで問いかけると、彼女はわずかに逡巡《しゅんじゅん》した後、ゆっくりと顔を上げる。か弱そうに揺れる瞳が、不安げに美幸を見つめていた。

「私と広瀬先生が付き合ってたこと、美幸ちゃんも知ってるでしょ」

「うん、まあね」

一部では、付き合っていたのではなく、単に遊ばれただけだと揶揄《やゆ》する声もあったが、美幸は二人が本気で付き合っていたのだと信じていた。あるいは、そうであってほしいという願望だったのかもしれないけれど。

「今更隠す必要もないから言うけど、それは本当だった。広瀬先生はとにかく女子たちに人気だったし、私も最初は漠然とした憧れみたいな気持ちを抱いてるだけだった。けど気がついたら夢中になっちゃっててね。先生も、最初は困ってたんじゃないかな」

「わかるよ。広瀬先生はかっこよかったし、男女問わず憧れてる生徒もたくさんいたもんね」

「もしかして美幸ちゃんも？」

「あ、いや、私は別に、そう……でもなかった、かな？」

自分でも失笑してしまうほどわざとらしい口調で視線を逸らす。広瀬の下駄箱にラブレターを忍ばせたことは誰にも言っていない秘密である。

不自然に黙り込んだ美幸に微笑を浮かべながら、理絵は先を続けた。

「私と先生の関係は、皆が想像するようなものじゃなかったと思う。休みの日に学校の外で会って、どこかへ出かけて一緒にご飯を食べるだけ。でもそれで満足だった。この関係が一時のものだとしてもね。けど私たちが二人で逢《あ》ってることが噂になって、隠し通せなくなった時、先生は言ってくれたの。『僕が学校を辞めれば、誰にも文句は言われない』って。私が卒業したら結婚しようとも言ってくれた」

言い終えると同時に、理絵の表情がくしゃっと歪む。気弱そうな目を涙で潤ませながら、彼女はやや苦しそうに胸の辺りを手で押さえた。

理絵の口から語られた話は、美幸の記憶とは少々違っていた。広瀬は問題が明るみに出た後、すぐに音信不通となり学校に顔を見せなくなった。ろくに手続きもせず仕事を放り出し、その後の行方もわからなかったはずだ。

口さがない生徒たちの中には、未成年との淫行《いんこう》で捕まることを恐れて逃げ出したと言う者もいた。真相は定かではなかったが、理絵自身そうした憶測に対して何か言おうともしなかったため、広瀬が逃亡したという話は周知の事実となってしまった。けれど、今こうして理絵が語った内容によると、彼は仕事を辞めて、理絵との関係を続けていく意思を持っていたという。

果たして、どちらが本当なのだろう。

「先生と私は、しばらく連絡を取るのを控えていた。身辺整理がついたら連絡するって言ってくれたから、私は待つことにしたの。親はすごく怒ってたし、携帯も取り上げられたけど、学校には行くように言われた。友達はみんな腫れ物に触るみたいに私と話そうとしなくなったし、名前も知らないような人からひどいことを言われることも多かったけど、それも仕方がないと思った。だって、あんな騒ぎになっちゃったら、知らないふりをしろって方が難しいでしょ？　みんな興味本位で色々言いたくなるのも当然かなって」

二人のことが発覚してから三か月間、理絵は心ない周囲からの仕打ちにじっと耐えていた。誰に何を言われても反応せず、己の世界に閉じこもるようなあの表情が、今再び理絵の顔に浮かぶ。

「でもそんなことよりつらかったのは、いくら待っても先生が連絡をくれなかったこと。待ちきれなくて私から連絡したこともあったけど、電話は繋がらなかった。そうなると不安で、心細くて、周りの言葉が重くのしかかってきたの。先生は私を見捨てた。遊ばれた。かわいそうな勘違い女ってね。そんなの信じない。嘘に決まってる。そう自分に言い聞かせるのも段々苦しくなってきて、毎日が苦痛になっていった」

いつかきっと広瀬が自分を迎えに来てくれるという希望があったからこそ、理絵は絶望的な日々を乗り切れた。しかし、その希望が失われていくにつれて、彼女の心は弱っていったのだ。美幸の記憶の中に強く焼き付いている理絵の表情は、まさしくこの時の心情が反映されたものだったのだろう。

愛する人を想いながらも、裏切られたという事実を受け入れずにはいられない。

そんな過酷な状況が、彼女を崖っぷちへと追いつめていった。

そして、理絵は……。

「――そんな時ね、ある人が声をかけてくれたの」

「ある人？」

おうむ返しにすると、理絵はこくりとうなずいた。

「その人は『人生は長いから』なんて言って私を励ましてくれた。まだ若いんだから、いくらでもやり直せるとも言ってくれた。広瀬先生とのことを反省して、これからは誠実に生きるべきだと諭《さと》してくれた。それまでは誰も私に本音でぶつかってきてなんてくれなかったから、素直に嬉しかった。融通《ゆうずう》の利かない先生だと思ってたけど、熱いところもあるんだって感心したんだ……」

不意に言葉を途切れさせて、理絵は俯いた。次に口を開いた時、彼女はあらゆる感情を押し殺したような表情を浮かべていた。

「だから私も本音で気持ちを伝えたの。広瀬先生は私を捨てたりしない。私たちはこれからも一緒に生きていくんだって……」

「それで、どうなったの？」

嫌な予感が膨れ上がっていく。問い返す声が、意図せず震えた。

「その人はすごく怒って、私と広瀬先生のことを口汚く罵《ののし》った。でも何を言われても私は絶対に首を縦に振らなかった。広瀬先生を信じてたから、その人の言うことが信じられなかったんだよね。そんな私の態度が余計にその人を怒らせちゃったみたいで、気づけば揉み合いになって……」

「ちょっと待って。理絵ちゃん、それってまさか……」

最後まで言葉が出てこなかった。吸い込んだ息が吐き出せず、美幸は口を半開きにして固まった。得体の知れぬ寒気が、ぞわぞわと足元から這い上がってくる。

「あの人、私に言ったの。広瀬先生はもういないって。そんなに逢いたいなら逢いに行けばいいって」

「やだ、待って。嘘でしょ……」

懇願《こんがん》するように絞り出した美幸の声に、理絵はふるふると頭を振った。

「嘘じゃないよ。私はその人に屋上から突き落とされて、自殺として処理された。失踪したことになってる広瀬先生もきっと、その人に……」

その先はあえて口にしなかったのだろう。長い息継ぎをしてから、先を続ける理絵の声は今にも消えてしまいそうなほどに弱々しく痩せ細っていた。

「その人はね、今もこの学校にいるよ。あの鏡をあそこに設置するよう学校側に進言したのもその人だと思う。開かずの間に隠したものを絶対に誰にも見られないようにね。私が言いたいのはそのことなの。あの人が開かずの間に隠したものがきっかけで、中庭に凝り固まっていた『悪意』が開かずの間に吸い寄せられるようになった。そして鏡を『扉』代わりにして現れるの。誰かれ構わず、興味本位で近づく人をターゲットにして襲いかかる怪異となってね」

「……誰が……そんな……」

喘《あえ》ぐような声が口からこぼれていく。美幸は生唾を飲み下し、深呼吸を繰り返しながら自問した。

ずっと自殺だと信じていた理絵が、誰かに殺されていた。しかもその犯人は今も、何食わぬ顔をしてこの学校にいる。それはつまり……つまり……。

「これでわかったでしょ。あの鏡が人に害をなす理由も、私がここに留まっている理由も。残念だけど、私の力じゃあの鏡をどうすることもできない。だから今夜、美幸ちゃんたちが来てくれてよかった。霊媒師の先生が全部暴いてくれるんでしょ？」

はやる気持ちが美幸を急き立てた。そこにはないはずの心臓が早鐘を打ち、額に汗が浮かぶ。小刻みに繰り返す呼吸は、まるで他人のもののように感じられた。

「あなたと広瀬先生を殺したのは……もしかして……」

呻くような声が喉の奥からこぼれ落ちる。最後まで言い切る気力はとっくに失われていた。

「美幸ちゃんもよく知ってる人だよ。さっき、玄関で会ったんでしょ？」

決定的なその言葉を受け、美幸は完全に言葉を失って立ち尽くした。全身から力が抜け、今にもその場に座り込みそうになる。

理絵の眼差しに嘘の色は見られない。そもそも、彼女が嘘をつく理由がない。

——ああ、そうなんだ。


そういう、ことだったんだ。

6 亀岡

「そもそもの発端は、夜の校舎に現れるという女子生徒の霊でした。放課後、人気《ひとけ》のなくなった校舎から聞こえてくる足音や、屋上から地上を見下ろす人影がたびたび報告され、それが、三年ほど前に校舎の屋上から飛び降りた溝口理絵という女子生徒ではないかと囁かれ始めたのです」

静寂に包まれた廊下を、ひと塊となって歩く私たちは、東側廊下の突き当たりにあるあの鏡の元へ向けて重い足を進めていた。

途中、櫛備十三は私に、この学校にまつわる不可解な噂の詳細を求めてきた。

『鏡の幽霊』の噂とは何の関係もない女子生徒の霊について話しているのは、そういった理由からだった。

「しかし、この話と今回の件と、どんな関係が？」

そここに闇の凝《こご》った廊下をそろりそろりと亀のような足取りで進みながら、私は櫛備に問いかけた。

「それをこれから見つけようとしているのです。どこにどんなヒントが転がっているかわかりませんからねえ。亀岡先生はその生徒――溝口理絵のことをよく知っていたのですか？」

「ええ、彼女のクラスには教科担任として授業をしに行っていましたし、そうでなくても当時は有名でしたから」

「有名？」

怪訝そうに繰り返す櫛備に、私はぎこちなくうなずいた。

「この学校に勤めていた若い教師が溝口理絵と親密な交際をしていることが発覚したのです。広瀬というその教師が早々に学校を去った後も、周囲からの彼女に対する風当たりは強かった。私の目から見ても明らかにね」

「いじめられていたと？」

「……そういうことも、あったのでしょう」

言葉を濁す私に、櫛備は鋭い視線を向けた。いじめられている生徒を捨て置いた冷たい教師だと言いたいのかもしれない。その通りだとも思う。できることならあの頃の自分を思い切り罵ってやりたい。私自身、教師として無力だった。そして人間として傲慢《ごうまん》だった。『生徒と教師の関係ではなく、男女としての交際をしている』そう私に面と向かって宣言した広瀬のことを、教師失格の哀れな男だと見下していた。溝口理絵のことも同様に、年上の男にそそのかされ、その気になっている愚かな子供だと決めつけていた。

私だけではなく、多くの学校関係者たちがそう思っていた。事が公になった時、我々が真っ先に考えたのは、ＰＴＡや保護者への説明責任や、広瀬に対する監督責任だった。つまるところ、保身というわけだ。

広瀬は私や校長との面談で、交際の事実をあっさりと認め、教師を辞める覚悟があると言った。そして宣言通り、学校に現れなくなった。多くの教員たちは彼が去ったことで騒ぎが収まると安堵した。糾弾《きゅうだん》する相手がいなくなったことで、保護者たちの声が日に日に鎮《しず》まっていったのも事実だった。だが問題は残された溝口理絵だった。彼女は周囲の生徒たちから白い目で見られ、仲の良かった生徒とも口を利かなくなっていった。毎日学校にやってくるのは厳しい両親の言いつけらしく、そうすることで無理やりにでも広瀬とのことをなかったことに――一時の気の迷いにしたかったのだろう。変わらぬ日々を送っていれば、娘はすぐに元通りになる。娘を思うふりをしながら、都合よく事実を捻《ね》じ曲げることで、親としての自尊心を保ちたかったのではないだろうか。

　その結果として、広瀬が姿を消してから三か月後に、溝口理絵は屋上から飛び降りた。血だまりの中に倒れていた彼女のかたわらには、広瀬と写った写真入りの生徒手帳が落ちていた。周囲の声には耳を貸さず、最後まで広瀬を想い続けて死んでいったのは明らかだった。

　彼女の遺体を発見したのは私だった。当時、誰よりも早く出勤していた私が、正面玄関脇の自転車置き場の通路に落下した彼女の遺体を発見し通報した。警察が駆けつけるまでの間、私はそばに立ち尽くし、彼女の亡骸《なきがら》を見下ろしていた。死んでいるというより、眠っているかのような安らかな白い顔が今でも忘れられない。

「――彼女はまだ十七歳だった。若い命が目の前で潰《つい》えた様を見ながら、私は思いました。彼女を死へと追いやったのは、広瀬くんではないのではないかと。彼との関係を嘲《あざけ》り、見下し、批判した多くの第三者にこそ責任があるのではないかと。もちろん生徒に関しては、仕方のない部分もあると思います。まだ未熟な子供たちだ。自分と違う異端の存在を受け入れられず、距離を置きたくなる気持ちもわかる。だが、そういう時こそ我々教師が教え、導くべきだった。彼らの関係は褒められるようなことじゃないかもしれない。だが、お互いに真剣な気持ちで向き合っていたのなら、それは悪意に満ちた犯罪行為などとは違うのだと。少し間違えてしまった部分はあったかもしれない。順序が違う部分があったかもしれない。しかし、決定的に道を踏み外すまでには至っていなかった。間違いとして指摘するだけではなく、彼女へのケアをもっと考えるべきだったのではないか。私はそう思うのです」

一気にまくしたて、私は深く息をついた。

「彼女の亡骸を見てから、私の後悔はずっと続いている。もっと別の結末があったはずだと。彼らの行いを理解するという道があったはずだと。そうしていれば、少なくとも彼女は死なずに済んだのだから」

ぐぐ、と押し殺したような呻き声が喉から漏れた。私は拳を強く握り、やり場のないもどかしさに身悶《みもだ》えする。

「亀岡先生のお気持ちはよくわかりました。その自殺した女子生徒の霊がこの鏡に取り憑いているのではないか。そのように思われているのですね?」

「もしかしたら、という程度ですが……」

言いかけたところで私ははっとした。

「櫛備さんには、どんな霊が取り憑いているか視えているのですか?」

「いえ、残念ながら。修平くんはどうだい？」

「……俺も視てません。今のところは」

　ややぶっきらぼうに、修平が答えた。

「僕も彼も霊の姿は視ていない。となると鏡にその少女の霊が取り憑いているという可能性は極めて低いと言えます。つまり、あの鏡が怪異を引き起こしている理由は他にあるということですよ」

「何か別の霊が取り憑いていると？」

「いや、そうじゃあないんです。そもそも、あの鏡に霊が取り憑いているという発想自体が間違っているんですよ。あの鏡に映り込んだ黒い影――亀岡先生や青柳さんを操《あやつ》って危害を加えようとしたのは未練を残した霊などではなく、もっとずっと単純な悪意の塊だった。相手を傷つけたいという剝き出しの敵意が、あの鏡を通じて魔手を伸ばしてきたんでしょうねえ」

　悪意の塊。それが何のことを指すのか、私には皆目見当もつかなかった。

　程なくして鏡のある廊下に着くと、櫛備は設楽らと簡単な打ち合わせを始めた。どうやら、ここから撮影を再開するつもりらしい。もしまた、あの鏡に近づいておかしなことが起きたらどうするのかという疑問が真っ先に私の頭をよぎったが、きっと何かしらの対応策を考えているはずだと思い何も言わなかった。

櫛備の指示によって、修平は一度この場を離れることになったらしく、小声で何事かやり取りをした後、「任せてください」と端的に応じ、踵を返して廊下の先へと駆けていった。

「櫛備さん、彼はどこへ？」

「ええ、ちょっと必要なものを取りに行かせたんです。すぐに戻りますよ」

どこか含みのある言い方で私の質問をはぐらかし、櫛備は再び打ち合わせに戻る。それ以上しつこく問い質す気にもなれなかったので、私は邪魔にならないよう、一歩引いた場所から撮影が始まるのを待つことにした。

「――あの、亀岡先生？」

不意に名前を呼ばれ、私は周囲を見回す。硬い靴音を響かせながら階段を下りてきたのは畠山だった。

「畠山くん、どうして戻ってきたんだ」

問いかける声に、つい険が混じった。ここにいる面々は、あの鏡が危険だということをすでに理解している。だが畠山は、我々の身に何が起きたのかを知らない。不用意に近づいて私と同じ目に遭ってしまったら大変だ。ここでそのことを詳しく話すべきか、それとも何か理由をつけて追い返すべきかを悩んでいると、畠山が私の顔に貼られたガーゼを見て顔色を変えた。

「ど、どうされたんですか亀岡先生、血が出てるじゃないですか。すぐに病院へ行きましょう」

私の腕を強引に摑み、畠山は廊下の反対側へと引っ張っていこうとする。

「待ってくれ。私はまだここを離れるわけにはいかない。ちゃんと見届けなくてはならないんだ」

「見届ける？　この方たちの撮影をですか？」

「違う。そうじゃない。これはもっと大切なことなんだ」

思わず語気が強まった。正体不明の焦燥感《しょうそうかん》に急き立てられた私の勢いに気圧《けお》されてか、畠山は驚いたような顔をして押し黙った。

何を言われようとも、私はこの場に残らなくてはならなかった。見極める必要があるのだ。櫛備十三があの鏡に潜む怪異の正体を解き明かす様を。そうすれば、長く抱えてきたこの苦しみが解消される気がした。それは漠然とした希望だったのかもしれない。しかし私はその希望にかけてみたいと思った。

私の意思が固いことを察したのか、畠山はそれ以上何も言わなかった。どうやら、私と共に成り行きを見届ける気になったらしい。

やがて準備が整えられ、設楽の合図で撮影が再開された。リポーターの英玲奈がやや引き攣った笑顔を必死に取り繕いながら、櫛備と共に暗い廊下を進んでいく。

「さて、再び恐ろしい噂のある鏡の元へ戻ろうとしています。本当に大丈夫なんでしょうかぁ……。櫛備せんせぇ、鏡に取り憑いた霊の正体は摑めましたかぁ？」

「これは強い敵意を持った危険な怨霊です。かつてこの学校で命を落とした哀れな霊が、強い憎しみを抱えたまま悪霊と化したようですねえ」

ついさっき、私にした説明とは全く違う、ごくありふれた解説を並べながら、櫛備はゆっくりと慎重な足取りで廊下の突き当たりへと歩を進めていく。片方の足を引きずるような独特の靴音と杖の音が交互に響き、幽玄な雰囲気を助長していた。

「せ、せんせぇ。そんな恐ろしい怨霊が相手で大丈夫なんですかぁ？　私、こわいですぅ」

それまでにも増して英玲奈の猫なで声が強まった。本当に怖いのか、カメラ映りを気にしているのかの判断が難しい、絶妙な表情で大きな目を潤ませている。

「心配はいりませんよ。この櫛備十三が来たからには、鏡に取り憑いた怨霊を必ず除霊してみせましょう。そのためにまずは、霊と対話をしなくてはなりません」

「対話、ですか。問答無用でバッサリ、というわけにはいかないんですかぁ？」

小首を傾げる英玲奈に対し、櫛備は少々困ったような顔をして顎鬚《あごひげ》を撫でる。

「できないこともありませんよ。ええ、もちろん力ずくでバッサリという方法もあります。しかしですねえ、初対面の霊に対して、こちらが一方的に攻撃するというのは平和主義に反しますから」

そんな言い訳じみたことを言いながら、櫛備は鏡の前で立ち止まる。暗闇に鎮座する姿見を見上げたその後ろ姿をじっと見守っていると、程なくして異変は訪れた。

鏡に映し出されている櫛備の姿と周囲の背景。そこを黒い影のようなものが横切っていく。鏡の中を獣《けもの》が飛び回るかのように縦横無尽に、凄まじい速度で行き交う異様な光景を遠巻きに見つめながら、私は息を呑んだ。畠山は「何ですか、あれ……」などと戦慄《せんりつ》めいた声を上げている。撮影クルーからも、どよどよとざわめきが起こった。

「さあ、出てきたらどうだい。僕なら君の話を聞いてやれる。何か事情があるんなら、話してしまえば楽になれると思うんだけどねえ」

人間関係に悩む若者に向けたような、軽々しい口調で櫛備は語りかける。鏡の中では依然として黒い影が数秒に一度、ぱっと現れては消えるのを繰り返している。

「きゃっ！　なにこれ、きゃあ！」

「うわっ！　やめろ！」

設楽と詩織が、ほとんど同時に声を上げた。階段脇の水飲み場の前に陣取っていた設楽は、自らの身体を見下ろしながら驚きに目を見開いている。

「やべえ、動かねえ！　おい詩織、こっち来んな！　離れてろって！」

「でも、耕ちゃん……！」

「お前も捕まっちまうだろうが！　離れてろ馬鹿！」

そばに近づこうとする詩織を怒鳴りつけながら、設楽は必死に手足を動かそうともがいている。だが、その努力も虚しく、まるで凍りついてしまったかのように、身体の自由を奪われてしまった。

青柳の時と同様に、件の鏡だけでなく、水飲み場の小さな鏡の中にも、あの黒い影は潜んでいるらしい。覗き込んだ人間を無作為に縛りつけるその習性は、櫛備が言った通り、誰彼構わず危害を加えようとする邪悪さを体現しているかのようであった。

設楽の状況を見極めるようにして視線を走らせていた櫛備は、やがてゆっくりと鏡に向き直る。姿見の中では、すでに黒く揺れる流体のような影が櫛備の身体のあちこちに取り憑き、彼の身体をすっぽりと覆い尽くそうとしていた。

「やっぱり君は、ただの霊とは違うようだねえ。話の通じない相手というのは苦手だよ。できればこういう手荒な真似はしたくないんだが……」

言いながら、櫛備は手にした杖をくるりと回転させ、先端を鏡に映った自分の鼻先へと突きつける。そして大きく振りかぶった直後、動くのを忘れてしまったみたいに、ぴたりと停止した。

「せ、先生！　どうしたんですか！」

不自然な体勢で停止したままの設楽が悲痛に問いかける。櫛備はそこでようやく、困ったように眉を八の字にさせて苦笑いを浮かべた。

「いやあ参った。これは想像以上に……」

櫛備の首から下の動きが完全に停止していた。鏡の中では、黒い影がより数を増し、彼の身体をがんじがらめにしている。

「あの、亀岡先生……いったい何が起きてるんですか……？」

畠山が震える声で訊ねてきた。

「私にもわからんよ。だが、どうにかしないと……」

そうは言っても、どうすればいいのかがわからない。一度あの黒い影に捕まってしまうと、簡単には抜け出せない。やがて櫛備は手近にある凶器を手に、自分を傷つけようとするだろう。それが杞憂《きゆう》でないことは、今も脈動するこの顔の傷が証明していた。

がしゃん、と音がして振り返ると、櫛備の持つ杖が廊下の窓ガラスを突き、ガラス片を落下させていた。櫛備はゆっくりと腰をかがめ、その破片を一つ摑み上げる。

「ちょっと先生、櫛備先生！　しっかりしてください！」

設楽の声に続き、クルーからも悲鳴じみた声が上がる。だが櫛備は何かに魅入られたように鏡に映る自分自身を凝視したまま、鋭く尖った切っ先を自身の首筋へと当てがった。

いけない。早く彼を助けなければ。そう思っているのに、私の両足は根を生やしたかのように床から持ち上がらなかった。不用意に鏡に近づけば、自分もまたあの影に捕まってしまう。だが、櫛備を助けなければ彼は自ら喉をかき切って死んでしまうだろう。そんなジレンマに囚われ、恐怖と焦りで頭がどうにかなりそうだった。

もはや考えている時間はない。そう心の中で叫び、凝り固まった足に鞭を打って走り出そうとしたまさにその瞬間――

――やめて先生！

誰かの叫ぶ声が、薄闇の中にこだました。

7　美幸

理絵の叫び声と共に、櫛備の背中に張りついていた黒い影がぱっと音もなく霧散した。それは暗闇に光を向けた時のように、まさしく一瞬の出来事だった。

立ち止まった理絵とは対照的に、廊下を走り抜けた美幸は櫛備と鏡との間に割り込むようにして彼を見上げた。

「……やあ美幸ちゃん。間一髪だったねえ」

「先生、笑ってる場合ですか。早くそんな危ないもの捨ててくださいよ」

ぶっきらぼうな口調で言いながら、美幸は安堵の息を漏らす。櫛備が手にしていたガラス片を放ると、がしゃ、と音がして細かく砕けた。

「随分と遅かったじゃあないか。もう少し早く来てくれると思ったんだがねえ。どこをほっつき歩いていたんだい？」

「人聞きの悪いこと言わないでくださいよ。これでも、先生の身に何かあっちゃいけないと思って必死に走ってきたんですから」

頰を膨らませ、腰に手を当てる美幸に苦笑しつつ、櫛備は周囲に視線を走らせた。

「あの黒い人影、美幸ちゃんには視えるのかい？」

「ええ、はっきり視えましたよ。後ろから近づいていくのに、先生ちっとも気づかないんだもん」

「仕方ないんだよ。どうやらあれは肉眼じゃあ視えないようだからねえ」

「え、そうなんですか？」

素《す》っ頓狂《とんきょう》な声を上げ、美幸は素直な驚きを示した。

「おそらく、そういう性質なんだろうねえ。あの黒い影は鏡の中にいるのではなく、鏡を通すことでしか人の目では感知できない。君や君のお友達のような存在であれば、同じ波長同士、感知できるという仕組みなんだろう」

たった今死にかけた人間とは思えないほどの気楽な口調で、櫛備は呑気《のんき》に笑っている。そんな姿を見ていると、心配して駆けつけた自分が馬鹿みたいに思え、美幸は困り果てたように額を押さえた。

「だから、笑ってる場合じゃないでしょうに。自分がどれだけ危うい状況だったか、本当にわかってます？」

「もちろんわかってるさ。君が彼女を連れてきてくれたおかげで命拾いしたよ」

どこまでも楽観的な姿勢を崩すことなく言い放ち、櫛備は鏡の数メートル手前で立ち止まっている理絵へと視線を向けた。

「あれが、溝口理絵さんだね？」

「そうですけど、どうして先生が理絵ちゃんのこと知ってるんですか？」

思わず問い返すと、櫛備はさも得意げな顔をして、杖の柄で亀岡を指した。

「屋上から飛び降り自殺をした女子生徒の霊について、亀岡先生から話を聞いたのさ」

「ちょっと待ってください。理絵はこの鏡の怪異とは関係なくて——」

慌てて説明しようとする美幸をそっとなだめるようにして、櫛備はうなずいた。

「もちろんわかっているよ。この鏡がもたらしているのは無垢なる悪意、あるいは些細《ささい》な敵意といった単純な人の感情の塊だ。そしてそれらが媒体にしたのはおそらく、広瀬敏和の魂だろう」

美幸は表情を固め、食い入るように櫛備を見上げた。

「じゃあやっぱり、広瀬先生はもう……」

「おや、あまり驚かないんだねえ。お友達から聞いていたのかい？」

図星を指され、美幸は弱々しくうなずく。

「でも理絵ちゃんもはっきりと確認したわけではないんです。ただ、そんな気がするってだけで……」

言いながら理絵を見ると、彼女は廊下の真ん中に立ち、瞬きもせずに一点を見つめていた。視線の先には黒い影による拘束を逃れ、身体の自由を取り戻した設楽と、そのことに安堵する撮影クルー。そして彼らから少し離れた場所に佇む二人の教師。理絵の鋭い眼差しはどうやら、そちらへ向けられているらしい。

「そのことを確かめる間もなく、理絵ちゃん自身も殺されてしまったんです。それも自殺に見せかけられて……」

「ふむ、やはりそうか。ありがとう美幸ちゃん。あとは僕の方でうまくやるよ」

「え、でも先生……」

美幸が引き留める間もなく、櫛備は設楽に合図を出し、撮影の再開を求めた。クルーはすぐに準備にかかり、マイクを持った英玲奈は、鏡から十分に距離をとった所からカメラに向かって喋り始める。そしてカメラが櫛備に向けられると、彼はゆっくりと歩を進め、理絵のいる場所へと歩み寄った。

「やあ、僕は櫛備十三。君は溝口理絵さんだね。数年前にこの校舎の屋上から転落死した女子生徒の」

「……あ、私、その……」

突然声をかけられ、理絵は面食らった様子だったが、美幸がうなずいて見せると、すぐに落ち着きを取り戻し、改めて櫛備に向き直った。

「あなたが霊媒師の先生ですか？　その鏡の噂を確かめに来たんですね」

「まあ、そんなところだよ。彼らは僕がよく一緒に仕事をしている番組制作会社の人たちでねえ。僕が華麗に心霊現象に対処する様子を撮影してくれているんだ。もちろん、彼らに君の姿は視えていないが」

わかっていても気になるらしく、理絵は話を聞きながら撮影クルーにちらちらと目を向けている。

「それで、私に何か？」

「ああ、君がどんな理由でこの世に留まっているのかについて、大方の予想はついているよ。僕ならその未練を断ち切ることができると思う。でもそのためには、君に真相を語ってほしいんだ」

「真相を、語る？」

おうむ返しにした理絵に対し、櫛備はしたり顔で口の端を持ち上げた。

「誰が君と広瀬先生を殺したのか、その真相だよ」

櫛備の発言に対し、真っ先に声を上げたのは亀岡だった。

「櫛備さん、あなた何を言って……。いったい誰と話をしているんです？」

「ですから、溝口理絵さんの魂ですよ」

そんなもの、どこにもいない。とでも言いたげに目を丸くする亀岡。その隣では、畠山が訝しげに眉を寄せていた。

「彼女の死は自殺ではない。もちろん事故でもないはずだ。彼女は明確な意志を持つ者によって無残にも殺害された。そしてその人物は、ここに鏡を設置して『開かずの間』とされていた物置に誰も踏み入らないようにしたんだ。そこに隠したものを誰の目にも触れさせないように」

「しかし、どこにそんな証拠があるというのですか。今言ったのは全部、あなたの憶測では？」

亀岡の厳しい追及を予測していたかのように、櫛備の表情には余裕の色が浮かんでいた。

「憶測ねえ。たしかにそうかもしれないが、だからこそ本人から話を聞こうとしているんです」

そう言って、櫛備は再度、理絵に向き直る。

「さあ教えてくれませんか。僕の言葉を通して、ここにいる人々に真実を打ち明けましょう。誰があなたを殺したのか。そして誰が、広瀬先生の失踪に関わっているのか」

理絵はわずかに逡巡し、助けを求めるような目で美幸を見た。

大丈夫。信用して。そう心の中で念じながら、美幸は視線で理絵に応じる。

「死者の言葉は時に、生者よりも雄弁に真実を語る。たった一つ、この世に留まるための未練を断ち切るために、彼らは残された最後の人間性を捧げるんだ。正義を果たすためでも、悪を裁くためでもない。ただ一身に己が求める願い――いや、納得を得るためにねえ」

「納得……？」

亀岡はどこか苦しそうに、それでいて何かにすがるような口調で繰り返す。

「そうです。誰かが決めた正解ではない。自らが受け入れられる結末。それが霊にとっての納得です。それさえあれば、いかに苦しい現実を突きつけられたとしても、ちゃんと未練を断ち切って旅立つことができる。僕が彼らと話をするのも、その納得を得るためなのです。霊にとってはそこが終着点なんですよ。そしてその納得は、僕が与えてやれるものじゃあない。霊が自ら見つけなくてはならないんだ」

「……それが、『鏡の幽霊』の噂にも繋がっていると？」

「少なくとも、僕はそう考えている。だから亀岡先生、あなたもそろそろ重い荷を下ろすべきじゃあないですか？」

亀岡が息を呑む。目を大きく見開き、櫛備を見据えるその表情には、明らかな狼《ろう》狽《ばい》が見て取れた。

「あなたも気づいているはずだ。この鏡を通してのみ、姿を現す人影の正体に」

明らかに図星を指された様子で、亀岡は観念したようにうなだれた。そして、傍らに控える畠山をそっと一瞥する。その場に居合わせた全員が固唾《かたず》を飲んで見守る中、それまでじっと黙り込んでいた理絵があらぬ方向を見据えて口を開いた。

「……先生」

かすれた呼び声は櫛備の後方、姿見のすぐ手前に佇む黒い人影へと向けられていた。

「おい、鏡の中にまたあの黒いのが映ってるぞ！」

叫んだのは照明係の青柳だった。撮影クルーが一様に慄《おのの》きながら後ずさりする一方で、背後を振り返った櫛備は小さく息をつきながら、鏡の中をじっと覗き込む。

やはり櫛備にもあの黒い人影を直接視認することはできないらしい。鏡を通すことでようやくその姿を認識できる。そういうものなのだろう。

「――先生、なんでしょ？」

櫛備との対話をよそに、理絵はふらふらとおぼつかない足取りで、黒い人影へと近づいていく。どれだけ目を凝らしてもシルエットすら定まらず、絶えず形を変える流体のようなその黒い塊は、理絵の問いかけに応じる気配はなかった。

「無駄だよ。そこにいるのは君の愛する人物そのものじゃあないんだ。無念を抱えた魂が無数の小さな悪意を吸い寄せ、邪悪な塊へと姿を変えた。そこに彼自身の意思はない。まじないという些細な悪意によって『他者を傷つけたい』という願望を純粋に実行する、言うなれば思考を失った霊体だ。鏡に映り込む——あるいは近づく者を無作為に傷つける行為には目的などなく、ただ他者を傷つけたいという暴力的な性質のみがあるだけなんだよ」

犠牲となる人間に共通点もなく、これといった理由もなしに、ただ鏡の前に立つだけで不吉なことが起こる。そういった状況が発生していたのも、つまりはそういう理由からだった。

理絵は迷いのない足取りで黒い人影に近づいていく。か弱く震える声で何度も「先生」と呼びかけるその姿は、哀れで痛ましい。

「溝口さん、君が本気で彼との再会を望むのなら、さっきも言った通り、僕に真実を話してくれないか。僕がどれだけ推測を働かせたところで、それは結局のところ推測でしかない。だが君の言葉で真実を聞けたなら、それは確かな事実として証明されるんだ。少なくとも、僕の中ではねえ」

櫛備の声が聞こえているのかいないのか、理絵はおずおずと伸ばした手で黒い人影に触れる。その瞬間、黒く蠢《うごめ》く流体は理絵の腕を瞬く間に侵食した。

「理絵ちゃん！　危ない。手を離して」

慌てて飛び出そうとした美幸だったが、櫛備の鋭い視線を受け、反射的に踏みとどまった。近づくことは許さないと、櫛備の眼差しが言外に語る。

理絵は苦悶の表情を浮かべながら、もう一方の手を黒い影に伸ばす。瞬く間にそちらの腕も黒く染まっていき、彼女の身体や制服は覆い尽くされていった。その様子はあたかも、焼け跡から発見された焼死体のようである。

「先生、どうすればいいんですか。このままじゃ理絵ちゃんが――」

美幸がもどかしさに地団太を踏みながら意見した時、軽やかな足音が廊下の向こうから響いてきた。振り返り、目を凝らすと、息を切らせながらこちらへ駆けてくる修平の姿があった。

「櫛備さん、これを」

鋭く言い放った修平が、手にした金属の棒――バールだろうか――の一つを櫛備に押しつける。

「警備員のおじさんに無理言って貸してもらいました。何に使うのかは言えませんでしたけど」

「いい判断だ。言ったら貸してもらえなかっただろうからねえ」

そう苦笑いしながら、櫛備はトレードマークの杖を放り出し、片足を引きずるようにして姿見へと近づいて、バールの先端を壁と鏡との間に当てがった。

「な、何をするんですか！」

後方で声を上げたのは畠山だった。問い質すようなその声をあえて無視して、二人はバールに勢いよく力を込めた。木製の枠がミシリと音を立て、てこの原理によって壁から引き剝《は》がされた鏡がゆっくりとこちらに傾いた。

「そんな……なんてことを！」

再び後方で畠山の悲痛な叫びが上がる。鏡面を下にして倒れた姿見はその衝撃で粉々に砕け、ばらばらと音を立てて破片が散らばった。それと同時に、流動する黒い影はふっと音もなくかき消え、理絵は黒い触手から解放された。何が起きたのかと目をぱちくりさせる彼女に駆け寄った美幸は、炭化したような両腕からゆっくりと黒みが引いていくのを確認し、ほっと胸をなでおろす。

たとえ魂だけの存在だとしても、あんな邪悪なものに取り込まれてしまえば、きっと二度と元には戻れない。ともすれば、そのまま消滅していたかもしれない。

「よかった。無事で」

心から安堵する美幸を、理絵は複雑そうな顔をして見上げていた。

「い、今、櫛備先生の手によって鏡が破壊されました。そして、鏡が設置されていた壁には、一枚の扉……でしょうか。どうやら、この奥には鏡によって隠された部屋があったようです」

撮影クルーから、再び驚きの声が上がった。マイクを握りしめた英玲奈が、ここぞとばかりにリポーター魂を発揮して懸命に解説している。

美幸や理絵の姿はもちろん、鏡を通していない黒い影とのやり取りも、カメラには収められていないはずだ。となると、彼らが目にしているのは櫛備の不自然な一人芝居であり、突然、何の説明も無しに鏡を壁から外し破壊してしまった奇行――いや暴挙ともいえる行為を前にして、設楽は顔面蒼白になっていた。これはちょっとやそっとの撮れ高では許してもらえないかもしれない、と美幸は内心で肝を冷やす。

「ちょっとあなたたち、何をしているんですか!」

案の定、声を荒らげたのは教頭の畠山だった。小綺麗にセットされた髪をかきむしりながら、凄まじい形相で二人を睨みつけている。だが櫛備はそんなことなど意に介する様子もなく、修平に目で合図をした。うなずいた修平は、再び手にしたバールを扉へとあてがい、一気にこじ開けた。畠山の制止も虚しく、長年閉じられたままだった『開かずの間』の扉はついに開かれ、蝶番《ちょうつがい》のきしむ音が冷たい静寂に響いた。

扉の向こうには八畳ほどの、窓のない小さな部屋があり、古びたロッカーや埃まみれの机、椅子、それと段ボール箱がいくつか置かれている。目を凝らすと、ロッカーの正面、ちょうど部屋の中心辺りが、ぼんやりと月明かりのような光を放っているのがわかる。その光はちょうど成人男性のようなシルエットをしていて――

「ひぃやあああ！」

今度はけたたましい叫び声を上げ、畠山はその場にしゃがみ込んだ。手足をバタつかせながら、必死に後ずさろうとしている。

「畠山くん、いったいどうしたんだ。何があった？」

そう問いかける亀岡はもちろん、設楽以下の撮影クルーにも室内の霊の姿は視えていないらしい。互いに顔を見合わせながら、取り乱す畠山を不思議そうに眺めていた。

「――広瀬先生」

理絵が発した囁くような声に、開かずの間に佇んでいた霊が反応を示した。同時に、朧《おぼろ》げだったシルエットがはっきりと輪郭を表していく。両手をだらりと垂らし、俯きがちだったその霊――広瀬敏和は、理絵の姿を見るなり瞳に光を宿し、彼女へと手を伸ばす。理絵は迷うことなくその手を取り、二人は互いの手を強く握り合った。

「あ……あああ……なんで……なんでこんな……」

床に座り込んだままの畠山は依然として取り乱し、意味不明の言葉を絞り出す。

「あなたたちは……死んだはず……なのに……」

広瀬だけではなく理絵の姿も視えているらしい。おこりにかかったみたいに震える指先で二人の姿を指差しながら、慄然としてその目を見開く畠山。そんな姿を前に、櫛備は少々、呆れたような顔をして重く息をついた。

「やれやれ、そんな反応を見せられては、僕が霊から真相を聞き出すまでもないじゃあないですか。困るなぁ、一応これロケでして、僕の見せ場ってやつを作らなきゃあならないのに」

「なに……言って……」

櫛備による軽口混じりの抗議に対し、畠山は機械のような仕草で首を巡らせ、呆然と呟いた。

「教頭先生――いや畠山さん。まだしらを切るつもりですか？ あなたが広瀬先生を殺し、そして溝口理絵を屋上から突き落とした犯人だと言っているんですよ」

畠山は表情を凍りつかせたまま、言葉を発しようとしなかった。こうしている間にも必死に言い訳を考えているのかもしれないが、その沈黙こそが肯定の証である。

急な展開を受け、設楽やクルーが慌てて櫛備のそばへと駆け寄る。カメラがぐっと寄るタイミングを見計らいつつ、櫛備は先を続けた。

「かつてこの学校に勤務していた広瀬敏和という男性教師は、数年前から行方知れずとなっている。だが僕の霊視によって、彼はすでに亡くなっていることがわかりました。彼の魂と対話を試みようとしたのですが、長年放置されてしまったせいで、話ができる状態ではなかった。そこで彼の魂がここに残っていることをあなたに示せば、何かしらの反応が見られると思ったのです」

　やや演技がかったような口調で、櫛備はそう言い放つ。

「ちょっと待ってください。櫛備先生」

　待ったをかけたのは亀岡だった。

「あなたの霊視がどれほどのものか、そんなことは私にはわからない。だが、いくらなんでも畠山先生が同僚や生徒を殺すなんてことあるはずがない」

　座り込んだままの畠山を見下ろし、亀岡は先を続ける。

「私は畠山くんがこの学校の生徒だった頃から知っている。真面目で融通が利かないところはあるかもしれんが、人を傷つけたりするような人間ではない。何より、動機がないではありませんか」

　カメラが再び櫛備に向けられる。英玲奈が「それもそうだわ」と率直なコメントを漏らしつつ、慌ててマイクを向けた。

「動機は、畠山さんがその胸に強く抱え込んだ想いです。ある人物に対する隠しきれない強い想いが悪い方向へと働き、結果的に二人の命を奪うことになった」

「強い想い？　まさか、畠山くんが広瀬くんに想いを寄せていたとでも？」

到底信じられない、とでも言いたげに亀岡は頭を振った。だが、それが彼の早とちりであることを、櫛備は意地の悪い笑みでもって示した。

「そうじゃあないんですよ。そもそもこれは……」

「やめてください！」

突然、強く言い放った畠山が立ち上がり、すがるような目で櫛備を見た。

「それ以上言わないでください。あの二人を殺したこと、認めますから。だからもういいでしょう！」

目尻からこぼれる大粒の涙をスーツの袖で乱暴に拭い、畠山は懇願した。

「ちょっと待つんだ畠山くん。何故君が……」

亀岡にとってそれは当然の疑問だったはずだ。しかし、畠山は学生時代からの恩師と視線を合わせようとはせず、血が滲みそうなほどに唇を噛みしめ、ただただ俯いていた。あたかも、本当の動機を――自身が隠し続けてきた本心を見抜かれたくないという必死の抵抗であるかのように。

「もういいです。警察でもなんでも呼んでください」

「待ってください。畠山さん、それじゃあ何も解決しない。ここで本当のことを明かさない限り、あなたの苦しみが解放されることもないんだ」

そう言った櫛備をきっと睨《にら》みつけ、畠山は激しく頭を振った。何か言いたげに口を開こうとする相手を強引に遮って、櫛備は迷いのない口調で言い放つ。

「亀岡先生。彼女が想いを寄せていたのはあなたなんですよ」

　一瞬、時間が止まったみたいに亀岡は固まった。たった今向けられた櫛備の言葉がうまく理解できないといった様子で、呆然と立ち尽くしている。一方の畠山はがっくりとうなだれて数歩後退した。高い靴音が廊下に響く。やがて膝をついてすすり泣きを始めた彼女の姿を、開かずの間で寄り添った二人の霊がじっと見据えていた。

「畠山さんはきっと、学生の頃からあなたに思いを寄せていた。その気持ちは単なる年上の男性に抱く憧憬とは違っていたのでしょう。やがて教師となり、この学校に戻ってきてからも、彼女はあなたを慕い続けた。だが、あなたは彼女を優秀な教え子としてしか見ていなかった。奥さんや子供もいた。なにより、恩師との関係を壊すようなことはしたくなかった。彼女はその実直な性格がゆえに、本心を伝えるという選択肢を強引に排除してしまったんでしょう。そして、気持ちを胸に秘めたまま長い期間、ただの同僚としてあなたと接し続けた」

　床に突っ伏すようにして、しゃくりあげる畠山を一瞥し、櫛備は先を続ける。

「自分の気持ちに正直になれないながらも、彼女はそれで満足していたはずだ。自分と亀岡先生との関係はこれでいい。正しいことをしているのだと自分に言い聞かせることで精神の均衡《きんこう》を保っていたのかもしれない。だがそんな中、あの出来事が起きた。広瀬先生と溝口理絵との交際問題だ。二人の関係が明るみに出て、教師陣はその対応に追われた。当然、事情を知らぬ者が見れば、広瀬先生が悪戯《いたずら》に手を出したという図式が浮かび上がるだろう。

しかし、周囲の予想に反して二人は本気で互いを想い合っていた。彼女を守り、この先も一緒にいるためにと、広瀬先生は辞職を厭《いと》わなかった。誠心誠意、彼女のために行動を起こしたのです。そのことを知った畠山さんは内心穏やかでいられなかった。広瀬先生を呼び出し、目を覚ませと詰め寄ったはずだ。だが彼は聞く耳を持たなかった。

恥も外聞もかなぐり捨て、一途に溝口理絵を想い、何もかも投げ出そうとする彼を見ているうち、畠山さんは焦りにも似た感情を抱いた。それは自らが長年にわたり気持ちを押し殺してきたことが間違いだったのではないかという、危機感にも似た思いだった。自分は何十年もの間、亀岡先生に対する気持ちを押し殺してきた。互いに大人になってからも変わらぬ関係を続けられるよう努めてきた。それが正しいことだと信じて疑わなかった。それなのに、今目の前にいるこの若造はかつての自分ができなかったことを平気で行おうとしている。それがどうしても許せなかった」

櫛備が言葉を切ると、なんとも重苦しい沈黙がその場を支配した。

撮影クルーは仕事を続けていたが、誰もが一様に複雑な表情を浮かべている。何か言おうとして、しかし言葉が浮かばないのか、亀岡はただただやりきれないといった調子で眉根を寄せ、背中を丸めていた。もはや悲痛な面持ちを隠そうともしていない。

「……もういいわ」

畠山がぽつりと言った。地を這うようなかすれた声だった。

「あなたは開かずの間に広瀬先生を呼び出し、彼を殺害した。遺体はロッカーの中ですか？」

「……やめて」

「広瀬先生は失踪したとみなされ、溝口理絵には彼のことを忘れてやり直すよう説得した。だが、ここでもあなたは、彼女たちの心意気に打ちのめされることになる」

「やめてったら！　もうたくさんよ！」

突然、叫んだ畠山が突き刺すような眼差しで櫛備を見上げた。

「あなたの言う通り、全部私がやった。だって許せないじゃない。広瀬くんは十代の子供相手に熱を上げて、こっちが親切で言ってあげているのに聞きもしない。溝口さんは広瀬くんがいなくなったのは自分と過ごすための準備をしているんだって本気で信じていた。あなたは捨てられたんだから、いい加減に事実を受け入れなさいと助言してあげたのに、私の話になんか耳を貸そうともしなかった。おまけにあの子、『私は先生のようには生きられません』だなんて生意気なことを……！」

全身を小刻みに震わせながら語る畠山の顔が、みるみる歪んでいく。まるで幼子を捕まえては食い殺す悪鬼のように醜《みにく》く、おぞましい形相だった。

「私はずっと正しいことをしてきた。道を踏み外さずに生きてきた。それなのに、どうしてあんな奴らが……。私が間違っていたの？　私……私が……」

自身の両手を見つめながら、畠山は嘆く。もはや自らの行動を正当化できる精神状態ではないのだろう。今にも砕け散りそうな心を必死に押しとどめるかのように、彼女はひたすら「間違ってない……間違ってない……」とうわ言のように繰り返している。もはやそこには、美幸がかつて信頼し、尊敬し、そして憧れた強い女性の姿はなかった。

これ以上は無意味だと判断したのか、櫛備は設楽に合図をし、撮影は終了した。

「――畠山くん」

放心状態で俯いていた畠山の肩にそっと手を置き、亀岡は力なく笑った。

「すまなかった。私は君に何も……。本当に、申し訳ない……」

深く頭《こうべ》を垂れた亀岡の声は震えていた。畠山は両手を弱々しく持ち上げ、くしゃくしゃに歪んだ顔を覆う。そして次の瞬間、堰《せき》を切ったように泣き叫んだ。意味不明の言葉を発し、声が嗄《か》れるのではないかというほどに金切り声を上げる畠山の姿は、後悔と苦悩に染め上げられていた。

美幸はやりきれない思いで顔をそむけた。変わり果ててしまった畠山の姿を直視できず、思い出の中の彼女の存在までもが薄れていくような気がして胸が苦しかった。

目の前の現実から逃げるように視線を転じると、開かずの間にいる理絵と目が合った。広瀬と並び、どこか満足そうに微笑む彼女の顔からは、あの頃のような憂いの表情はなくなっていた。

「理絵ちゃ……」

声をかけようと思っても、うまく言葉が浮かんでこない。

――ありがとう。

ただ一言、それだけを言い残して、理絵は広瀬と見つめ合う。

寄り添う二人の姿はやがて、音もなくかき消えていった。

8 美幸

鏡の怪異が消えたおかげか、携帯の電波は復旧していた。通報を終え、警察が来るのを待つ間、櫛備と撮影クルーは中庭の桜の木を調べることにした。

桜の木の下に嫌いな相手の持ち物を埋めると、その人物に不幸が訪れる。そんな噂の真相を調べておきたくなったらしい。用具倉庫から拝借してきたシャベルで掘り返してみたところ、木の下からは、それはおぞましいものが次々と発見された。

泥だらけのポーチや切り裂かれたハンカチ、片方だけの上履き、すべてのページが『死ね』の文字で埋め尽くされた教科書。ずたずたに切り裂かれた体操着。ひどいものになると、ペットボトルに入った血のような液体や、小さな缶ケースにびっしり詰まった爪。髪の毛でぐるぐる巻きにされた人形など、掘り進めるほどに不気味な品が多く発見された。

「たった一か所掘っただけなのにこの有様だ。同じようなものがそれぞれの木の下に埋まっているかと思うと、胸やけがしてくるねえ」

櫛備はそう茶化したが、誰一人笑い飛ばすことはできなかった。

警察の到着後、亀岡から事情を聞いた警察官が開かずの間のロッカーを改めると、櫛備の推測通り、中からは白骨化した成人男性の遺体が発見された。衣服や持ち物から広瀬敏和と特定され、遺体の手には女性のものらしき長い髪の毛が握られていた。殺される寸前、組み合った時にでも摑んだのだろう。この髪の毛のDNAが畠山のものと一致すれば、動かぬ証拠になる。

学校側は、教頭を務める畠山が過去に二人もの人間を殺害していた事実をどのように受け止めるのだろうか。少なくとも理絵と広瀬の関係が表沙汰になった時などとは比べ物にならない騒ぎが起きるはずである。この先の教職員の心労を思うと、美幸は複雑な思いに駆られた。

警察の聴取は長く続き、全員が解放されたのは白々と夜が明ける頃だった。玄関先で撤収の準備をする撮影クルーを待つ間、櫛備は隣に座る亀岡に対し、何気ない口調で声をかけた。

「亀岡先生、最後に一つ教えてほしいのですが」

「なんでしょう?」

憔悴《しょうすい》しきった様子の亀岡が首をひねる。

「溝口理絵が屋上から転落死した事件、最初に遺体を発見したのはあなたでした。その際、彼女が自殺ではないことに気づいていたのではありませんか?」

亀岡は、どこかで櫛備にそのことを訊かれるであろうことを察していたように、深い息をついてうなずいた。

「そうではないかという思いはありました」

「周囲が自殺だと信じて疑わなかったから、あえて声を上げなかった？」

「いや、そうじゃない。私は信じたくなかったのです。畠山くんが生徒を殺したなどという可能性を」

亀岡は弱々しい口調で言葉を吐き出した。玄関前に停車したパトカーの後部座席に乗せられた畠山を遠巻きに見つめるその眼差しは、言葉以上に彼の心情を物語っている。

「私のことを軽蔑しますか？」

唐突な質問に対し、櫛備は即座に頭を振った。

「いえ、まさか。今更そのことであなたを責めるつもりはありませんよ。僕はただ、確かめておきたかっただけです」

茶化すように言ってから、軽く肩をすくめた櫛備に、亀岡は噴き出しそうな笑みを浮かべた。

「櫛備さんはすべてお見通しだったというわけですね。最初にお目にかかった時にも、あなたは私のことを色々と見抜いてしまった。本当に素晴らしい力をお持ちだ」

感心したように、亀岡が深く息をつく。だが、櫛備はすかさず首を振り、そっと耳打ちするようにして、

「実を言うと、あれは霊視とは違うんですよ。少々、亀岡先生を観察しただけでして」

「観察？」

怪訝に問い返す亀岡。櫛備は少々、照れくさそうに後頭部をかく。

「最初にお目にかかった時、亀岡先生の目は充血し、疲れが顔に滲んでいた。胸ポケットには老眼鏡が差さってましたから、ついさっきまで机に向かう仕事をしていたことがわかる。指先に赤いインクが付いていたことからも、テストの採点だと察しがつきました。テストの採点をしているということは、教頭の役職には就いていない。家に誰もいないと指摘した理由は、あなたの着ているスーツの上着、カフスボタンが一つ取れてしまっていたことと、シャツにアイロンを当てている形跡がなかったこと。不潔なほどではないが、細かく手入れされているわけでもなさそうだったからです。それに、ネクタイには小さな食べこぼしの跡があります。これも日々汚れを気にしてくれる人がいれば気がつくことだ。長年、そういった環境に慣れていたため、いざ一人になると気が回らない。左手の薬指に指輪をしたままなのは、望まない別れだった証拠です。離婚ではなく奥様を亡くされたのですね」

「胃腸の調子が悪いと言ったのは？」

「脳や心臓に異常があると言えば、誰もが過剰に反応し『そんなことはない』と強く否定されることもあります。しかし、胃腸というのは気持ちひとつで良くも悪くもなるものだ。ですから、たとえばそう、極度な緊張状態というだけでキリキリ痛むといった具合に。ですから、最も相手を誘導しやすく、言われた側は『そういえば、そんな気がしなくもない……』という心理に陥りやすいのですよ」

「息子がいるとわかったのは何故です？」

更に突っ込まれると、櫛備は噴き出すように笑い、

「僕はただ『お子さん』と言っただけです。息子とも娘とも言っていない。亀岡先生が勝手に情報を補完してくれただけですよ」

「だが、もし私の息子が近場に住んでいたら？」

「たとえ隣の家に住んでいても『離れて暮らしている』ことに変わりありませんからねえ」

はっはっは、と呑気に笑いながら、櫛備は何でもないことのように言ってのけた。対する亀岡はあんぐりと口を開けたまま呆然としている。話した記憶のない個人的な情報をすらすらと言い当て、肝心な情報は相手に補塡《ほてん》させることで、本当に霊視しているかのように思い込ませてしまう。櫛備十三の常套手段にまんまと嵌ま

ってしまったことに、ようやく気がついた様子だった。

「あれは霊視などではなく、単に推理しただけ……だったのですね？」

「推理と呼ぶのもおこがましいくらいの、単なる『観察』と『推測』、そして『誘導』です。ぱっと見ただけでその人のすべてを見抜くなんてことは、そう簡単にできるものじゃあありませんから」

殊更《ことさら》悪びれる様子のない櫛備に対し、亀岡はただただ感心するばかりだった。こんなタイミングでイカサマを告白されたら、誰だって驚くに決まっている。

「畠山晶の件に関しても、実はここへ来る前に、ちょっとした知り合いに当時の捜査資料を見せてもらいましてねえ。転落死した溝口理絵の制服から、微量の花粉が検出されたことを知りました。当時、屋上では園芸部がプランターで花を育てていました。この学校の中庭はどういうわけか植物の育ちが悪く、中庭の花はうまく育たずに枯れてしまう。まあ、あんなに多くの呪詛を込めた物が埋められているわけですから、植物が正常に育たないのもうなずけます。ともあれ、当時の園芸部は毎朝、始業前にプランターに水をやる決まりだったようですが、どうにも生徒たちはサボりがちで、顧問の先生が水をやっていたと『当時の園芸部の生徒』から話を聞きました」

ちら、と横目で美幸を一瞥する櫛備。その意地悪な視線に、美幸は妙な居心地の悪さを感じて視線を逸らす。

「ここで肝心なのは、溝口理絵は園芸部ではなかったということです。屋上へ行ったのはただ飛び降りるため。現場の状況からはそう考えられましたが、プランターの位置と飛び降りた位置が離れているにもかかわらず、なぜ花粉が制服に付着していたのか。それが疑問だった。ところがここで、彼女が自分の意志ではなく、何者かに呼び出されたのだと考えれば話は変わってくる。彼女が転落死した日の早朝、屋上で花の世話をしていた人物——もうおわかりですね？　畠山晶が溝口理絵を呼び出し、口論になり、揉み合ううちに花粉が付着した。あなたはそのことに気がついてしまったのでしょう」

言い訳の一つもしようとせず、観念したように亀岡はうなずいた。

「私は怖かった。頭に浮かんだ可能性が事実であると思い知らされることがとにかく怖くて、本人にそのことを問い質すことも、誰かに相談することもできなかった。思えばあの時、私は教師として許されぬ失敗をしたのでしょう。教え子の過《あやま》ちを正すどころか、見て見ぬふりをしてしまった。彼女がしたことは許されないが、知らぬふりを決め込み彼女を見捨てた私の責任も、決して軽くはないはずだ」

自らが吐き出す言葉の通りに、亀岡の顔には深い後悔が滲んでいた。彼が抱える罪悪感はきっとこの先、晴れることはないだろう。けれど教え子の罪を、その苦しみを分かち合おうとする彼の姿勢に、美幸は素直な驚きを感じた。学生時代はただの口うるさい頑固オヤジにしか思えなかった亀岡の意外な一面に、思わず胸が締めつけられる。この人には教師を辞めてほしくない。そう強く思った。

「思い詰める必要はありませんよ」

そっと諭すような口調で、櫛備が言った。

「あの二人はすでにこの世にはいない。再会を果たした二人は未練を断ち切り旅立っていったんです。言い換えるなら、彼らは自分を殺した畠山を憎んではいたかもしれないけれど、そのことに執着してはいなかった。最初から、問題はその点じゃあなかったんです。彼らは徹頭徹尾お互いのことだけを考え、二人だけの世界を求めていた。雑な言い方をするなら、他のことはどうでもいいんですよ。彼らはもう死んでしまった。その事実は変えられない。畠山の罪は暴かれ、彼女はその罪をこれから背負っていく。この三年余り、亀岡先生が抱え続けた苦しみは消え去ったんです。もしあなたが自分を責めるようなことがあれば、それこそ畠山晶は生きて罪を償う気力すら持てないでしょう」

「しかし、私は……」

「前を向く。それが一番だと思いませんか?」

ぴしゃりと告げた櫛備を前に、亀岡は言葉を詰まらせた。それから、しばしの沈黙の後にふっと相貌を崩し、やれやれといった様子で溜息をついた。

「あなたにはかなわないな。初めて見た時から胡散臭いと感じていたが、ここまでくるともう、お手上げだ」

「その胡散臭さというのがウリでしてねえ。結構評判なんですよ」

そうやって屈託なく笑い合う二人の姿が、美幸にはなんだか不思議なものに見えてならなかった。

かつて、学生時代に関わりを持った教師と、現在、不可思議な体験を共にしている師のような存在。まるで別世界の住人と言えるような二人がこうして笑い合っている姿はどうにも不釣り合いで、ミスマッチで、けれど思いのほか悪くない。

「しかし、あなたのように昔気質《かたぎ》な教師が広瀬敏和や溝口理絵に理解を示すというのは、僕としては少々驚きでした。自殺してしまったとは言っても、許されないことは許されない。頭でっかちの教師というのは、そういう考えをお持ちなのかと」

ずけずけと思ったことを口にする櫛備に対し、もはや亀岡は嫌な顔をする気にもならないらしい。言葉そのままに受け取り、思案し、そして答えを口にする。

「もともとは私もそう思っていたはずです。しかしあの頃、教師としての自分のやり方が必ずしも正しいわけではない、もっと周りに目を向けるべきだと思わされるような出来事がありましてね」

「ほう、それは興味深い。どんな出来事ですか？」

ずい、と顔を近づけた櫛備に対し、亀岡は少々、言いづらそうに口をもごもごさせ、心なしか赤面している。

「二人の関係が話題になる少し前、私の下駄箱に手紙が入っていまして……」

「手紙？」

「いわゆる『ラブレター』というやつでした。驚きましたよ。かわいらしい便せんに小さな文字でびっしりと、私への気持ちをしたためてあるのですから。まさか自分のような教師が『先生のことが大好きです』などと書かれた手紙を受け取るなんて夢にも思っていませんでした。しかも送り主は、まともに話したこともない女子生徒でしたから、余計に驚いてしまいまして」

手紙。教職員用の下駄箱。それらの単語に、美幸はつい反応してしまう。ざわざわと胸が落ち着かず、何かとてつもなく嫌な予感を覚えずにはいられなかった。

そんな美幸を横目に確認した櫛備が、何かを察したような顔をしてにやりと笑った。粘りつくようなその笑みに、美幸は思わずぞっとする。

「亀岡先生、ちなみにその女子生徒の名前は？」

「はあ、軀田美幸という生徒です。もしかしてご存じですか？」

やっぱり！　と叫び出したくなる衝動を必死にこらえ、美幸は握りしめた拳に強く歯を立てた。そんな彼女の様子を見逃すはずもなく、櫛備はねっとりと糸を引くような眼差しで凝視してくる。

さも嬉しそうに、はにかむような笑みを浮かべて。

「……いえ、存じませんねえ。しかし大胆な生徒もいたものだ。もしその子がこの場にいたなら、きっと今頃、恥ずかしさに顔を真っ赤にしていることでしょう」

皮肉たっぷりに言い放つ櫛備の視線が横顔に突き刺さる。耐え難いほどの屈辱に、意図せず呻き声が漏れた。

「それで亀岡先生は、その生徒に返事をしたのですか？」

櫛備が嬉々として訊ねると、亀岡は即座に首を横に振った。

「いえ、まさか。当時私には妻もいましたし、生徒の気持ちに応えるなんてことはできませんでした。ただそのことをきっかけに、生徒に対する自らの態度や言動に疑問を感じましてね。生徒といえど一人の人間。しかもまだ成長途上の多感な時期だ。上から押さえつけるばかりでなく、生徒の気持ちに寄り添い、ひとりの人間として、真剣に向き合うことが必要ではないかと考えさせられたのです。まあ、そうは言っても不器用なもので、思うようにはいきませんでしたが」

「なるほど。それは素晴らしい。先生にそのような変化を与えたその女子生徒には、ぜひともお目にかかりたいものですなあ」

依然としてにやにやと、下卑《げび》た笑いを浮かべた櫛備は、頭を抱えしゃがみ込んでいる美幸を満足げに見下ろしていた。

――まさか、こんな『間違い』が起きていたなんて。

手紙を入れたのは玄関の掃除をしている最中だった。他の生徒の目を盗み、広瀬の下駄箱を確認した美幸が手を伸ばした時、背後から名前を呼ばれた。美幸は友人に振り返り、動揺を気取られぬよう努めながら後ろ手に手紙を下駄箱に忍ばせた。あの時、広瀬と亀岡の下駄箱を間違えてしまったのだ。

――信じられない。私はそんな……ミスを……。

今更になって恥ずかしさがこみ上げてくる。穴があったら入りたいというのは、まさにこんな心境なのだろう。全身から汗が噴き出し、心臓がこれでもかとばかりに暴れ出す。この数年間、大切に抱え込んでいた甘酸っぱい記憶が、見るも無残に崩れ去った瞬間であった。広瀬から返事がこなかったのも当然だ。理絵とのことがあったからではなく、そもそも送る相手を間違えていたのだから。

今すぐこの場から逃げ出したいという強い欲求と共に、美幸の心に長らく引っかかっていた疑問がたちまち氷解していく。あの頃、亀岡は担任でもないのに何かにつけて美幸に口うるさく小言を吐き、授業中も異常なほど当てられた。廊下を走るなと怒られるのも、玄関前でスカートの丈を注意されるのも、いつも美幸ばかりだった。もしかするとそれは、単にターゲットにされていたということではなく、亀岡なりに誠意を持って接してくれていたのかもしれない。間違えて届いてしまった美幸のラブレターをきっかけにして……。

今になってそんなことがわかっても、ただただ複雑な気持ちになるばかりである。もはや立ち上がる気力すら湧かず、美幸はその場にへたり込んだ。

そうこうしている間に、険しい顔をした刑事が亀岡を呼んだ。

「それでは私はこれで。今夜は驚くべきことばかりでしたが、あなたのおかげで胸のつかえが取れた気がします。櫛備先生、本当にありがとうございました」

深々と礼をして、亀岡は踵を返す。そして去っていく彼と入れ替わりに、警察の聴取を終えた修平が二人の元にやってきた。

「やあ、お疲れさん。刑事さんたちにいじめられなかったかい？」

修平は向けられた軽口をやすやすと受け流し、真剣な面持ちを櫛備に向ける。

「櫛備さん。梓ちゃんのこと、話してもらえますか」

単刀直入に言った修平を見返し、櫛備はしばし沈黙した。それから、バツが悪そうにがりがりと後頭部をかいて苦笑する。

「仕方ないねえ。約束しちゃったもんなあ」

溜息混じりに言いながら、櫛備は難儀そうに廊下のベンチに腰を下ろす。

そして、静かに語り出した。

「君が知りたいのは、梓が霊に取り憑かれた時の話だよねえ。僕の助手を始めたのも、元はといえばそのことが知りたかったからなんだろう？」

「それだけが理由ではありませんが、一番の動機ではあります。彼女の身に何が起きたのか。何故あなたは彼女を助けられなかったのか。俺はそれが知りたい」

助けられなかった。その言葉に美幸は妙な胸騒ぎを覚えた。

──櫛備十三が人殺しだってことさ。

修平が口にした言葉の真意が、ようやく明らかになろうとしている。

「あの子は……」

わずかに言いよどむ櫛備の表情は、普段とは明らかに違っている。底知れぬ悲しみ、あるいは憤りによって影が差した重々しい表情。

「家族で出かけた旅行先の宿で、タチの悪い霊に取り憑かれてしまったんだ。詳細は省くが、以前、その場所で命を落とした霊の苦しみを、あの子は理解しようとした。うかつにも声をかけ、そしてそのまま身体と意識を奪われた。僕と妻が気づいた時には、あの子は断崖絶壁の谷底へと身を投げる寸前だったよ。どうにかして捕まえて家に連れ帰ったけれど、断続的に身体の主導権を霊に奪われ、その都度奇声を発して暴れまわったり、自傷行為を繰り返した。昔、そういう内容の映画があったよねえ。ほら、『エクソシスト』だっけ。まさしくあんな感じだよ。向こうは悪魔だけど、あの子に取り憑いていたのはただの女性の霊だった」

息継ぎのように言葉を切り、櫛備は頭を振った。

「いや、ただの霊なんかじゃあない。壮絶な死を体験し、生きとし生けるものすべてを憎んでいるような凄まじい怨念に駆られた悪霊だった。僕と妻は当時、そういうことにはとんと疎《うと》くてねえ。知り合いの伝手《つて》で紹介された霊媒師に除霊をしてもらうことにした。だが素人目に見ても、娘と霊とのつながりはかなり深くなっていて、そうやすやすと娘を手放そうとしないのは明らかだった」

「それで、どうなったんですか?」

我慢できずに美幸が問いかける。こちらを一瞥した櫛備は、無念そうに目を伏せ、再び頭を振った。

「霊との交渉は早々に決裂した。そのため霊媒師は強引な除霊を行い、娘の身体から力ずくで霊を追い出すことにした。半ば同化しつつある二つの魂を強引に引き裂こうとしたんだ。さっきも言ったけれど、何も知らない僕たちは苦しみに喘ぐ娘をただ見ているしかできなかった。別人のように豹変《ひょうへん》し、品性を欠いた下劣な言葉を繰り返しては、尋常ならざる力で僕や妻に危害を加えようとする娘を前に、圧倒されるばかりで何もできなかった。この足も、その時にやられたものだ」

自身の右膝に軽く触れて、櫛備は苦しそうに眉根を寄せた。

「霊を追い出さなければあの子は助からない。このままでは身体が負荷に耐えきれず死んでしまう。だから強引にでも霊を娘の身体から引きずり出すしかないと霊媒師に言われ、僕はその言葉を鵜呑みにした」

櫛備は背もたれに身体を預け天井を仰ぐ。だらりと弛緩した両腕がわずかに震えているのを、美幸は見逃さなかった。

「結果的に、娘の身体から霊は出ていったよ。けれど同時に娘の魂もどこかへ行ってしまった。霊による侵食と除霊時の苦痛から逃れるかのように、あの子の魂は身体を抜け出してしまったんだ。静まり返った部屋でぐったりと横たわる娘を見て、僕は霊媒師に詰め寄った。霊媒師は言ったよ。『娘さんの魂は滅びたわけではない。今もどこかを彷徨っている』と。そうしている間にも娘の身体は徐々に冷たくなっていった。すぐに病院に搬送したけれど、医者にはどうすることもできなかった。結局、あの子の肉体は一週間ともたず活動をやめてしまったよ」

そこまで聞いて、修平は我慢しきれないとばかりに声を上げた。

「それで、罪滅ぼしのためにあなたも霊媒師になったのですか？」

「少し違う。僕が霊媒師になったのは、娘の件があった少し後に、あることをきっかけにして『視る力』が目覚めたからだ。そのことに気づいた時、僕は思った。霊媒師として多くの霊と接することで、どこかへ消えてしまったあの子にもう一度会えるのではないかと。残念ながら、未だにその願いは叶ってはいないがねえ」

ははは、と力なく笑う櫛備を見て、美幸の胸は更に締めつけられた。櫛備がハッタリばかりで強引な除霊を決して行おうとしない理由がようやく理解できた。そもそもそんな力がないということもあるけれど、それ以上に、娘の身に起きたことが原因だったのだと。

「……人殺しじゃないよ」

気づけばそう、口にしていた。こちらを向いた修平をまっすぐに見据えて、美幸は声を絞り出す。

「先生は人殺しなんかじゃない。娘さんを助けようとしただけだよ。悪いのはその霊と霊媒師でしょ。先生も奥さんも、娘さんを愛していたから、助けたい一心でそうするしかなかったんだよ。修平くんだって、その子のこと好きだったんでしょ？助けるためなら同じことしたんじゃない？　放っておいたら霊にいいように身体を使われて、死んじゃうかもしれなかったんだよ」

「わかってる」

「わかってないよ」

ぶっきらぼうに応じた修平に対し、美幸は声を荒らげて詰め寄った。

「梓さんを失ってつらかった気持ちは、あなたよりも先生の方がずっと大きいかもしれないんだよ。それなのに、どうして先生のことを人殺しだなんて言うの？　娘を失った父親に対してそんなこと言うなんて、そんなの絶対に――」

「わかってるよ！」

今度は修平が語気を強めた。

「俺だって、本気で櫛備さんが梓ちゃんを殺しただなんて思ってない。あの時は、本当のことが聞きたくてつい口が滑ったんだ」

修平はバツの悪い顔をして、それから窺うような視線を櫛備に向けた。

「でも、昨夜の件でははっきりしました。やっぱり櫛備さんは本物の霊媒師だった。霊に対してあれほど親身になれるあなたが、梓ちゃんの死に心を痛めないはずがない。苦しまなかったはずがないんだ。俺は真相が知りたいばかりに、あなたにとんでもない無礼を働いてしまった。そのことはお詫びします」

深く頭を下げた修平を見下ろしながら、櫛備は困ったように笑う。

「やれやれ。やっぱり人ってのは、持って生まれた性格を捻じ曲げるのは簡単じゃあないんだねえ。君のような好青年に真っ向から頭を下げられちゃあ、許さないなんて言えないよ」

「櫛備さんがいなかったら、あの二人の霊は再会できなかった。殺人犯も野放しで、俺たちだってあの怪異に殺されていたかもしれない。霊が視えるというだけの力しか持たないあなたが、そのすべてを解決してしまった。その根底にあるのが霊を敵とみなして排除するのではなく、同じ人間としてわかり合おうとする優しさからきていることに、俺は気づかされました」

修平の瞳にはもう、櫛備に対する強い憎しみや、燃え滾《たぎ》るような怒りの感情は宿っていなかった。代わりにあるのは見当違いな敵意を向けたことによる後悔と、生死にかかわらず、死者の抱える苦しみに寄り添う霊媒師に対する強い信頼だった。

「ははは、なんだかむず痒いねえ。でも修平くん、勘違いはしない方がいい。僕は娘の魂を探すために霊媒師をやっている。その動機は今も変わっていないよ。これからだって変える気はない。それはつまり、正しい意味での『霊媒師』として霊たちと接しているわけではないということなんだ。何度も言うけれど、霊なんてものは身勝手でわがままでどうしようもない連中だ。赤の他人の願いばかりを聞いて、いつまでも娘に巡り会えないというこの現状に、僕はたいそう不満を抱えている。だから手を抜きたくなるし、働いた以上の報酬が欲しくなる。たとえインチキやイカサマだと罵られようと、そのスタイルは変えられそうにないんだよねえ」

ちら、と美幸を一瞥して、櫛備は悪戯に笑う。

「だから僕は、君が言うような立派な霊媒師ではないし、褒められるような人間でもない。『今世紀最強の霊媒師』なんてものはテレビの中だけの作り物。金儲けのために利用されるイメージでしかないんだよ」

「そうですね。私もそう思います。ケチなイカサマで依頼人を騙そうとしてばかりの先生には『今世紀最強』なんて仰々しい通り名はもったいないんですよ。もっとこう、いい加減で適当な……ニセモノ……ううん、『贋物《がんぶつ》』霊媒師ってくらいが調度いいんです」

　ここぞとばかりに便乗し、言いたい放題の美幸に対し櫛備は不満を露わにして異を唱えた。

「おいおいおいおい、待ってくれよ美幸ちゃん。なんだよその言い草は。自分で卑下するのはともかく、君は僕の助手なんだから『そんなことないですよ。先生は日本一の人格者で最高の霊媒師です』くらい言えないのかい？　何なんだよ贋物霊媒師って。いかにも三流小説家がつけそうな、いい加減なネーミングじゃあないか」

　ぶちぶちと文句を言う櫛備をよそに、修平はこらえきれないといった調子で噴き出した。つられて笑いながら、美幸はこんな風に、三人で笑い合える日が来たことが素直に嬉しかった。修平が現れたことによって自分の存在意義を見失いかけ、櫛備との関係を続けていくことに疑問を感じていたのが、遠い昔のように思える。

「美幸さん、君に言ったことも訂正するよ」

ひとしきり笑った後、修平は美幸に対し唐突に頭を下げた。

「俺なんかより、君の方がずっと櫛備さんのことを理解している。たとえ霊体だろうが何だろうが、彼を信じてついていく強い意志がある者こそが助手としてふさわしいんだ。俺が言うのもなんだけど、自信を持っていい。櫛備さんの助手は君にしか務まらないよ」

「修平くん……」

その言葉を素直に嬉しく思う一方で、修平の偽りのない眼差しの中に微かな物悲しさを感じ取り、美幸は妙な胸騒ぎを覚えた。

「先生の助手、辞めるつもりなの?」

「ああ、君がいれば十分だろ」

そう言って、屈託なく笑う修平の顔は、どこか晴れ晴れとして見えた。

それからもう一度、修平は櫛備の方を向いて、

「俺も櫛備さんと同じ気持ちです。梓ちゃんの魂はきっと今もどこかにいる。そしていつか、俺の所にやってきてくれる気がするんです。今日の事件を通して、その仮説をより強く信じられるようになりました。死を超えた先にある強い想い。それはきっと、肉体を失ったところで消えてしまうわけではないって」

「ふむ、憑き物が落ちたみたいにいい顔をするじゃあないか。僕の助手を辞めるこ

とがそんなに嬉しいのかい？」

皮肉混じりに言いながら、櫛備は不満げに眉根を寄せる。

「それに、だ。あの子が父親である僕を差し置いて君の所に現れるなんてこと、あるのかなあ？　その点に関してはどうにも納得がいかないんだが」

「その時は、真っ先にお知らせしますよ。あなたの悔しがる顔が楽しみだ」

どこか憎めない軽口を残し、してやったりとばかりに皮肉な笑みを浮かべた瀬戸《せと》修平は、そのまま踵を返し校舎を後にする。確かな歩調で遠ざかっていく背中を見送る櫛備の横顔には、温かく優しい光が宿っていた。その光はいつだって美幸の心を軽くさせる。

「雨降って地固まる――ってやつですね」

「んん？　何を言ってるんだい美幸ちゃん。昨日からずっと快晴じゃあないか。まったく君は、その年で耄碌《もうろく》してしまったのかい？　そんなんじゃあ安心して助手なんて任せられないなあ」

「いや、そういうことわざがあるじゃないですか。なんでわからないんですか？　ああもう、先生は本当に人の気持ちってものが理解できてませんね。そんなんだから助手にも逃げられちゃうんですよ！」

ぷくく、と憎たらしい笑みを浮かべる櫛備を吹き飛ばすような勢いで、美幸は盛大に溜息をついた。さっきまでの穏やかな気持ちはどこへやら。眉を吊り上げ、腰に手を当てて苛立ちを露わにする。

「こらこらこら、君こそ何を言ってるんだよ。さっきの話、聞いていなかったのかい？　彼とはちゃんと和解して、合意の上で関係の解消を……ってちょっと、美幸ちゃん、おいったら。話を聞いてくれよ。おおい……」

何事か言いながら追いすがる櫛備をよそに歩き出し、校舎を後にした美幸は、不意に足を止めてかつての学び舎を見上げた。青々とした空を背にした屋上から、かつての学友が手を振っている姿を幻視して、思わずはっとする。

——ばいばい。理絵ちゃん。

心の中でそう呟き、両手を広げた美幸は、その手を大きく振った。

エピローグ

「そう。修平《しゅうへい》くん、そのまま辞めちゃったのね」

鴻上《こうがみ》心霊研究所の社長室。応接ソファで長い脚を優雅に組んだマリが煙草《たばこ》を口から離し、ふっと紫煙を吐き出した。トレードマークのパンツスーツは今日もびしっと決まっていて、ただ脚を組んでソファに座っているだけなのに、直視できないほどの美しさと威圧感を同時に放っている。

「惜しい人材を失ったわ。素材は良かったから、うまくプロデュースすればテレビでも使える霊媒師になれたかもしれないのに。いつまでも櫛備ちゃんだけに頼ってばかりじゃ、うちの売上も頭打ちですもの」

「そうなってくれたら、僕ももう少し楽できそうだったんですがねえ」

櫛備の軽口をよそに、マリは愁《うれ》いを帯びた眼差しを遠くへやった。

「それに私、あの子だったらもしかしたらって思ったのよね」

「と言いますと？」

問い返した櫛備を軽く一瞥《いちべつ》し、マリは再び煙を吐いた。

「毎日、霊とばかり関わっているあなたを『こっち側』に繋ぎ止めておくために、生きている人間と交流を持たせたかったのよ。友達づきあいをしようとしないあなたでも、ああいう子とならなら気が合うんじゃないかと思ったの。これでもあたしは、あなたが『向こう側』に引っ張られてしまわないように、色々と配慮してるのよ」

「ははは、そりゃあお優しい。冥利《みようり》に尽きますねえ」

　ふわふわと上昇していく煙をぼんやりと見上げながら、櫛備は茶化すように笑った。

「それはそうと、心霊特番の放送観たわよ。すごいじゃない。鏡に取り憑いていた男性教師の霊と屋上から転落死した少女の霊を除霊して、そのうえ二人を殺害した教師を逮捕に導いた。もうこれ、やってることは霊媒師の範疇《はんちゆう》じゃないわよ。そろそろ、ＦＢＩから依頼が来てもおかしくないわね」

「ははは、どうですかねえ」

　そんなわけがないだろう、とでも言いたげに苦笑する櫛備を気にする様子もなく、マリは上機嫌で喋り続けている。

「少し前にも、殺人犯の霊から行方不明者の遺体の在処《ありか》を聞き出したわよね。そういう仕事、探せばきっとまだあるはずよ。今度警察に営業かけてみようかしら。失踪者とか指名手配犯だとか、たちどころに捕まえますなんて触れ込みで。どう？」

　どうと言われても、と櫛備は困ったように笑い、こめかみの辺りをぽりぽりやった。褒められたことに気分を良くしてはいるようだが、相手がマリということもあってか、下手に調子に乗ると余計な仕事が増えるだけである。

「これは稼げるわよ。サクラを仕込む必要も、事件をでっち上げる必要もないから、経費も最低限で済むし。設楽くんの撮影クルーに密着させれば、そっちの方でも儲けが出るわね……」

櫛備を置いてけぼりにして、マリは次々に儲け話のプランを練り上げていく。こうなってしまうと、彼女の耳にはお金の話題しか届かなくなる。

いったい何が彼女をここまでの金の亡者《もうじゃ》にさせているのか。それはきっと、櫛備にもわからないのではないだろうか。

「あの、社長。お話っていうのはそれですか？　長旅のせいで僕も疲れていますからねえ。そろそろお暇《いとま》を……」

「ああ、違うのよ。話したかったのは別のこと」

そう言って、マリはその目をわずかに細め、じっと櫛備を見据えた。

「佳代子《かよこ》とは連絡を取っているの？」

わずかな時間、櫛備の表情が凍りつく。

「その話ですか……」

今までとは比べ物にならないほど複雑な表情で、櫛備は呻《うめ》くような声を出した。

「妻からはしばらく連絡はありません。あったとしても、まともな話し合いになんかなりませんしねえ」

「今回のこと、話す気はないの？」

「修平くんのことを？　話したところでどうにもなりはしませんよ。妻は——カヨちゃんは修平くんのように素直な性格をしてはいませんからねえ。社長だってそれはご存じでしょう。何十年来の友人なんですから」

マリは難しい顔をして唸《うな》りながら、眉間に皺を寄せた。

「まあねえ。でもあたしだってもう三年近く話してもいないのよ。今頃どこで何をしてるのか、わかったもんじゃないわ。梓《あずさ》ちゃんのことがあってからは、ずっとそんな感じよ」

やりきれないといった調子で息をついたマリが卓上の灰皿に煙草を押しつける。

「あなたたちがまた以前のように話せる日は、来ないのかしらね……」

「たぶん、僕が生きている限りは無理でしょうねえ」

「あら、それでもかまわないって口ぶりじゃない。あなたを恨むことで、佳代子は生きていられる。どんな形であれ、彼女が生きていてくれるならそれでいい、ってところかしら？」

鋭く問われ、櫛備はしばし沈黙。何事か思案するような素振りを見せた後、彼はいつものように、曖昧《あいまい》な表情をして肩をすくめた。

「その辺は、察してくださいとだけ言っておきますよ」

「夫婦の形は人それぞれ。ということね。まあ、四回失敗したあたしには一生かかってもわからないだろうけど」

「五回目はうまくいくよう、応援していますよ」

「ふん、意地悪ね」

吐き捨てるように言いながら、マリは口元を緩めて笑った。

その会話を最後に立ち上がり、「では、また」と踵《きびす》を返した櫛備がガラス張りの扉を開けて社長室を後にする。そして外から様子を窺っていた美幸を一瞥し、

「立ち聞きなんていい趣味をしているねえ、美幸ちゃん」

普段と変わらぬ表情。変わらぬ口調。だが、美幸は知ってしまった。彼がその表情の奥に、決して人に見せようとしない苦しみを隠していることを。

本当は悩みがあるなら話を聞きたい。苦しみを分かち合いたい。そう思う。けれど、それはできそうになかった。美幸自身、自分の存在についての疑問が解消されたわけではないからだ。

自分がどこまで櫛備の抱える事情に踏み込んでいいのかがわからない。修平にはああ言われたけれど、まだ自分の中で確固たる答えが見出せたわけではなかった。

「堂々と聞いてた方がよかったですか」

刺々《とげとげ》しく言い返すと、櫛備は驚いたように目を瞬《しばたた》いた。

「おや、ご機嫌斜めじゃあないか。まだ修平くんに言われたこと、気にしているの

かい？」

「別に。ただちょっと気まずくて……」

「気まずいだって？　どうして僕の家庭の事情を聞いて、君が気まずくなっちゃうんだよ？」

不思議そうに眉を寄せる櫛備。美幸はすぐに答えようとせず、無言のままで事務所を出て、狭い階段を下り、そのままビルの外に出た。通りでは犬の散歩をする老婦人や学校帰りの学生たちが行き来し、自転車に乗ったお巡りさんが颯爽《さっそう》と駆け抜けていく。長閑《のどか》な日常の風景を見るともなしに見ながら、美幸は彼らの一人一人が、自分とは異なる世界にいる別の存在に思えた。同じ人間とはいっても、やはり違う。

もし今、この世界に放り出されて、誰の目にも留まらなくなってしまったら、それは存在していると言えるのだろうか。肉体から離れ、意識だけの存在になった時から、美幸は認識してくれる櫛備がいるからこそ自我を保てていた。彼に出会えたことは幸運だったし、今もこうしてそばにいさせてくれることに、本当に感謝している。けれど、それは果たして、必要とされているからなのだろうか。

本当の意味で、助手として求められているのだろうか……。

答えはきっと、イエスじゃない。肉体が朽ちても娘はどこかにいる。そう信じ、多くの霊と接するために、櫛備十三は霊媒師になることを選んだ。そんな彼が美幸のそばにいてくれる理由。それはいったい何なのか。

一歩遅れてビルを出てきた櫛備に振り返り、美幸は訊ねる。

「先生は、私と娘さんの状況が似ているから、私を助けてくれたんですか？」

「美幸ちゃん……」

その問いかけを茶化す気はないらしい。櫛備は神妙な顔つきをしてどんな言葉をかけるべきかを悩んでいる様子だった。

櫛備が自分を大切に思ってくれているのは、きっと事実だ。修平が言ってくれたように、美幸自身もまた、櫛備の理解者として彼をサポートしているという自負はある。けれど、それとこれとは違う話だ。

――先生は私のことを、娘のように思ってくれてる。でも先生が本当に求めているのは私じゃなくて、本当の娘――梓ちゃんなんだよね。

言葉にならない問いかけを心中で呟《つぶや》く。同時に、胸にちくりとした痛みが走った。

あるはずのない、幻想の痛み。

困ったように黙り込んで言葉を探している櫛備を見ていると、その不安は余計に強まった。困らせてしまっていることに罪悪感が募る。

彼を父親のように感じていた。もちろん、そのことを口にしたことはないけれど、関係を続けていく中で気づけば、助手としてだけではなく、もっと深い家族のようなつながりを求めてしまっていた。物心がつく前に蒸発してしまった父親の影を櫛備に重ねていたのかもしれない。

身勝手で未練がましい自分が、ほとほと嫌になる。

櫛備の顔を直視していられなくなり、美幸は視線を伏せた。櫛備の靴の先、そして杖の先をぼんやりと眺めながら、いよいよ気まずさに耐えきれなくなり、その場から走り去ってしまおうかと考えていた矢先、

「――僕は、君に嘘はつかないよ」

ごく自然に、囁《ささや》くように言った櫛備の声に誘われて、美幸は顔を上げた。

「君のことが大切なのは嘘じゃあない。君は梓とは全く別の存在だし、代わりだとも思っていないよ」

「でも……」

何事か言い返そうとする美幸を、普段と変わらぬ櫛備の声が優しく遮《さえぎ》る。どこか気だるげで、けれど温かいその声が、いつだって美幸の心を解きほぐしてくれる。

「何でも一緒くたにして考えるのは君の悪い癖だ。僕には僕の事情があって、君にも君の事情がある。その結果として僕たちは今、こうして一緒にいるんじゃあない

か。それぞれの抱える事情を理解していれば、何も不安になる必要なんてないんだ。まあ僕の家庭のことに関しては、説明しなかったのは悪かったと思っているよ。でも隠すつもりもなかったんだ。機会があれば話そうと思っていた。今回はたまたま、修平くんがきっかけづくりになっただけのことだよ」

「でも、娘さんが見つかったら私は……」

「――用なしになる、とでも言うつもりかい？　それは違うさ。娘はきっと君と仲良くなれる。何なら、三人で――いや、一人と二つの魂で悪霊退治ってのも悪くないと思っているよ」

いつもの調子で茶化しながら、櫛備は顎《あご》の無精ひげを軽く撫《な》でる。

「もちろん、先に君が自分の身体《からだ》に戻れたとしても同じことさ。君は僕の自慢の助手で、娘を探すことにかけてもきっと役立ってくれる。生身の身体だろうが、そうでなかろうが関係ない。僕はそう思っているんだが、君は違うのかい？」

「私は……」

思わず言葉に詰まる。櫛備の言葉をどう捉えていいのかと困惑する一方で、どうして自分はこんな風に、一人でうじうじと悩み、ドツボにハマってしまったのだろうと、馬鹿馬鹿しさすら感じてしまった。

悩む必要なんてない。そう言われていることを理解した瞬間、心を覆っていた重々しい霧が嘘のように晴れていく。

「それに、僕の娘は君とは似ても似つかない。あの子は、たくさんの人に好かれていた。あの子の代わりなんて、君にはとても荷が重いんじゃあないかな」

「そう、ですよね……って、ん？」

一度は納得しかけたものの、聞き捨てならぬ物言いに対し、美幸は柳眉を逆立てた。

「ちょっと待ってください。それ、どういう意味ですか？　それじゃあなんだか、私がみんなに好かれていないみたいじゃないですか」

「あ、いや、それは……」

白々しい態度で櫛備は視線を逸《そ》らし、明後日《あさって》の方向を見やる。してやったりとばかりに緩んだ口元が憎たらしい。

「あーそうですか。わかりました。もう、いいですよ」

ぷいと口を尖らせて、美幸は踵を返した。

「お、おい美幸ちゃん。軽い冗談じゃあないか。何もそんなに怒ることはないだろう。せっかく僕が腹を割って話しているのに、君はいつもそうやって……」

「もういいって言ってるじゃないですか。ほら、行きましょうよ。今日もどこかで、未練を抱えた霊たちが先生と私を待ってるんですから」

急かすように言いながら、美幸は軽やかに足を踏み出す。心と同じように身体が軽いのは、単に霊体だからというわけではないはずだ。

「おいおい、何度言えばわかるんだい？　僕はねえ、そういうまともな意味での霊媒師なんてごめんなんだよ。もっとこう手を抜いて、可能な限り楽をしてお金を稼ぎたいんだ。そのためにも、霊の頼み事なんて適当に濁してだねえ……」

相変わらずの調子でぶつくさと愚痴《ぐち》を垂れる櫛備を振り返った時、美幸はその傍らに、まだ見ぬ『友人』の姿を見た気がした。

瞬きをする一瞬の後、その幻は儚《はかな》く消える。思わず立ち止まり、美幸はその少女がいたであろう場所に向かって心の中で語りかけた。

その時が来るまで、自分が櫛備と共にいる。そして一緒に、あなたのことを見つけてみせる。

——だから、待っててね。

いつか巡り会う、その日まで。

本書は、書き下ろし作品です。

著者紹介

阿泉来堂（あずみ　らいどう）

北海道出身、在住。『ナキメサマ』(受賞時タイトル「くじりなきめ」)で第40回横溝正史ミステリ＆ホラー大賞〈読者賞〉を受賞し、デビュー。他の著書に『贋物霊媒師　櫛備十三のうろんな除霊譚』『ぬばたまの黒女』『忌木のマジナイ』『邪宗館の惨劇』がある。

ＰＨＰ文芸文庫　贋物《がんぶつ》霊媒師２　彷徨《さまよ》う魂を求めて

2023年３月22日　第１版第１刷

著　者	阿　泉　来　堂
発行者	永　田　貴　之
発行所	株式会社ＰＨＰ研究所

東京本部　〒135-8137 江東区豊洲5-6-52
文化事業部　☎03-3520-9620(編集)
普及部　☎03-3520-9630(販売)
京都本部　〒601-8411 京都市南区西九条北ノ内町11

PHP INTERFACE　https://www.php.co.jp/

組　版	朝日メディアインターナショナル株式会社
印刷所	株式会社光邦
製本所	株式会社大進堂

ISBN978-4-569-90289-0

PHP文芸文庫

贋《がん》物《ぶつ》霊媒師

櫛《くし》備《び》十《じゅう》三《ぞう》のうろんな除霊譚

阿泉来堂 著

「どうか、ここから消え去っていただけないだろうか、この通りだ」霊を祓えない霊媒師・櫛備十三が奔走する傑作ホラーミステリー！

PHP文芸文庫

一行怪談

吉田悠軌 著

「公園に垂れ下がる色とりどりの鯉のぼりに、一つだけ人間が混じっている。」一行のみで綴られる、奇妙で恐ろしい珠玉の怪談小説集。

PHP文芸文庫

夜廻《よまわり》

日本一ソフトウェア原作／保坂 歩 著

溝上侑 イラスト

消えた愛犬ポロを探すため、姉妹は怪がうごめく夜の町へと足を踏み入れるが……？大人気ホラーゲームの公式ノベライズ、ついに文庫化！

PHP文芸文庫

怪談喫茶ニライカナイ

蒼月海里 著

「貴方の怪異、頂戴しました」——。怪談を集める不思議な店主がいる喫茶店の秘密とは。東京の臨海都市にまつわる謎を巡る傑作ホラー。